시간의 책 I

태양의 돌

Le livre du temps
I . La pierre sculptée

by Guillaume Prévost

시간의 책 I

태양의 돌

기욤 프레보 지음 | 이원희 옮김

소담출판사

시간의 책 I 태양의 돌

펴 낸 날 | 2010년 9월 1일 초판 1쇄

지 은 이 | 기욤 프레보
옮 긴 이 | 이원희
펴 낸 이 | 이태권
펴 낸 곳 | ㈜태일소담
　　　　　서울시 성북구 성북동 178-2 (우)136-020
　　　　　전화 | 745-8566~7 팩스 | 747-3238
　　　　　e-mail | sodam@dreamsodam.co.kr
　　　　　등록번호 | 제2-42호(1979년 11월 14일)
　　　　　홈페이지 | www.dreamsodam.co.kr

ISBN 978-89-7381-608-8 03860

차례

I

행방불명

새뮤얼은 구시렁거리며 침대에서 뭉그적거리고 있었다. 으음, 일어나기 싫은데……. 침대 발치 쪽으로 눈길을 주다 반쯤 열린 운동 가방을 흘겨봤다. 삐죽 나온 도복 소매가 쫑알거리는 것 같았다. '서둘러, 샘, 오늘 경기가 있잖아!' 아, 맞다. 오늘이지, 참! 정말 싫다 싫어. 14~16세 무제한급 토너먼트라니 그게 무슨 경기냐고! 너무 불공평해. 키는 15센티미터나 더 크고 체중은 족히 20킬로그램은 더 나갈 것 같은 덩치들과 겨루라니, 어느 미친 사람의 머리에서 나온 발상인지 모르겠지만 이건 정말 스포츠 정신에 어긋나는 경기방식이라고! 새뮤얼은 뚱보 뭉크의 무지막지한 엉덩이가 떠올랐다. 윽, 그 엉덩이에 또 머리가 깔려야 한단 말이야? 오, 제발! 오늘은 안 돼, 오늘은 정말 싫어. 내 생일인데…….

"새미, 뭐 하니? 버스 놓칠라!"

아래층에서 할머니가 다급한 목소리로 외쳤다.

"알았어요, 할머니. 지금 내려가요."

그러나 새뮤얼은 일어나기는커녕 이불 속으로 파고들었다. 해변에서 우연히 마주친 미남에게 홀딱 반해서 정신 못 차린다는 내용을 담은, 어느 여가수의 노랫소리가 옆방에서 들려왔다.

얼마나 잘생겼으면
얼마나 멋졌으면
내 눈이 부드러워졌을까
해~~~변의 미남!

아니, 쟤에게 저런 면이?

그 한심한 노래를 듣고 있는 주인공은 사촌 릴리였다. 토요일 아침마다 릴리는 여자친구들을 집에 불러들여서 시시덕거리는 것이 유일한 낙이었다. 이제 열두 살, 다시 말해 사춘기에 들어선 릴리는 걸핏하면 집을 비우는 어머니의 부재를 달랠 방법으로 친구들과 수다 떠는 것밖에 없었다. 릴리의 어머니는 오랜 세월 홀로 딸을 키우다가 몇 달 전부터 결혼을 약속한 피앙세가 출장을 가는 곳마다 따라다녔다. 릴리는 성미가 까다로웠다. 새뮤얼에게는 유난히 까칠하게 굴었고─둘 다 할아버지 집에 살아서 그럴까?─특히 학교

성적을 갖고 놀려먹었다. 계집애들이랑 시시껄렁한 얘기나 하면서 몰려다니는 걸 생각하면 정말 이해가 안 될 정도로 릴리는 학교에서 승승장구했다. 시험만 봤다 하면 1등이고, 학년 말에는 상이란 상을 모조리 휩쓸었다. 진짜 미스터리란 말이야!

이지적인 사람이면 좋겠는데,
오! 예, 해~~~변의 미남!

"새미! 10시가 다 됐다!"

왜들 이렇게 나를 못살게 구는 걸까…… 휴, 새뮤얼은 한숨을 쉬면서 운동가방을 뻥 걷어차고는 침대에서 뛰어내려 운동화를 신었다. 그리고는 끈을 매지도 않고 툴툴거리면서 방문을 열었다. 재수 없게 릴리와 왈가닥 계집애들이 복도를 포위하고 있었다. 빨간색, 오렌지색, 분홍색 배꼽 티를 입은 패거리가 떠받들 듯 릴리를 에워싸면서 비웃음을 흘리고 있었다.

"반창고는 준비했겠지, 새미?" 릴리가 다정한 척하며 물었다.

"멍든 데 바르는 연고도 챙겼어? 내 사촌이 또 다치면 안 되는데……. 지난번 경기, 기억나지?"

지난번 경기라 함은 새뮤얼이 뚱보 몽크의 배에 눌려서 43초 만에 완패했던 수치스런 사건? 새뮤얼에게는 악몽 같은 기억이었다.

발목이 돌아가는 바람에 한 달이나 스케이트보드를 타지 못했다.

"이번엔 그래도 1회전 정도는 통과해라. 혹시 모르잖아? 경기는 해봐야 아는 거니까!"

릴리가 덧붙이면서 배꼽을 잡고 킥킥거렸다.

"충고 고마워. 내가 해변의 미남을 만나게 되면 네 사진을 줄게. 혹시 모르잖아……?"

새뮤얼이 뒤도 돌아보지 않고 후닥닥 층계를 내려가는 동안 소녀들은 깔깔대고 웃었다. 층계 밑에서 할머니가 종이봉지를 들고 기다리고 있었다.

"새미, 뭐 하느라고 이렇게 늦게 내려오니? 이러다 경기 망치겠구나. 유도를 그렇게 좋아하는 애가! 어디 아픈 건 아니지?"

할머니는 걱정스런 표정으로 푸르스름한 백발을 흔들었다.

"괜찮아요, 할머니. 그냥 준비운동 좀 했어요. 혹시 아빠한테서 전화 안 왔어요?"

그 순간 할머니는 눈길을 내리고 난처함을 감췄다.

"응, 점심때쯤은 오겠지……."

"그럼 체육관으로 데리러 와달라고 말해주세요."

"암, 그러고말고."

그러나 할머니의 목소리에는 톰 크루즈가 점심때 올 거냐는 물음에 대한 대답만큼이나 가능성이 희박하다는 여운이 담겨 있었다.

"자, 새미, 샌드위치를 쌌다." 할머니는 종이봉지를 내밀면서 당부했다. "어서 가렴, 지각하겠구나. 그리고 조심해, 작년처럼 또 다치지 말고."

윽, 릴리가 놀리더니 이젠 할머니까지! 새뮤얼은 아무 대꾸도 하지 않으려고 입술을 깨물었다. 그러고는 할머니의 뺨에 얼른 뽀뽀를 하고 스케이트보드를 집어들고 뛰어나갔다.

버스 뒷좌석에 앉은 새뮤얼은 서서히 지나가는 창밖 풍경을 바라보고 있었다. 도심에 가까워질수록 건물이 비슷비슷했다. 벌써 열흘째 아버지한테서 아무런 소식이 없었다. 메일이나 전화 연락도 없고, 엽서 한 장 날아오지 않았다. 물론 처음 있는 일은 아니었다. 하지만 열흘씩이나! 어른들의 말에 따르면 새뮤얼의 아버지 앨런 포크너는 어려서부터 못 말리는 괴짜였다. 다섯 살 때는 길에서 만난 개를 따라 이삼 킬로미터쯤 갔다가 하마터면 미아가 될 뻔했다. 열 살 때는 깎은 손톱 부스러기 수집에 열중한 나머지 수많은 스타에게 손톱을 보내달라는 편지를 쓸 정도였다. 그 편지에 응해준 스타 중에 테니스 선수, 로커, 텔레비전 뉴스 아나운서…… 등이 있었다는 건 정말 엽기였다. 앨런은 그 소중한 것들을 빨간색 상자에 담아 애지중지 간직했고, 할머니는 그 상자를 아직도 다락방에 보관하고 있었다. 이름과 날짜를 적은 투명한 비닐봉지에 동봉한 편지가 들어 있었다. 그 뒤로 며칠 동안 앨런은 뉴스 시간이 되면 텔레비전 앞에 붙어 앉아서 자기가 간직하고 있는 손톱이 아나운서의 어느 손가락에서 깎은 것인지 살폈다. 설마하니 정말 자기 손톱을 깎아서 보냈을까! 새뮤얼은 어쩐지 답장에 동봉한 손톱 부스러기들이 다른 사람의 것일지 모른다는 생각이 들었다.

그러나 이제 아버지는 열 살이 아니었다. 손톱을 수집하는 데 열중하거나 개를 쫓아다니다 길을 잃어버려 헤매고 다니는 어린애가 아니었다. 며칠씩 집을 비워야 한다면 당연히 연락해야 하는 어른이 아닌가! 새뮤얼의 어머니가 사망한 뒤로 아주 딴 사람이 된 것처럼 자기만의 세계에 빠져 있다고는 해도. 예전에는 자전거 경주에 열의를 보이면서 그렇게 쾌활하게 생활했건만……. 아버지 앨런은 갑자기 연소증후군*에라도 걸린 듯 말수가 줄어들더니 입을 조개처럼 다물어버렸다. 할머니는 아내를 잃은 슬픔 때문이라며 시간이 흐르면 괜찮아질 것이라고 주장했다. 자동차 사고가 일어난 지 3년이 지났으니 이제 어느 정도 현실로 받아들일 법도 하건만 상황은 점점 더 나빠지는 것 같았다. 보다 못한 할머니는 연초에 손자 새뮤얼을 데리고 있겠다고 아들을 설득했다. 앨런은 고집스레 거절하다가 할머니한테 맡기는 것이 새뮤얼에게 더 나을 수도 있다

* 한 가지 일에 몰두하다가 어느 순간 자신이 하던 일에 회의를 느끼고 무기력증에 빠져 더 이상 일을 할 수 없게 되는 상태.

고 생각했는지 결국 수락했다. 솔직히 말해서 앨런은 아들을 돌볼 상태가 아니었다. 할머니가 서점으로 등을 떠다밀거나 단골손님이 전화로 들볶아야 겨우 일주일에 이삼 일 문을 열까 말까 할 정도로 아버지 앨런은 의욕이 없었다. 할머니는 상심이 크기 때문이라고 했고, 고모 이블린—릴리의 어머니—은 무기력 상태에 빠져 있는 것이라고 응수했으며, 의사는 심한 우울증이라고 진단했다.

그런데 열흘 전, 앨런이 종적을 감추었다. 물론 가출하는 습관이 있지만 이전에는 대개 이삼 일로 끝났다. 앨런은 그때마다 선물을 한 아름 안고 돌아와서 손님이 주문한 희귀본을 구하러 미국으로 아주 급히 출장을 가느라고 연락하지 못했다고 설명했다. 할머니는 그 말을 듣고 있다가 인자하게 앨런의 뺨에 입맞춤을 해주었고, 새뮤얼도 아버지가 무사히 돌아온 것만으로도 기뻐서 불평 한마디 하지 않았다.

그런데 이번에는 앨런이 아예 돌아오지 않을 작정이라도 한 것일까? 더구나 아들 새뮤얼의 생일인데도 아무 연락이 없었다. 설사 기벽이 있다고 해도 어떤 아버지가 아들의 생일을 잊어버릴 수 있단 말인가?

새뮤얼은 체육관 앞 정류장에서 내렸다. 정면에 아이스크림 가게가 보였다. 햇살이 벌써 따가운데 아이스크림을 살까 말까 망설였다. 하지만 10분 후에 유도경기가 있는데…… 이러면 안 되지, 하면서 새뮤얼은 얼른 생각을 바꿨다. 게다가 체육관의 덩치들과 맞붙을 생각만으로도 벌써 속이 메슥거리는 것이 배에서 이상한 소리가 났다.

새뮤얼은 보도에 스케이트보드를 내려놓고 슬슬 미끄러지다 행인들과 유모차, 장난치는 아이들, 쇼핑백 든 아주머니들을 요리조리 피하면서 속력을 내기 시작했다. 스치듯 지나갈 때마다 깜짝 놀라 비명을 지르며 비켜서는, 움직이는 장애물보다 더 스릴 넘치는 것은 없었다. 새뮤얼은 한두 번 보도블록을 긁으며 지나갔고 시멘트벤치를 훌쩍 뛰어넘었다. 이제는 체육관으로 이르는 모퉁이를 돌 차례였다. 백번도 더 지나다닌 길이라 눈 감고도 갈 수 있었다. 오른쪽에 작은 공원의 철책, 도약하기 좋은 비탈길, 그 다음은 직각을 이루는 거리…….

퍽, 끼이익! 격렬한 충돌과 함께 철판 찌그러지는 소리가 났다. 새뮤얼은 공원이 머리 위로 떨어지는 것처럼 눈앞이 빙글빙글 돌면서 그대로 엎어졌다. 낡은 오토바이인가? 아니면 양철쓰레기통……? 하여튼 뭔가 묵직한 것에 부딪힌 건 확실했다.

"어떤 놈이야?"

새뮤얼은 조심스럽게 고개를 들었다. 쓰레기통이 말할 리는 없고…… 그럼 사람?

"어떤 놈이야? 뭐야, 이거 겁쟁이 포크너잖아!"

어쭈, 게다가 이름까지 알고 있다니!

"참아, 몽크." 여자 목소리가 말렸다.

맙소사, 하필이면 몽크를 들이받다니!

양쪽에서 어깨를 붙잡는 소녀 한 명과 소년 한 명을 뿌리치면서 뚱보 몽크가 덮치려는 순간 새뮤얼은 본능적으로 데굴데굴 굴렀다.

"안 돼, 몽크! 참아!"

"이 자식, 내가 가만두지 않겠어! 가만 안 둬!"

새뮤얼은 발딱 일어나서 영락없이 깔아뭉개고도 남을 가공할 발길질을 가까스로 피했다. 관자놀이로 피가 몰리는 것 같지만 아직 다친 데는 없었다.

몽크가 다시 달려드려는 순간 다행히 그 장면을 목격한 어른들이 나서서 말렸다.

"어허! 이렇게 싸우면 되나?"

양복 차림의 수염을 기른 어른이 중재했다.

"쟤가 일부러 그랬단 말이에요!" 몽크가 종주먹을 들이대며 고래고래 소리를 질렀다. "일부러 나를 들이받았다고요!"

몽크가 손가락으로 땅바닥에 엎어진 가방을 가리켰는데 금속 조각과 컴퓨터 칩 같은 것들이 쏟아져 있었다.

"저걸 보라고요, 아저씨! 내 소중한 재산이란 말이에요."

몽크가 눈을 희번덕거리면서 난리 치고 있는 사이에 말리려고 애쓰던 캐시가 새뮤얼에게 다가왔다.

"괜찮니? 어디 다친 데 없어?"

캐시는 세인트메리 유도 클럽 회원이었다. 캐시는 열일곱이나 열여덟 살이고, 필요할 경우 어린 학생들을 지도했다. 늘 미소를 짓는 예쁜 캐시가 어떻게 몽크 같은 애와 어울려 다닐 수 있는지 새뮤얼은 도무지 이해되지 않았다.

"아니…… 난 괜찮아, 고마워. 유도경기에 늦을까 봐 급히 오느라고……."

"경기? 연기됐는데 몰랐어?"

연기? 경기가 연기됐다고?

"다 연락한 걸로 아는데. 몬태나 클럽이 이틀 전에 버스가 고장 나서 올 수가 없대. 그래서 다음 주 토요일로 연기됐거든. 응답기에라도 메시지를 남겼을 텐데?"

"어쩌면…… 아버지가 연락을 받고서……."

그러나 새뮤얼은 말을 중단했다. 회원명부에 기록된 연락처를 보고 체육관에서 서점으로 전화를 했을 것이다. 그런데 새뮤얼은 캐시에게든 누구에게든 일시적으로 할머니 집에 살고 있다는 것도, 아버지가 안 계셔서 전화를 받을 수도, 응답기를 확인해볼 수도 없었다는 구차한 설명을 하고 싶지 않았다.

"아마…… 깜빡 잊어버리셨나 봐."

새뮤얼은 입술을 깨물면서 중얼거렸다.

캐시는 공원 철책에 처박힌 스케이트보드를 빼기 위해 몸을 숙였다.

"스케이트보드는 멀쩡하네. 그런데 이상하게 너희 둘은 만나기만 하면 으르렁거린다."

"놓아달란 말이에요!" 분을 삭이지 못한 몽크가 씩씩거렸다. "저 멍청이는 내 물건에 대한 변상을 해야 하고……."

지나가던 어른 세 명이 몽크를 붙잡고 있는데도 어찌나 발버둥치는지 진땀을 빼고 있었다. 얼굴이 뻘게진 몽크의 초록빛 눈에서는 살기가 번득였다.

"넌 빨리 가는 게 낫겠다." 캐시가 새뮤얼의 팔에 스케이트보드를 슬쩍 끼워주면서 속삭였다. "진정되려면 시간이 좀 걸리겠어."

"그럼 누나는? 몽크가 가만있지 않을……?"

"그건 걱정 마. 내가 구슬릴 테니까. 그리고 확실히는 모르겠는데…… 체육관의 컴퓨터 회로에 문제가 생긴 것 같아. 컴퓨터를 업그레이드해야 하는데 몽크가 도사거든."

몽크가 컴퓨터를 그렇게 잘한다고? 힘자랑이나 하는 얼간이인 줄 알았더니 머리는 있나 보네!

캐시는 여전히 미소를 짓고 있었다.

"컴퓨터 앞에 앉으면 금방 너를 잊어버릴 거야. 어서 피해, 다음

주 토요일에 보자.”

캐시는 고갯짓을 했고, 새뮤얼은 잽싸게 사라졌다. 그 순간 몽크가 다시 폭발했기 때문이다.

“새뮤얼 포크너, 땅꼬마자식! 너 두고 봐, 이빨을 부러뜨려줄 테니까!”

II

태양문양의 돌

앨런 포크너의 서점은 삼사십 년 동안 계속 낙후되고 있는 세인 트메리 구시가지의 한적한 거리에 위치해 있었다. 이미 오래전에 상인들이 다 떠나고 없는 바렌보임 거리, 거의 황폐한 두 집 사이에 끼여 있는 빅토리아 여왕 시대풍의 건물, 좀먹은 푸른색 기둥의 아담한 이층집에 서점을 열었다는 것은 누가 봐도 이해할 수 없는 일이었다. 낡은 집만큼이나 늙은 노인들만 사는 동네, 유령처럼 아침 일찍 나갔다가 밤 9시에나 비축식량을 가득 담은 바구니를 들고 서둘러 돌아오는 노인들만 간간이 보일 뿐 조용하다 못해 을씨년스럽게 느껴질 정도였다.

이런 분위기에서 서점 하나가 문을 열었다고 해서 이웃에 활기를 불어넣을 수는 없었다. 기껏해야 아침, 저녁 인사를 나누는 정도, 어쩌다 손님의 차가 보도에 걸쳐 주차를 하거나 학교에서 돌아온 새뮤얼이 스케이트보드를 타고 보도블록에 바짝 붙어 달리면서 던지는 의례적인 인사말, 변화라고는 그것이 다였다. 위쪽으로 세 집 건너에 사는 가는귀먹은 맥스만 고맙게도 그들 부자와 대화를 나누는 정도였다. 소리를 빽빽 지르면서 여러 번 반복해야 겨우 알아듣는 우스꽝스런 대화이긴 해도.

새뮤얼의 아버지는 왜 그렇게 외진 동네를 골랐을까? 할머니는 한적한 곳에서 조용히 살고 싶어서라고 아들을 변호하고 나섰다. 앨런은 아내 엘리사와의 추억이 너무 많은 벨에어의 집을 팔고 서점을 낼 만한 장소를 구하러 다녔다. 실은 은신처를 찾는 것이었다. 그러나 아버지의 은신처는, 졸지에 어머니를 잃은 것만으로도 가뜩이나 우울한데 쇼핑센터, 휘황찬란한 불빛, 활기 넘치는 분위기를 한창 좋아할 열네 살의 소년에게 얼마나 답답하고 짜증나는 곳인가.

새뮤얼은 층계를 올라가서 주위를 살폈지만 아무도 없는 것이 확실했다. 서점으로 괜히 왔나? 할머니한테 연락할 걸 그랬나? 하지만 경기가 연기되었으니 시간도 많고 오늘은 내 생일이잖아. 아버지 서점인데 내가 들어간다고 누가 뭐라고 하겠어? 할머니 집에 들어가서 살기 전까지는 내가 살던 곳인데. CD도 몇 장 챙기고 내 물건도 다시 봐야지……. 아버지가 갑자기 돌아왔을지도 모르고, 떠나는 것과 관련된 어떤 표시를 남겨두었을지도 모르잖아. 할아버지가 그 사이에 두 번 들러봤다고는 하지만 누가 알아? 할아버지가 알아채지 못한 게 있을지…….

새뮤얼은 자물쇠에 열쇠를 넣고 돌렸다. 문이 삐걱거리면서 열렸고, 문틀 위에서 '포크너 고서점' 간판이 흔들렸다.

"아빠?"

서점은 정적이 흐르고 있었다. 새뮤얼은 입구를 지나 책장이 줄지어 늘어선 열람실로 들어갔다. 앉아서 책을 열람할 수 있는 탁자와 의자들, 편하게 읽을 수 있도록 할로겐램프를 갖춘 소파침대도 두 개 있었다. 벨에어 집을 처분한 돈의 상당부분이 누렇게 바랜 가죽장정 책들을 구입하는 데 들어갔다. 그렇지만 아버지가 어떻게 그 많은 책을 수집할 수 있었는지, 또 어떻게 구석진 서점으로 손님을 끌어들일 수 있었는지 수수께끼였다. 할아버지와 할머니가 도와주었을 가능성도 있었다.

새뮤얼은 주방으로 들어갔다. 깔끔하게 정리되어 있었다. 설거지도 되었고, 뻑뻑하게 열리는 문짝 소리로 미루어 며칠 동안 사용하지 않은 것이 틀림없었다. 냉장고에는 기한이 지난 요구르트, 포장지를 뜯지도 않은 소시지 한 묶음, 맥주 두 박스가 달랑 들어 있었다. 그렇다면 최근에 식사를 한 적이 없다는 뜻이었다.

이어서 이층으로 올라간 새뮤얼은 예전에 쓰던 자신의 방에 들어섰다. 벽에 붙여놓은 프로스케이터 토니 호크와 영화배우 비고 모르텐슨*의 포스터들, 수집해놓은 미니카들—손톱 깎은 부스러기들과는 질적으로 다르지—, 직접 그린 데생들, 서툴지만 한때 열심히 치던 기타를 보면서 새뮤얼은 느낌이 새로웠다. 하지만 감상에 젖어 있을 때가 아니었다. 새뮤얼은 CD 두 장을 골라서 배낭에 집어넣고 아버지의 책상을 샅샅이 뒤졌다. 불행히도 책상 위에는 편지한 장 없었다. 서랍 안에는 가출과 관련된 서류라곤 없었고, 휴지통에도 여행사 영수증 같은 것은 없었다. 옷장을 열어봤지만 옷도 대부분 그대로 걸려 있고, 노란색 여행가방 세 개도 그대로였다.

점점 더 이상한 생각이 들었다. 아버지가 갈아입을 옷도 없이 여행을 떠났다는 것인가? 그렇다면 몇 시간, 길어야 하루만 집을 비울 생각이었을까? 칫솔, 치약, 전기면도기도 그대로 있었다. 새뮤얼은 자신도 모르게 협곡에 처박혀서 찌그러져 있던 자동차의 끔찍한 장면이 떠올랐다. 설마……. 새뮤얼은 그 이미지를 떨치려고 손등을 휘저었다. 아버지한테까지 그런 사고가 일어난다는 건 말도 안 돼! 아버지는 전형적인 괴짜가 아닌가? 괴짜들은 언제나 어려운 일을 당해도 잘 이겨낸다고 할아버지는 말씀하셨다. 피치 못할 이유가 있는 것이 분명했다.

층계를 다시 내려온 새뮤얼은 전화기가 놓인 원탁 앞에서 멈춰

---

* 영화 〈반지의 제왕〉에서 아라곤 역을 맡았다.

섰다. 바로 옆에서 은빛 자동응답기가 깜박이고 있었다. '메시지 20개, 메모리 용량 초과'. 새뮤얼은 응답기 버튼을 눌렀다. 찰칵, 삐이……

"포크너 씨? 지난주 서점에 들렀다가『해저 2만리』를 봤는데……."

삐이! 새뮤얼은 다음 메시지로 건너뛰었다.

"바렌보임 거리에 있는 고서점 맞습니까? 개점 시간을 알고 싶습니다. 희귀본을 찾고 있는데……."

삐이! 다음 메시지.

"앨런? 토마스 무어입니다. 내가 주문한 플랑탱의 성경책을 구했나요? 왜냐하면……."

"포크너 씨? 창문이나 덧문을 교체할 계획이 있으시면 우리 회사에서……."

삐이! 대부분이 손님이나 고서수집가의 메시지였고, 잘못 걸려온 전화, 광고 전화, 은행에서 면담을 요청하는 메시지—언짢은 목소리였다—, 할머니가 남긴 메시지도 여섯 개가 있었다. 이 메시지들은 모두 일주일 전에 남긴 것들이었다. 체육관에서 걸려온 전화 메시지가 없다는 것은 당연히 자동응답기의 테이프가 다 돌아갔다는 뜻이었다.

그런데 다른 것들과 좀 다른, 약간 이상한 메시지가 하나 있었다.

"앨런? 날세……. 지금 서점에 있다는 거 알아……. 바보같이 굴지 말고 전화 받으라니까. 앨런, 내 말 듣고 있지? 앨런? 대답해, 이런 빌어먹을!"

긴 침묵…….

"오케이, 경고하겠는데……."

정체불명의 남자는 전화를 끊었다. 새뮤얼은 테이프를 여러 번 되돌려서 들었다. 아버지가 사라진 다음 날 걸려온 전화였다. 위협적인 어조에 불안한 음색, 귀에 익은 목소리였다. 그러나 새뮤얼은 누구의 목소리인지 전혀 생각나지 않았다. 아버지의 뜻밖의 가출과 어떤 관련이 있을까? '오케이, 경고하겠는데…….' 듣기에는 험악하지만 별것 아닐 수도 있어! 아버지는 이 메시지 중 어떤 것도 듣지 못했을 수도 있어. 그렇다면?

그 순간 퍼뜩 생각이 떠오른 새뮤얼은 마지막 발신 번호로 전화를 걸어보기 위해 재발신 버튼을 눌렀다. 아버지는 3년 전 자동차 사고가 난 뒤로 더 이상 차를 소유하지 않았고 주로 택시를 이용했다. 역이나 공항으로 가려면 택시를 불렀을 가능성이 있었다. 택시 회사는 주행거리를 반드시 기록해놓는다는 걸 탐정소설에서 읽은 적이 있었다. 그것만 있으면 무언가 단서를 잡을 수도 있는데…….

"여보시오?"

전화선 너머에서 쉰 목소리가 소리를 질렀다.

택시회사의 교환수를 하려면 당장 담배를 끊어야 하는 것 아닌가? 이렇게 폭삭 쉰 목소리로 무슨 교환수를 하겠다고!

"여보세요? 한 가지 문의할 게 있어서 전화했는데요……."

"뭐라고요?"

어리둥절한 어조의 목소리가 고함을 질렀다.

"며칠 전에 제 아버지가 전화를 걸었죠?"

"크게 말하시오, 젠장!"

젠장……? 어, 맥스 아저씨의 말버릇인데? 세 집 건너에 사는 가는귀먹은 맥스 아저씨였다!

"맥스 아저씨? 맥스 아저씨 맞아요?"

"무슨 일이오?"

"맥스 아저씨, 저는 고서점을 하는 앨런 포크너의 아들 샘이에요. 열흘 전에 아버지와 통화하셨지요?"

"고서가 어쨌다고요? 나는 그런 거 필요 없소. 특히 책 따위는! 젠장, 망할 놈의 외판원!"

전화통화는 그것으로 끝났다.

새뮤얼은 잠시 전화기를 손에 든 채 어찌할 바를 모르고 있었다. 가장 좋은 것은 곧장 맥스 아저씨를 만나보는 것인데……. 아버지는 아마 화분에 물을 주거나 그런 비슷한 부탁을 하기 위해 열쇠를 맡기려고 아저씨에게 전화를 걸었을 거야. 그러면서 어쩌면 어디로 떠나는지 털어놓았을 수도 있지 않을까? 어떤 이름이나 목적지라도……. 노련한 곰은 추적하기가 쉽지 않다지만 실마리가 없어도 너무 없었다.

배낭을 집어들고 나가던 새뮤얼의 눈에 지하실 문이 들어왔다. 할아버지는 지하실도 살펴봤다고 했다. 새뮤얼은 잠시 머뭇거렸다. 내려가보자, 그래봐야 1분이면 되는데. 새뮤얼은 불을 켜고 창고로 이르는 계단을 내려갔다. 아버지는 지하실 철재 선반에 책들을 보관하고 있었다. 가죽장정을 보존하기 위한 약품 같은 것들과 빈 박스들이 차곡차곡 쌓여 있고, 아마도 습기와 냉기로부터 보호하기 위해서인지 대형 태피스트리가 안쪽 벽에 걸려 있었다. 새뮤얼이 '아마도'라고 추측하는 것은 지하실에 이사한 초기에만 서너 번 내려왔기 때문이다. 지하실은 아버지의 영역이었다. 오늘은 어쨌든 지하실에 아무도 없었다.

새뮤얼은 다시 계단을 오르다 중간쯤에서 생각을 바꿨다. 무언가 이상한 느낌이 들었다. 지하실이 평소 같지 않았던 것이다. 어쨌든 기억하고 있는 것과 달랐다. 뭐랄까…… 줄어들었다고 할까. 새뮤얼이 학교에서 두각을 나타내는 유일한 과목은 미술이고, 특히 데생에 재능이 있었다. 관찰력이 뛰어난 새뮤얼의 눈에 이상하게 느껴지는 것은 입체감의 문제였다. 새뮤얼은 발걸음을 세면서 안쪽 벽까지 걸었다. 하나, 둘, 셋, 넷, 다섯. 어? 일곱이나 여덟까지 세어져야 하는데 이러면 적어도 2미터는 줄어든 거잖아…… 그렇다면?

새뮤얼은 유니콘과 아름다운 공주를 묘사한 중세풍 태피스트리

앞에 다가섰다. 그러고는 손가락으로 눌렀는데 저항력이 느껴졌다. 하지만 분명히 벽이었다. 새뮤얼은 고개를 갸웃하면서 두드려 봤다. 속이 빈 것처럼 소리가 울렸다. 아버지가 여기다 칸막이를 대고 태피스트리로 가려놓았단 말인가? 뭘 감추려고? 또 다른 창고가 있나? 더 귀한 작품들을 숨겨놨나?

새뮤얼은 묵직한 태피스트리를 들추고 그 밑으로 기어들었다. 과연 예상대로 석고보드로 만든 칸막이가 세워져 있었다. 새뮤얼은 두 손으로 칸막이 표면을 쓰다듬으면서 오른쪽으로 빠져 들어갔다. 2미터쯤 끝에서 경첩 같은 것이 만져졌다. 어, 이건 문이잖아. 두근거리는 가슴으로 새뮤얼은 문을 밀고 들어갔다.

"아빠?"

방은 텅 비어 있었다. 작은 전등이 켜져 있고, 가구라고는 간이침대 하나와 걸상 하나가 전부였다. 휴, 쓰러져 있는 아버지를 발견하지 않은 것에 새뮤얼은 안도의 숨을 내쉬었다. 그러나 여러 가지 의문이 꼬리를 물었다. 침대 가까이 다가서다가 바닥에서 책 한 권을 발견한 새뮤얼은 불빛 쪽으로 몸을 숙였다. 제목도 저자 이름도 없는 붉은 책인데 두꺼운 표지는 이곳저곳 균열이 생겨 표면이 갈라져 있었다. 새뮤얼은 책을 펼쳤다. 「블라드 체페슈 치하의 죄와 벌」이라는 장제목으로 보아 역사책인 것 같았다. 새뮤얼은 15세기 루마니아 남부의 발라키아 어딘가에서 블라드 체페슈라는 사람이 행한 다양한 형벌과 고문에 관해 기록한 내용을 대충 훑어봤다. 고서적이지만 활자체와 인쇄 상태로 보아 100년 전쯤에 출판된 것으로 보였다. 아버지가 역사 마니아이지만 그렇다고 이런 골방에 틀어박혀서 발라키아의 살인마가 저지른 만행을 읽었단 말인가!

새뮤얼은 벽의 고리에 걸린 랜턴을 집어들고 방을 천천히 비춰봤다. 특별한 것은 없는데 한쪽 구석에 길이가 50센티미터쯤 되고, 윗면이 둥그런 회색 돌이 보였다. 새뮤얼은 가까이 가서 살폈다. 이것을 발견하는 사람에게 저주가 내리느니 어쩌느니 하면서 공포영화에 등장하는 토템이나 주술적인 물건 같은 건가? 돌의 앞면만 조각되어 있는데 위쪽에는 태양을 나타내는 원과 빛살을 나타내는 홈 여섯 개가 길게 파여 있고, 아래쪽에는 손 하나가 쑥 들어갈 만한 크기의 구멍이 뚫려 있었다. 구석기 시대 땅콩 분리기라고 하면 좋겠지만 땅콩 부스러기는커녕 껍질도 보이지 않았다. 요컨대 아버지가 갑자기 어떤 종파에 빠져 있다면 몰라도 특별한 의미는 없어 보이는 물건 같은데……

새뮤얼은 랜턴으로 회색 돌을 비추다가 몇 센티미터 떨어진 데서 둥그란 쇳조각을 발견했다. 쇳조각을 손바닥에 올려놓고 이리저리 돌려봤다. 가운데 구멍이 뚫리고, 아랍 글자가 연상되는 기호와 선이 얽힌 동전이었다. 그러나 어느 나라의 것인지는 알 수 없었다. 동전은 아주 오래된 것도, 아주 귀해 보이지도 않았다. 어쩌면 토템과 관련 있을 것 같은 이 동전은 혹시 아주 먼 나라에서 온 단순한 민속 놀이기구가 아닐까? 가령 동전을 던져서 구멍이나 빛살에 맞히는 놀이기구라고 하면 지나친 억측일까?

새뮤얼은 동전을 회색 돌에 파인 홈들 중 하나에 밀어넣어 보려고 했지만 홈에 걸리지 않고 번번이 그냥 굴러 떨어졌다. 분명히 어딘가 동전을 집어넣을 만한 곳이 있을 텐데…… 무심코 동전을 태양문양에 갖다대는 순간…… 보이지 않는 어떤 힘에 끌리듯 철컥 달라붙었다.

"그럼 그렇지……."

그 순간 새뮤얼은 윙윙거리는 진동음을 느꼈다. 회색 돌에 귀를 대보았다. 희미하지만 아주 규칙적으로 진동 소리가 들렸다. 그런데 돌이 차갑지 않았다. 상상인가? 어, 이게 뭐지? 무언가가 새나오는 것 같았다. 열기…… 자기를 띤 열기라고 할까. 미지근한 돌의 둥근 면을 만지작거리다 꿈틀거리는 것처럼 이상한 느낌이 드는 순간 발밑이 진동하기 시작했다. 새뮤얼이 손을 내밀었고…… 살을 태울 듯한 따가운 열기가 팔을 타고 올라오다 온몸을 휘감았다.

III

아 이 오 나 섬

온몸에 심한 경련이 이는 새뮤얼은 속이 뒤집어지는 것 같아서 털썩 꿇어앉았다. 메스꺼움 때문에 속이 울렁거려서 두 손으로 땅을 짚다가 깜짝 놀랐다. 어잉? 풀밭? 느닷없이 웬 풀밭?

고개를 들던 새뮤얼은 기절할 뻔했다. 지하실이 아니잖아? 여기가 어디지? 모래톱과 자갈투성이 해변, 그 너머로 보이는 거대한 바다. 새뮤얼은 비탈진 언덕, 이끼가 가득 낀 바위 사이에 앉아 있었다. 어떻게 된 거지? 옷은? 옷은 어디 있는 거지? 청바지와 티셔츠는? 새뮤얼은 아주 헐렁하고 긴 잠옷 같은 것을 입었는데 땀에 흠뻑 젖어 있었다. 오다가 어디에 긁혔나? 왜 이렇게 따갑지? 아, 그랬지 참! 돌을 만졌을 때 온몸을 불사를 듯한 열기에 휩싸이던 느낌이 아직 생생했다. 마치 인간 횃불이 되는 느낌……. 그런데 기적처럼 살갗은 말짱했고 아기 살처럼 장밋빛이었다. 마치 꿈을 꾸는 것 같았다.

새뮤얼은 일어나다가 비틀거렸다. 그 회색 돌……! 그 돌과 어떤 관계가 있는 것이 틀림없었다. 돌은 이삼 미터 떨어진 데에 있었다. 좀더 크고 좀더 시커메져 있다는 걸 제외하고 태양과 빛살, 아래쪽의 시커먼 구멍, 틀림없이 그 돌이었다. 새뮤얼은 한순간 터무니없는 희망에 사로잡혔다. 동전을 태양문양 한가운데 다시 올려놓으면 모든 것이 정상으로 돌아가겠지. 악몽을 꾸고 있는 게 틀림없어. 마법의 동전을 제자리에 올려놓으면 될 거야……. 새뮤얼은 주위의 풀밭을 샅샅이 뒤지다가 흙까지 긁어보고 파헤쳐봤지만 동전은 온데간데없었다. 화가 나서 더 먼 데까지 찾아보고 돌멩이들을 들춰보다가 두 손으로 바위 밑까지 북북 파냈지만 동전은 어디에도 없었다. 온갖 모양의 조약돌을 집어서 하나하나 태양문양에 대봤는데 어떤 것도 맞지 않았다. 새뮤얼은 돌에 대고 욕지거리를 하다 결국 울음을 터뜨렸다. 꿈이 아니었다…… 맙소사, 꿈이 아니었어!

울음을 그치고 진정하기까지 몇 분이 걸렸다. 정말로 무슨 일이 일어났다고 운들 뭐가 해결되겠어. 어쨌든 살아 있잖아? 으슬으슬 추워지기 시작했다.

새뮤얼은 일어서서 흙을 툭툭 턴 다음 비탈을 올라가서 주위를 둘러봤다. 상당히 큰 섬이었다. 광풍이 휩쓸고 지나간 듯 헐벗은 초록빛과 잿빛의 섬. 등 뒤로는 끝없이 말리면서 부서지는 파도, 잔뜩 찌푸린 하늘 곳곳에서 구름을 뚫고 나온 금빛 햇살이 기둥 모양으로 쏟아지고 있었다. 저 멀리…… 보이는 것들은 집인가? 그래, 집이 틀림없어! 연기도 피어오르잖아……. 움직이는 작은 점들, 어? 저건 사람이다!

"여기요! 여기요!" 새뮤얼은 소리를 질렀다.

그러나 거리가 너무 먼데다 역풍이 불고 있었다. 새뮤얼은 맨발임에도 상관없이 무작정 푹푹 빠지는 흙을 밟으며 뛰기 시작했다. 마을이 있다는 건 무인도가 아니라는 거야! 이것으로 모든 것이 설명되는 건가? 지하실에 있다가 이상한 병에 걸린 건가? 그래서 헬리콥터로 긴급히 이송된 것이 틀림없어. 그래서 환자복을 입고 있는 거구나! 아니면 돌발 사고가 일어났는데…… 다행히 구출되었고, 저 사람들은 나를 맞으러 나온 거야. 이제 할머니에게 전화해서 안심하라는 말을 할 수 있어……. 할머니가 발을 동동 구르면서 불안에 떨고 계실 텐데!

10분쯤 달리던 새뮤얼은 숨이 턱까지 차올라서 속도를 늦춰야 했다. 마을까지는 이제 몇백 미터만 가면 되었다. 마을이라기보다는 돌집을 중심으로 오두막들이 울타리 치듯 에워싼 야영지 같았다. 야영장인가? 자연으로 돌아온 히피족 공동체인가?

새뮤얼은 우뚝 멈춰 섰다. 이제 사람들이 잘 보였다. 울타리 부근에 사람들이 모여 있는데 손가락으로 새뮤얼을 가리키면서 무슨 의논을 하는 것 같았다. 자세히 보니 그들 역시 옷차림이 이상했다. 아주 긴 갈색 옷에 끈으로 엮은 허리띠를 매고 있었다. 새뮤얼은 이마를 탁 쳤다. 수도사들이 틀림없어! 수도사들이 사는 섬? 아버지가 이걸 알면!

새뮤얼은 다시 걸음을 떼었지만 신중을 기했다. 섬에 이런 종교 단체가 있다는 얘기를 들은 기억이 없는데……. 그럼 지하실에서 내가 아주 몹쓸 병에 걸려서 멀리 떨어진 곳으로 격리시킨 걸까? 며칠 동안 혼수상태에 빠져 있었는지도 모를 일이었다. 하지만 구토 증을 제외하고 아픈 데가 없는데…….

이제는 남자들이 새뮤얼을 향해 걸어오고 있었다. 줄을 서서 오는 것이 아니라 자유롭게 걸어오는데 동작이 컸다. 몽둥이나 검을 휘두르는 이들도 보였다. 새뮤얼은 또다시 배가 뒤틀렸다. 언젠가 주말마다 모여서 중세 시대의 십자군처럼 생활한다는 광신자 집단에 관한 르포르타주를 본 적이 있었다. 그때는 그냥 미치광이들이라고 생각했는데……. 그러나 선택의 여지가 없었다. 섬에는 다른 사람들이라곤 없으니. 그들의 목소리가 휘몰아치는 돌풍에 실려서 간간이 들려왔다.

"디아 디트……."

"고 레브…… 메 아고트……."

향토색이 짙은 거친 억양인데…… 마치 영화 〈반지의 제왕〉에 등장하는 엘프 언어로 말하는 것 같았다.

"브히 아고 콜룸실! 아쉬트 브히……."

새뮤얼은 헛기침을 하면서 인사말 대신에 머뭇머뭇 손을 흔들었다.

"여기요! 여기요!"

그들은 이제 20여 미터 앞에 있었다.

"…… 우아이니그 나흐-알반?"

그 순간 너무나 놀라운 일이 새뮤얼에게 일어났다. 아무 생각 없이 흘려듣고 있는데 갑자기 남자들이 무슨 말을 하는지 이해되는 것이 아닌가! 좀 전까지만 해도 억양이 아주 이상한 생판 모르는 언어였는데 이제는 마치 태어날 때부터 사용해온 것처럼 알아들을 수 있다니!

"내가 그렇다고 말했잖아요!" 수염이 덥수룩한 반곱사등이가 외쳤다. "콜룸실 만에서 느닷없이 나타났다니까요!"

"놈들이 보낸 첩자예요!" 또 한 남자가 비난하는 눈길로 내뱉었다. "염탐하러 온 거라니까요, 도둑질하려고!"

"이제 그만 조용히 하게!" 앞장서서 걸어오는 것으로 보아 수장인 듯한 남자가 말을 잘랐다. "일단 뭐라고 하는지 들어보는 것이 낫지 않겠나? 자비로운 마음을 가져야지. 어쩌면 신께서 마지막 메시지를 보낸 것일지도 모르는데……. 소년아, 어디서 왔느냐?"

"좌초된 것이 틀림없습니다." 새뮤얼이 대답하기 전에 비쩍 마른 키다리가 끼어들었다. "이 계절에는 바다를 누비고 다니는 어선들이 있으니까……."

"입 좀 다물겠나, 길쭉이?" 수장이 말을 끊었다. "그대의 눈에는 소년이 혼자서 설명할 수 있을 만큼 영리하게 보이지 않는가?"

새뮤얼은 다리를 타고 올라오는 떨림을 억제하려고 애를 썼다. 이런 예기치 않은 상황에서는 어떻게 대답하는 것이 좋을까? 예사롭지 않은 이 사람들에게는 섬에 오게 된 이유를 아리송하게 답변하는 것이 더 나을 거야.

"저…… 저는 좌초되었습니다." 새뮤얼은 엘프어의 자음을 발음할 때처럼 우물우물 말했다. "배…… 배가 전복되었어요."

"그것 봐요, 내 말이 맞잖아요!" 길쭉이가 맞장구쳤다.

"거짓말!" 곱사등이가 외쳤다. "느닷없이 나타났다고요!"

"에그린 형제, 젊었을 적의 눈이 아니라는 걸 알아야지!" 수장이 반박했다. "콜룸실 만에서 나타났다면 어쩌면 무언가를 암시하는 징조일 수도 있어. 내 형제들이여, 숭배하는 우리의 주인께서 늘 우리를 지켜주시지 않는가?"

"네, 맞습니다, 신부님." 모두가 합창으로 동의했다.

"우리가 비록 암담한 시대를 살고 있지만 콜룸실 만에서는 사악한 것이 올 수 없지 않은가? 구세주께서는 결코 적들이 이 신성한 땅을 더럽히는 걸 허락하지 않으신다. 따라서 이 소년은 정말로 우리 섬에 난파한 것으로 추정할 수도 있다. 이 소년이 우리에게 온 것이 어떤 가치를 안겨줄지 누가 안단 말인가? 신이 제시한 길은 굴곡으로 가득하나 그 길은 늘 우리를 지혜의 길로 인도한다."

신부는 이어서 새뮤얼을 향해 돌아서서 말했다.

"소년아, 네 이름이 무엇이냐?"

"샘입니다." 새뮤얼은 머뭇거리다가 대답했다.

"사움." 신부는 모음을 '아우' 로 길게 발음했다. "영세를 받았느냐, 사움?"

"네." 새뮤얼은 고개를 끄덕였다. 사실은 '네' 대신 그들의 언어로 '타' 라고 발음했다.

"그럼 성호를 아느냐?"

모두가 탐색하는 시선으로 지켜보고 있어서 새뮤얼은 동작으로 보여주는 것이 상책이라고 판단했다. 새뮤얼은 세 손가락으로 이마에서 가슴으로, 양어깨로 십자성호를 그었다. "아멘!" 하는 중얼거림이 뒤따르더니 마치 마법에 걸린 것처럼 그들은 검과 몽둥이를 내렸다.

신부는 미소를 지었다.

"잘했다, 사움, 너는 악마가 보낸 미개한 아이가 아니라 정직한 신자로구나. 그러니까 어선을 타고 있었더냐?"

새뮤얼은 고개를 끄덕였다. 달리 뭐라고 말하겠어?

"사움, 너를 어떻게 해야 할지 당장은 결정을 내릴 수 없으니 당분간 우리 공동체에서 생활하거라. 검소한 형제가 짚자리를 내어줄 것이니 외양간에서 자도록 해. 공동침실과 지하저장실은 출입을 엄금한다. 예배당이나 필사실은 우리 중 한 사람과 동행해야만 들어갈 수 있다. 가령 레이널드 형제가 너무 바빠서 너를 보호할 수 없는 경우 너에게도 할 일을 줄 것이다. 모든 일에는 물론 의무와 제약이 따른다."

주의 깊게 듣고 있다가 신부의 말이 끝나자 정중하게 허리를 굽히는 것으로 보아 '길쭉이'라는 별명으로 불리던 남자가 바로 레이널드 수도사였다.

"너에게는 안됐지만," 신부가 말을 이었다. "너는 가장 암담한 때에 우리 아이오나 섬에 왔어. 차라리 배에서 죽는 편이 더 나았을지도 모르겠구나. 현재 백인 이방인들이 이쪽으로 오고 있어. 그들은 여기서 배로 이틀 거리에 있는 도시와 다른 수도원들을 약탈했다. 우리가 부자가 아니라는 걸 분명히 알 텐데도 쳐들어오려고 하니, 거 참! 이제부터 네가 우리와 운명을 같이하게 될까 걱정되는구나, 사움."

신부가 아버지 같은 마음으로 목덜미를 토닥여준다는 것이 하마터면 새뮤얼을 넘어뜨릴 뻔했다.

"신께서 우리를 시험하시는 것이다! 어쩌면 싸워야 할지도 몰라.

하지만 오늘 저녁은 수평선이 탁 트여 있으니 마음 편안히 잘 수 있 겠구나."

신부는 마을로 돌아가기 위해 돌아섰지만, 새뮤얼은 궁금한 것이 너무 많았다.

"죄송한데요, 신부님, 알고 싶은 것이 있는⋯⋯."

신부가 획 돌아섰는데 엄한 얼굴로 눈살을 찌푸렸다.

"고기잡이 사움, 네가 알아야 할 첫 번째 규율은 침묵이다! 여기 서는 누구든 내가 묻는 말에만 대답하며, 의무에 대한 물음만 허락 된다. 특히 수도원 울타리 안에서는 함부로 입을 여는 것을 절대 금 한다. 레이널드 형제, 지금부터 이 소년이 공동체의 규율을 준수하 도록 신경을 쓰게."

빠르게 걸어온 레이널드 형제는 매서운 눈초리로 새뮤얼을 쳐다 보면서 공손하게 눈을 내리깔라는 표시를 했다.

새뮤얼은 이제 대충 감이 잡히기 시작했다. 이 사람들은 의상을 갖추고 주말마다 모이는 광신자들이 아니었다. 일상을 벗어나기 위해 즐기는 것이 아니라 진짜 수도사들이었다. 그러나 고행을 하 며 살기 위해 진흙탕이 된 세상을 버리고 모여든, 시대에 역행하는 수도사들이었다. 수도원은 산 중턱에 널빤지로 조립한 가건물이었 다. 중앙에 돌로 지은 예배당과 괴상한 모양의 종탑만 어렴풋이 문

명을 생각나게 했다. 나머지는…….

새뮤얼은 외양간으로 안내되었고, 레이널드 수도사는 한 마리밖에 없는 젖소 발치에 한 아름의 짚을 던져놓는 것으로 잠자리를 준비했다. 이게 뭐야, 말이 잠자리지……. 수도사는 새뮤얼에게 두건 달린 옷과 두꺼운 양털이불을 주었다. 그러고는 저녁식사 시간까지 거기 있으라고 지시했는데 새뮤얼은 길쭉이 수도사의 못마땅해하는 태도에서 그 역시 곱사등이 수도사와 마찬가지로 난데없이 나타난 소년을 달가워하지 않는다는 것을 알아차렸다. 어떤 의미에서는 당연한 일인데 어떻게 그들을 탓할 수 있을까…….

외양간의 유일한 창문은 덧창까지 닫혀 있었지만, 새뮤얼은 나무 틈새로 땅거미가 내린 어스름 속을 오가는 수도사들을 관찰했다. 다양한 나이의 수도사들이 열다섯 명에서 스무 명쯤 되는 것 같고 신부와 레이널드 수도사를 제외하고는 모두 키가 작았다. 각자 맡은 역할이 있기 때문에 말할 필요를 전혀 느끼지 않는 것 같았다. 궤짝과 큼직한 가방을 옮기는 이들도 있고, 말뚝을 박으면서 방책을 보강하는 이들도 있고, 종탑 밑에 있는 제일 크고 훤히 불을 밝힌 예배당을 들락날락하는 이들도 보였다. 질퍼덕질퍼덕, 샌들 신은 발로 진창을 걸어가는 소리만 들릴 뿐 정적이 흘렀다.

새뮤얼은 머릿속이 복잡해졌다. 어떻게 생각해야 하는 거지? 스코틀랜드 어딘가에 있는 아이오나 섬에 대해 들은 적이 있지만 그

곳은 아주 먼 곳이 아닌가! 그 섬에 와 있다는 것도 그렇고, 이 이상 야릇한 수도원의 정체도, 신부가 주장하는 모호한 말도 모두 미스터리였다. 그리고 백인 이방인들이란 누구를 말하는 걸까? 이 수도사들이 그토록 두려워하는 위험이란 무엇을 뜻하는 걸까? 그리고 내가 어떻게 수도사들의 이상한 언어를 알아들을 수 있는 것이지?

그 순간 외양간 문이 벌컥 열렸다.

"사움?" 길쭉이 레이널드 수도사가 속삭였다. "저녁 먹을 시간이니까 서둘러. 한마디도 하지 말고!"

새뮤얼은 잠자코 식당과 붙은 긴 건물까지 따라갔다. 새뮤얼이 들어가자 모두 돌아봤다. 생각했던 것보다 더 많은 서른 명의 수도사가 기다란 식탁 두 개에 나눠 앉아 있었다. 신부는 안쪽에 혼자 앉아 있고, 한 수도사가 서서 받침대에 놓인 커다란 책을 펼치고 있었다. 아무도 입을 열지 않았지만 그들 특유의 의식인지 수도사들이 사발을 세게 문질러 닦았다. 이어서 오른쪽 첫째 줄에 자리 잡은 곱사등이 에그린 수도사가 매서운 눈길을 던졌다. 그러자 길쭉이 레이널드 수도사는 새뮤얼을 왼쪽 자리로 데려갔고, 그들이 자리에 앉자마자 미사를 맡은 수도사가 낭독하기 시작했다. 새뮤얼은 라틴어가 틀림없다고 생각했는데 '아이오나의 엘프어'와는 달리 한마디도 알아들을 수 없었다. 머릿속에서 작동하는 동시번역기가 아마도 동시에 두 언어를 해결할 수는 없는 모양이었다.

그때 요리 담당 수도사가 커다란 냄비를 들고 나타났다. 그는 차례로 돌면서 사발에 거무스름한 야채—꼭 머리카락 같았다—가 가득한 수프를 담아주었다. 새뮤얼은 집에서 수프를 거들떠보지도 않았지만 배가 너무 고팠고, 서른 쌍의 눈길이 자기에게 쏠리는 느낌이 들었다. 새뮤얼은 용감하게 김이 나는 수프에서 돌돌 말린 털 뭉치 같은 것을 숟가락으로 건져서 꿀꺽 삼켰다. 너무 자신만만해하다가 큰코다쳤나? 어찌나 뜨거운지 입천장을 데었는데 적어도 2도 화상은 입은 것 같았다. 맛은 또 어찌나 쓴지 평소에 입에 대지도 않는 양배추 농축액을 넘긴 느낌이었다. 그런데 수도사들의 눈총이 따가워서라도 뱉을 수가 없었다. 이를 악물었지만 눈물까지 찔끔찔끔 나오려고 해서 코를 막고 그 뜨거운 수프를 다 삼켜버렸다. 이번에는 식도가 3도 화상을 입었겠군. 새뮤얼은 앞에 놓인 음료수로 열기를 식혀보려고 했지만 효과가 없었다. 그 음료는 어이없게도 진흙 맛이 나는 알코올이라서 딸꾹질이 나왔다. 다행히 레이널드 수도사가 식탁 밑으로 슬그머니 발로 툭 쳐주어서 새뮤얼은 수프를 더는 입에 대지 않아도 되었다. 이어서 징그러운 지방 덩어리 속에서 용케 찾아낸, 고기가 약간 붙은 비계를 깨작이다가 돌멩이처럼 딱딱한 치즈 한 조각을 씹었다. 그러고는 그나마 괜찮아 보이는 두꺼운 파이 하나를 먹었다가 시멘트 덩어리처럼 위에 걸리는 바람에 술잔을 비우지 않을 수 없었다. 할머니 집에서는 감자튀김이나 마요네즈가 없으면 음식타박을 하며 얼마나 투덜거렸던가!

끔찍한 식사 신고식이 끝나자 레이널드 수도사가 새뮤얼을 촛불을 밝혀놓은 외양간으로 데려갔다. 시커먼 하늘에는 별이 총총했고, 돌풍이 이는 듯 변덕스러운 바람이 쌩쌩 불고 있었다.

"미안하구나, 사뮴." 레이널드 수도사가 속삭였다. "촛불은 가져가야 해. 신부님이 원치 않아, 불을 낼까 봐……."

수도사는 문을 열고 새뮤얼을 들여보낸 다음 돌아서려다 말했다.

"그래도 너에게 주려고 이걸 슬쩍 가져왔지……."

레이널드 수도사는 옷 속에서 빵 한 조각을 꺼내 새뮤얼의 손에 쥐어주었다.

"여물통 위에 양동이가 있으니까 젖을 짤 줄 알면……."

수도사는 더 말하지 않고 재빨리 문을 닫고 걸쇠를 채웠다. 그리고 자물쇠에서 삐걱거리는 소리가 들렸다. 새뮤얼은 또다시 혼자가 되었다. 아니, 쩌렁쩌렁한 울음소리로 인사를 건네는 젖소가 옆에 있으니 완전히 혼자는 아니었다. 새뮤얼은 어둠 속에서 더듬더듬 짚자리를 찾아서 누웠다. 칠흑 같은 어둠이 내리고 있었다.

IV

콜룸실의 보물

자신의 방 침대 이불 속에서 라디오 소리를 들으면서 잠을 깼다면 얼마나 좋았을까. '어린 친구들, 7시니까 일어날 시간이에요! HitFM에 채널을 고정하고 린킨 파크의 하드록에 맞춰 신나게 몸을 흔들어보세요…….' 그렇기는커녕 새뮤얼의 귀에 들리는 것이라고는 소가 탁탁, 꼬리를 쳐대는 소리와 요란한 울음소리, 돼지 멱따는 것 같은 노랫소리가 전부였다. 소가 자면서 이렇게 시끄러운 소리를 낼 줄이야. 나는야 우물우물 씹으며 되새김질도 하고 콧김도 뿜어야 하는 소! 그러니 어쩔래? 하는 식이니 소가 내는 소리는 그럭저럭 어떻게 견뎌보겠는데…… 수도사들까지 정신이상자처럼 한밤중에 예배당 안을 돌면서 목이 터져라 찬송가를 부르질 않나—그들은 낮에만 침묵하는 건지!—시도 때도 없이 종을 울려대질 않나…… 새뮤얼은 밤새도록 한숨도 못 잤다.

아침나절……. 구린내가 심한 시끄러운 젖소 친구와 함께 외양간에 갇혀 있는 새뮤얼은 창문을 통해 수도사들의 움직임을 살펴보는 것 말고 할 일이 없었다. 수도사들이 〈스타워즈〉에 나오는 복장을 하고 검술훈련을 하는가 싶더니 결과는 '허무 개그'를 하는 것처럼 싱겁게 끝났다. 한순간 새뮤얼은 텔레비전 재연 프로그램을 촬영하는 게 아닌가 하는 생각마저 들었다. '한 외딴섬에서 1000년대 십자군을 재현하며 사는 수도사 서른 명이 있습니다. 보십시오, 약초를 캐먹고, 진창에서 군사훈련을 하고, 자정이 지나면 목청 높여 찬송가를 부르고 있습니다! 여러분도 토요일마다 투표에 참여하여 새로운 신부를 선출해보십시오!'

카메라가 없다는 것만 제외하면 영락없지 않은가!

정오쯤—새뮤얼의 배에서는 꼬르륵꼬르륵 아우성치고 있었다—, 레이널드 수도사가 마침내 나타났다. 손에 낚싯줄을 둘둘 감은 수도사는 갈고리 같은 것들을 들고 있었다.

"사움, 낚시하러 가자!" 그가 속삭였다.

"네?"

이런, 맙소사! 고기잡이라는 말을 수도사들이 곧이곧대로 받아들였단 말인가! 나를 믿고 물고기를 잡으러 가겠다는 거잖아! 큰일 났네, 실망할 텐데…….

"빨리 가자!"

새뮤얼은 잠자코 레이널드 수도사를 따라나섰다. 두 사람은 무장한 수도사들을 피해 야영지 뒤쪽으로 나갔다. 아무도 없는 곳에 이르자 레이널드는 소매 안에서 빵 한 조각과 치즈 조각을 꺼냈다.

"자, 먹어라. 하루에 한 끼만 먹는 걸 견디지 못할 것 같아서 가져왔다."

새뮤얼은 누런 빵을 게걸스럽게 먹어치운 다음 뼛조각처럼 딱딱하게 굳은 푸르스름한 치즈 조각을 씹어먹기 시작했다.

"씹지 말고 혀로 살살 녹여 먹어."

초록빛 초원에 둘러친 낮은 돌담을 따라 걷는 사이에 그들은 어느새 수도원에서 꽤 멀어져 있었다. 새뮤얼은 감히 용기를 내서 물었다.

"어디 가는 거예요?"

"너, 고기잡이의 아들이라면서?"

레이널드가 대답 대신에 물었다.

"저기 그게……."

"거짓말할 필요 없어. 이 낚싯줄을 빌려줄게. 사실은 너 이걸 사용할 줄도 모르지? 고기잡이라고 하기에는 네 치아가 너무 하얗고 손이 너무 고와."

새뮤얼은 반박할 말을 궁리했지만 그럴싸한 말이 떠오르지 않았다.

"나는 신부님이 네 말을 믿었다고 생각하지 않아. 아마 모르는 게 낫다고 생각하셨을 거다."

새뮤얼은 들통이 났다는 것 외에는 도무지 무슨 말인지 이해가
되지 않았다.

"에그린 형제도 그렇게 시력이 나쁜 사람이 아냐. 너, 콜룸실 만
에서 불쑥 나타난 거 맞지? 콜룸실*이 누군지 알긴 하니?"

새뮤얼은 고개를 저었다.

"콜룸실은 성인이야. 200년 전에 우리 수도원을 설립하신 분이
지. 칼레도니아**에 그리스도의 말씀을 전하기 위해 그 출발점으로
아이오나를 선택하고 아일랜드에서 오셨어. 그 시대의 픽트족과
앵글족은 기독교도들과는 거리가 멀었지."

쏟아지는 고유명사들 중에서 새뮤얼이 알아들은 것은 하나밖에
없었다. 아일랜드? 아일랜드라면 유럽 서쪽에 있는, 수천 킬로미터
멀리 떨어져 있는 그 아일랜드? 맙소사, 어떻게 이 먼 곳에 오게 되
었을까?

"그분은 많은 기적을 이루셨지. 전사들과 괴물들을 물리쳤고, 천
사들은 물론 하느님과도 대화를 나누셨어. 오늘날은 콜룸실 성인
을 기리고 학교를 짓기 위해 아주 먼 곳에서 많은 수도사가 모여들
고 있단다."

* 콜룸바라고도 한다.
** 스코틀랜드의 옛 이름.

46

그럼 아이오나에 학교가 있단 말인가?

"나도 더블린 출신이야. 수도원에 완전히 적응하는 데 3년이 걸렸지. 하지만……."

수도사의 눈길이 바다 너머를 넋 놓고 바라보고 있었다.

"그들이 곧 들이닥칠 거야."

그는 수평선을 응시하면서 한숨을 쉬었다.

"그들이 누구예요?"

"백인 이방인들! 그들이 어느 나라 사람인지는 몰라. 북쪽 먼 곳이라는 것 말고는. 몇 달 전부터 커다란 배를 타고 연안지방을 누비고 다니면서 약탈과 노략질을 일삼고 있어. 아마도 콜룸실의 보물에 대한 소문을 들은 모양인데……."

"보물이요?"

"그래, 보물. 이 지방에서 가장 값지고 귀중한 것이지. 원하면 보여줄게. 저기 만이 보이지?"

그는 왼쪽으로 사오백 미터 떨어진 곳, 새뮤얼이 깨어난 작은 만을 가리켰다.

"콜룸실 성인이 섬에 도착한 곳이 바로 저기야. 그리고 저기 오른쪽으로 언덕 보이지? 보물을 감춰놓은 곳이야. 따라와 봐, 설명해줄게."

그들은 바다를 마주 보는 바위산을 기어오르기 시작했다. 거대한 돌 뒤로 사람이 들락거릴 만한 구멍이 뚫려 있는 것으로 보아 동굴이었다. 동굴은 천장에 뚫린 구멍에서 햇빛이 비춰들어 밝았는데 고통받는 선사 시대 동물의 시커먼 뱃속 같았다. 가로누운 들보 두 개가 둥근 천장을 떠받치고 있고 도끼 하나가 나무에 기대어져 있었다.

"백인 이방인들은 가차 없이 사람을 죽이지." 레이널드 수도사가 설명했다. "살려둔 사람들은 노예로 만들고, 포로와 약탈한 것들을 마호메트 숭배자들에게 판다는 소문도 있지. 하지만 콜룸실의 보물은 절대 가져가지 못해!"

새뮤얼은 눈을 부릅뜨고 둘러봤지만 보물의 흔적은 어디에도 없었다.

"보물이 어디 있는데요?"

"오늘 오후에 수도원에서 가장 아름다운 작품들을 이곳으로 옮길 거야. 시간이 좀 있으니까 설명해줄게."

"하지만 어떻게 그 백인 이방인들이 보물을 찾지 못할 거라고 확신할 수 있죠?"

"내가 막을 거니까." 레이널드 수도사가 아주 단정적으로 말했다. "그들의 배가 남쪽에 나타나는 즉시 나는 동굴에 합류할 거야. 내가 저기 보이는 들보들을 쪼개면 입구가 단번에 무너져 내리거든. 섬을 아무리 샅샅이 뒤져도 그들은 절대 콜룸실의 보물을 손에 넣지 못해!"

"그럼 그 다음에는 어떻게 나와요?"

레이널드 수도사는 머리 위로 보이는 천연굴뚝을 가리켰다.

"구세주께서 허락하시면 내가 저 공기통로로 빠져나가야지. 신부님이 내게 그 책임을 맡겼어. 내가 제일 날렵하고 또 제일 호리호리하니까."

그래서 별명이 '길쭉이' 구나, 새뮤얼은 속으로 생각했다.

"그러다 혹시 영영 나오지 못하게 되면 어떡해요?"

"그러면 죽는 거지……. 내 형제들이 이단자들과 싸우다 죽는 것과 마찬가지로. 하지만 적어도 콜룸실의 보물은 무사하겠지."

수도사는 미소를 지으면서 새뮤얼을 뚫어져라 쳐다봤다.

"그런 얼굴로 쳐다보지 마라! 네가 불쑥 나타난 것이 우리에게 희망을 주었어. 적어도 우리 중 몇 사람에게는. 적과 맞서 싸우기로 결정한 날에 네가 섬에 나타난 것이 우연의 결과일 수는 없으니까. 콜룸실 성인께서 너를 이곳으로 인도한 것이 틀림없어……."

레이널드 수도사의 어조에서 경이로움마저 느껴졌다. 새뮤얼은 고행하는 수도사 몇몇이 자신에게 중요한 의미를 부여하고 있음을 알아차렸다. 나에게 약간의 관용을 베풀던 것이 그래서였구나!

수도원으로 돌아오자 레이널드 수도사는 주방에 물고기를 갖다

준 뒤에—길쭉이 수도사는 전문 낚시꾼이 울고 갈 정도로 솜씨가 좋았다—새뮤얼에게 따라오라는 손짓을 하면서 예배당 밑에 있는 건물로 데려갔다.

"이제 콜룸실의 보물을 보면 경탄을 금치 못할 거다!"

수도사는 필사실의 문을 열면서 귀띔했다.

새뮤얼은 입을 멍하니 벌리고 있었다. 아버지가 이 자리에 계셨다면 이 고서적들을 보는 순간 감격해서 기절했을 텐데……. 이 수도사들은 이런 작업을 하는 최후의 사람들이 틀림없었다! 몇몇 수도사는 작은 걸상에 앉아 앞에 펼쳐진 책을 두루마리에 베끼고 있었다. 두루마리를 무릎 위에 올려놓고 몸을 숙인 불편한 자세로 그 모든 걸 손으로 쓰고 있다니! 양피지를 접고 묶어서 공책을 만드는 이들, 책받침대 앞에 붓을 들고 서서 페이지마다 그려진 삽화에 색을 입히는 이들도 있었다. 천장에 매달린 수많은 등잔에서 은은한 빛이 퍼지고 있었다. 옆에 놓인 보잘것없는 책장에는 완성된 책 수십 권과 복제되어야 할 책들이 꽂혀 있었다. 은빛 금속장정에 조각 장식을 한 책도 몇 권 보였다.

얼굴을 찌푸리며 못마땅해하는 곱사등이 에그린 수도사의 눈길을 받으면서 길쭉이 레이널드 수도사는 안쪽에 놓인 비스듬한 책상 앞까지 새뮤얼을 데려갔다. 책상 위에는 새뮤얼이 한 번도 본 적 없는 책이 놓여 있었다. 조각이 된 금박장정에는 천사들과 상상의 동물들에 에워싸인 성스런 인물이 손가락 두 개를 치켜세운 모습이 묘사되었고, 엄지만큼 굵은 파란색, 빨간색, 초록색 보석 10여 개가 박혀 있었다. 아, 이게 콜룸실의 보물이구나!

"이것이 바로 우리의 보물인 가장 아름다운 복음서 필사본이란다."

레이널드 수도사가 속삭였다.

"레이널드 형제!" 곱사등이가 으름장을 놓았다. "규율을 준수하시오!"

레이널드는 그 지적에 전혀 개의치 않는 것 같았고, 에그린은 벌레 씹은 얼굴로 흘겨보더니 홱 나가버렸다. 경탄하는 새뮤얼의 눈길을 받으면서 레이널드는 강력한 잠금쇠를 풀고 책을 펼쳤다. 페이지마다 아름다운 고어체가 빼곡했고, 다양한 색을 입힌 인간의 얼굴과 도형이 그려져 있었다. 아무것도 모르는 새뮤얼의 눈에도 상당한 가치가 있는 작품으로 보였다.

복음서를 훑어보기 시작한 지 3분쯤 됐을까, 갑자기 등 뒤에서 문이 덜컥거렸다. 신부가 곱사등이와 함께 들어왔다.

"레이널드 형제……." 신부가 말문을 열었다. "상황이 어떻든 이 소년이 우리 필사실의 평화를 깨뜨리면 안 되지. 절대로! 소년을 외양간으로 데려가고 저녁식사 시간까지 가둬두게!"

"하지만 신부님께서도 말씀하셨다시피……." 레이널드 수도사는 변명했다.

"복종하게, 레이널드 형제. 그리고 두 사람 다 회개하라. 오후가
되었으니 이제 우리의 책들을 안전한 곳으로 옮겨야 할 시간이다.
종을 울리고 모두 필사실로 집합하라. 그리고 사움, 지금부터 식사
시간까지는 너를 다시 보고 싶지 않으니까 내 말을 명심하거라."

신부가 나가자 곱사등이 에그린은 승리의 눈빛을 번득이면서 두
손을 비볐다.

새뮤얼은 소스라치게 놀라서 잠을 깼다. 얼굴이 땀에 젖어 있었
다. 딴딴해진 위에서 이상한 소리가 났다. 그 고약한 양배추 수프가
얹혔나? 새뮤얼은 덧문 쪽으로 눈길을 던졌다. 이제 막 동이 트고
있었다.

그 순간 새뮤얼은 괴상한 소리가 배에서 나는 게 아니라는 걸 깨
달았다.

새뮤얼은 벌떡 일어나서 창문 앞으로 뛰어갔다. 고함소리, 함성,
무기 부딪치는 소리가 요란했다. 공포에 사로잡힌 새뮤얼은 창문
과 한참 씨름한 끝에 덧문을 열었다. 밖에서 전투가 벌어지고 있었
다. 백인 이방인들이 상륙한 건가? 안면가리개 달린 투구를 쓴 거
구의 전사들을 상대로 그럭저럭 방어를 하는 수도사들도 있고, 예
배당에 틀어박혀 있거나 하나둘 투항하는 수도사들도 있었다.

그때 외양간의 문이 벌컥 열렸고, 젖소가 겁먹은 울음소리를 냈다.

"사움! 사움!"

손에 검을 들고 헐레벌떡 들어온 레이널드 수도사는 문을 걸어 잠그고 숨넘어가는 소리로 말했다.

"놈들이 급습했어…… 새벽에……. 방어할 겨를도 없이 당했어! 놈들에게 신호를 보내기 위해 누군가가 일부러 불을 지른 것 같아! 수도원이 침략당하고 말았어!"

파박! 문을 거칠게 치는 소리가 났다.

"네가 콜룸실의 보물을 구해야 해, 사움, 아니면 저 야만인들이 훔쳐갈 거야!"

"내가요? 하지만 수도사님이 동굴로 가기로 했잖아요? 나는 어떻게 해야 하는지도 모르는데……."

쾅쾅! 또다시 문을 발길로 차는 소리가 났다.

"잘 들어, 사움, 우리에겐 시간이 없어."

그는 수도복 자락을 장딴지까지 들추고 피가 철철 흐르는 발목을 보여주었다.

"나는 발을 다쳐서 빨리 갈 수가 없어. 너는 날렵하니까 빠져나갈 수 있을 거야."

우지끈! 이번에는 널빤지 빠개지는 소리가 났고, 젖소가 더 요란하게 울었다.

"너는 안전할 거야." 레이널드 수도사가 새뮤얼의 팔을 잡아끌면서 덧붙였다. "벽에 바짝 붙어 있다가 문이 열리는 순간……."

그 순간 문틀이 박살이 났기 때문에 그는 말을 끝마칠 수 없었다. 한 무리가 고함을 지르면서 들이닥쳤다.

"뛰어, 사웁!"

레이널드 수도사가 침입자들에게 검을 휘두르면서 외쳤다.

다리가 후들거리지만 새뮤얼은 희끄무레한 어둠 속으로 뛰쳐나갔고, 여기저기서 검 부딪는 소리가 쩌렁쩌렁 울렸다. 새뮤얼은 커다란 통 뒤로 숨었다가 허리를 숙이고 말뚝 울타리를 따라갔다. 일단 수도원 뒤편에 이르자 초원 쪽에 적의 침입을 막기 위해 쳐놓은 방책을 뛰어넘어 전속력으로 달리기 시작했다.

'뛰어, 사웁! 콜롬실의 보물을 구해!' 하고 외치는 소리가 들리는 것만 같았다.

첫 번째 돌담에 이르렀을 때 새뮤얼은 땅바닥에 엎드렸다. 아직 날이 훤히 밝지는 않았으니 아무도 볼 수 없을 것이다. 몸을 돌리던 새뮤얼은 수도원 어귀에서 한 수도사가 싸우기는커녕 적과 이야기를 나누는 모습을 발견했다. 에그린? 곱사등이 에그린이 형제들을 배신한 거였어! 약탈자들에게 길을 인도하기 위해 불을 질렀던 사람은 바로 에그린이었다! 에그린이 새뮤얼이 있는 방향을 손가락으로 가리키고 있었다.

새뮤얼은 자세를 낮추고 다시 달렸다. 운이 좋았는지 새뮤얼은 백인 이방인들에게 발각되지 않았다. 이 침략자들은 누구며, 아이오나 섬을 쳐들어온 때는 몇 세기일까?

시야를 가로막는 바위를 돌면서 새뮤얼은 갑자기 답을 알았다. 용 모양의 뱃머리가 인상적인 커다란 배 두 척이 서쪽에 정박해 있었다. 범선의 끝이 뾰족하게 휘어 있는 것이며 새빨간 직사각형 돛이며…… 의심의 여지가 없는 해적선이었다! 역사책에서 봤던 것과 똑같은 해적선! 백인 이방인들은 바이킹이었다!

깜짝 놀란 새뮤얼은 중심을 잃고 풀밭에 벌렁 자빠졌다. 지금까지 인정하지 않고 있던 모든 것을 명백한 사실로 받아들이지 않을 수 없었다. 수도원, 필사실, 수도사들, 바이킹……. 이럴 수가! 시대가 바뀌어 있었다. 시대가 바뀌었다니!

새뮤얼은 뒤를 힐끗 돌아봤다. 전사 한 명이 뒤쫓고 있고, 다른 전사들은 수도원으로 들어가고 있었다. 에그린이 서 있던 땅바닥에 웅크린 인간의 모습이 어렴풋이 보이는 것으로 보아 침략자들이 공모자 에그린을 폭력으로 징벌한 것이 틀림없었다.

새뮤얼은 다시 내달렸다. 새뮤얼이 많이 앞서 있지만 추적자는 다리가 두 배는 길었다. 이제는 오렌지빛 해가 널름거리면서 잿빛 바다를 환상적으로 물들이고 있었다. 아이오나는 세상의 반대쪽에 있는 섬 같았다. '숨을 깊이 두 번 들이쉬었다가 깊이 내뱉으면서 멈추지 말고 계속 달려!' 오리처럼 꽥꽥거려서 '대피 덕'이란 별명으로 불리는 체육 선생님의 충고를 생각하면서 새뮤얼은 속도를 늦추지 않고 계속 달리다 전날 레이널드 수도사와 지나갔던 오솔길로 올라갔다. 저 멀리 낚시하던 장소가 보이는 것 같았다!

마침내 새뮤얼은 바다가 내려다보이는 언덕에 이르렀다. 쫓아오는 바이킹은 여전히 사오백 미터쯤 떨어져 있었다. 붙잡을 수 있다고 확신하는 건가, 달리기를 못하는 건가? 턱까지 내려오는 괴상망측한 투구와 방패, 150센티미터쯤 되는 검까지 들고 있었다. 어떻게 해서든 피하는 것이 상책이었다.

새뮤얼은 숨을 헐떡이면서 바위산을 기어올랐다. 동굴 입구가 어디였지? 조금만 더 올라가면 되었다. 울퉁불퉁한 바위에서 미끄러진 새뮤얼은 수도사들이 책들을 놓기 위해 배치해놓은 낮은 탁자 중 하나에 부딪혀서 넘어질 뻔했다. 빨리 도끼를 찾아야 하는데……. 새뮤얼은 도끼손잡이를 움켜잡고 제일 얇아 보이는 첫 번째 들보부터 내리쳤다. 작동하지 않으면 어떡하지? 이 장치가 효과가 없다면? 새뮤얼은 더 세게 내리쳤다. 나무가 깊이 패었다. 한 번 더, 한 번 더! 첫 번째 들보가 우지끈, 부러지는 소리가 났다. 동굴 입구 위쪽의 돌덩어리가 흔들리는 것 같더니 더는 꿈쩍하지 않았다. 손바닥에 큰 물집이 두 개나 생겼기 때문에 새뮤얼은 손을 주물렀다. 백인 이방인이 아주 가까이 와 있는 것 같았다. 새뮤얼은 도끼로 두 번째 들보를 내리치기 시작했고 격렬하게 흔들렸다. 이러다 느닷없이 벽 전체가 무너져 내리면? 우르릉 쾅쾅! 새뮤얼은 가까스로 뒤로 피했다. 순식간에 천장이 붕괴되면서 어마어마한 바위 덩어리가 동굴 입구에 쾅, 하고 떨어졌다. 와, 해냈어!

구름 같은 흙먼지가 가라앉는 동안 숨을 돌린 새뮤얼은 피해가 그리 크지 않다는 것을 확인했다. 탁자 한 개만 피해를 입고 책 몇 권이 나뒹굴고 있었다. 새뮤얼은 기계적으로 차곡차곡 쌓았다. 서점상 아들의 반사적 행동인가. 그중 보기 드문 크기의 제일 작은 책은 끝에 고리가 달려 있었다. 허리춤에 매달라고 달아놓은 것일까? 책을 펼쳐보니 이상하게도 20쪽이나 똑같은 데생이 반복되고 있었다. 아이오나 섬을 그린 데생과 설명인 것 같은데……. 유감스럽게도 여전히 라틴어는 해독할 수가 없었다. 갑자기 새뮤얼의 온몸이 굳어졌다. 밖에서 소리가 나고 있었다. 망치질소리 같은 것이 쿵쿵 울렸다. 뒤쫓아온 바이킹이 요란한 굉음에도 불구하고 도망치지 않은 것인가? 혹시 이미 바위 덩어리를 치우기 시작한 걸까?

새뮤얼은 주위를 둘러보면서 방어할 만한 것을 찾아봤다. 들보가 산산조각이 났으니 만약의 경우에는 쪼개진 돌을 무기로 삼으면 되겠어……. 필사실에서 훑어봤던 금박 입힌 책을 포함해서 가죽으로 장정한 귀한 책들밖에 없었다. 샅샅이 살피던 새뮤얼은 동굴 벽에 움푹 파인 곳에서 상자 하나를 발견했다. 새뮤얼은 상자를 밝은 데로 옮겨놓고 뚜껑을 열었다. 주화……? 금화와 은화가 가득했다. 수도원의 또 다른 보물인가! 손가락으로 휘젓던 새뮤얼은 가운데 구멍이 뚫린 금화 하나를 발견했다. 판독할 수 없는 문자, 크기도 같아 보이는 것이…… 맞아, 아버지의 지하실에서 사용했던 그 동전이랑 똑같아! 태양문양에 딱 들어맞는 동전이 있어야 하는 거였어! 왜 좀더 일찍 그 생각을 하지 못했을까? 동전을 갖고 아이오나 섬에 왔으니 떠나기 위해서는 또 다른 동전이 필요했던 거야! 가운데 구멍이 뚫리고 크기도 똑같잖아!

새뮤얼은 수도사가 빌려준 바지 주머니에 귀중한 금화를 집어넣었다. 콜롬실 만의 해변은 10분 거리에 있었다. 이제 태양문양의 돌이 있는 데로 가면 되는 거야.

새뮤얼은 동굴 천장에 나 있는 천연굴뚝의 높이를 측정했다. 적어도 15미터. 방학 동안에 틈틈이 등산을 했으니까 문제없이 오를 수 있을 거야. 그러나 키가 너무 작기 때문에 발판 같은 것이 필요했다. 그래서 새뮤얼은 동굴 안쪽 마른 바닥으로 책들을 옮겨놓고, 탁자를 하나하나 쌓아올렸다. 그렇게 만든 임시 사다리에 올라서자 갈라진 바위 틈까지 어렵지 않게 오를 수 있었다. 새뮤얼은 해적이 바위 덩어리로 막힌 입구를 뚫으려고 고래고래 지르는 소리를 듣지 않으려고 애를 쓰면서 천천히 올라갔다. 그렇게 올라간 지 3분쯤 후 언덕 꼭대기에 이른 새뮤얼은 갈라진 틈으로 빠져나갔다. 새뮤얼은 요오드를 함유한 바닷가의 공기를 깊이 들이마셨다. 이제부터는 눈에 띄지 않게 조심해야 했다.

새뮤얼은 납작 엎드려서 도마뱀처럼 언덕의 반대 측면을 기어갔다. 꼭대기까지 쫓아온다면 몰라도 해적이 새뮤얼을 발견할 가능성은 거의 없었다. 그럼에도 불구하고 새뮤얼은 거리가 멀리 떨어질 때까지 콜룸실 만을 향해 계속 기어갔다.

해변이 내려다보이는 비탈에 이른—대피 덕 선생님이 봤으면 단거리 경주자의 자질이 있다고 칭찬했겠지—새뮤얼은 바위 위로 펄쩍 뛰어내렸다. 태양문양의 돌이 거기 있었다! 이제 집으로 돌아가는 거야! 새뮤얼은 들뜬 마음으로 바지에서 동전을 꺼냈고, 마지막으로 주위를 둘러본 다음에 태양문양에 동전을 올렸다. 돌이 따뜻해지기 시작하더니 한순간에 끔찍하게 뜨거운 열기가 팔을 타고 올라왔다. 새뮤얼은 고통의 비명을 질렀지만 이제는 아무도 그 소리를 들을 수 없었다.

V

최 전 선 에 서

"웩웩!"

새뮤얼은 위 속에 있는 것을 다 토해내고 목멘 비명을 지르면서 진창을 엉금엉금 기어다녔다. 수도사들의 금화가 새뮤얼을 집으로 돌려보내지 않았던 것이다!

새뮤얼은 파자마 같은 셔츠와 바지를 더럽히지 않으려고 조심하면서 일어섰다. 봄날 아침처럼 선선하고 안개가 낀 날씨였다. 새뮤얼은 옛날 마을에 와 있었다. 큰길을 따라 여기저기 골조만 남은 벽, 부서진 지붕, 고철 뼈대, 무너진 들보가 보였다. 천재지변이 일어난 뒤에 폐허가 된 마을이라고 할까……. 새뮤얼은 주변을 둘러보면서 태양문양의 돌을 찾으려고 두리번거렸다. 무성한 잡초에 반쯤 가려진 오래된 분수대 옆에 떨어져 있었다. 물론 이번에도 금화는 보이지 않았다.

이번에는 어디에 와 있는 거지? 어느 시대에? 허물어졌지만 집들은 아이오나 섬과는 달리 대문과 창문이 있었다. 그러나 현대식 건물이라곤 없었다. 새뮤얼은 무턱대고 아무 집이나 들어갔다. 부서진 가구, 박살 난 의자들이 진흙탕이 된 타일 위에 흩어져서 아수라장이었다. 새뮤얼은 그 집을 나와 다른 집으로 들어갔는데 엉망이기는 어느 집이나 마찬가지였다. 황폐한 집들……. 새뮤얼은 먹을 것을 찾으려고 낡은 상자를 뒤지고 다녔지만 헛수고였다. 그렇게 해서 새뮤얼은 차츰 거리 끝에 이르렀다. 주위의 풍경은 을씨년스럽다 못해 황량했다. 진창이 되어버린 우중충한 고원, 무시무시한 폭풍우에 나무들이 뽑히고 잘려나간 것 같은 언덕, 아직 대서양에 있는 것이라면 좋겠는데…….

"여기…… 여기요……."

새뮤얼은 소스라치게 놀랐다. 무덤 속에서 나는 것 같은 목소리가 두 동강 난 헛간 뒤쪽 어딘가에서 올라왔다.

"거기…… 누구 없어요?"

대답하지 않는 것이 현명하다고 판단한 새뮤얼은 쑥대밭이 된 작은 마당을 한 바퀴 돌았다. 목소리는 가시덤불이 우거진 구덩이에서 나고 있었다.

"제발……."

한 남자가 구덩이 안에 쓰러져 있었다. 군인? 흙으로 범벅이 된

군복 차림의 남자는 움직이지 못하는 것 같았다. 다리 하나가 이상하게 구부러져 있고, 출혈이 심한 상태였다.

"물 좀 줘요, 제발."

군인은 흙이 덕지덕지 앉은 얼굴로 간신히 입술을 달싹거렸는데 두 눈이 하얀 점처럼 움직였다.

"물!" 군인은 신음소리를 냈다.

군인의 억양과 복장, 둥근 투구를 보면서 새뮤얼은 생각나는 것이 있었다.

"다쳤어요?"

"내 수통을 좀……."

새뮤얼은 조심조심 구덩이로 내려갔다. 구닥다리 샌들을 신고 있어서 가시덤불에 주의해야 했다. 새뮤얼은 덤불 속에 처박힌 철재 수통을 꺼내서 뚜껑을 연 다음 수통 주둥이를 군인의 바짝 마른 입에 대주었다. 군인은 정신없이 꿀꺽꿀꺽 마셨다.

"고맙구나." 군인이 더 명확한 목소리로 말했다. "하느님이 너를 보내주셨나 보다. 그런 차림으로 네가 여기서 뭘 하고 있는지 모르겠다만…… 어쨌든 나를 위해서 네가 구조요청을 해줘야겠다."

금방이라도 까무러칠 것 같은 군인을 보면서 새뮤얼은 말을 끊지 않으려고 고개를 끄덕였다.

"마을에서 다시 나가야 해. 반대쪽으로. 눈에 띄지 않게 도로를 따라가. 계속 직진. 1킬로미터쯤 가면 수빌 요새가 있어. 알고 있겠지? 가서 그들에게……."

군인이 힘겹게 기침을 했다.

"그들에게 239보병연대 샤르트렐 하사가 부상당했다고 말해줘. 플뢰리에 있는 헛간 뒤라고 말하면 알아들을 거다. 야전병원 위생병들이 왜 나를 못 찾는지 모르겠어. 아마 내가 의식을 잃었던 거겠지."

군인은 애원하는 눈길로 새뮤얼을 쳐다봤다.

"해줄 거지? 나를 여기 그냥 내버려두지 않을 거지? 난…… 그리 오래 버티지 못할 거야."

새뮤얼은 고개를 끄덕였다.

"자, 그럼 도로를 따라가거라, 꼬마야. 능선 쪽으로 올라가면 안 된다. 그 위에 독일군이 우글거리고 있어."

샤르트렐 하사는 무슨 말을 더 하려다가 눈을 감고 천천히 숨을 몰아쉬었다.

지체할 시간이 없었다.

구덩이를 빠져나온 새뮤얼은 큰길에 들어서서 반대 방향으로 출발했다. 전쟁…… 전쟁이 일어난 거야! 무슨 전쟁이지? 독일군이라고 했어. 그럼 2차 세계대전인가? 하지만 2차 세계대전에 관한 비디오게임을 석 장이나 갖고 있는데 처음 보는 군복이잖아. 그렇다면 1차 세계대전이겠지. 언젠가 역사 시간에 봤던 흑백영화, 참호도 그렇고 모든 게 비슷해. 그래, 맞아. 1차 세계대전일 가능성이 커. 샤르트렐은…… 프랑스군 하사일 거야.

도로에 들어선 새뮤얼은 몸을 숙였다. 이제는 이 차림에 웬만큼 익숙해졌지만 흰색 셔츠와 바지를 입었으니 그야말로 이상적인 표적이 아닌가. 특히 뚝뚝 부러져나간 나무들하며 폐허가 된 집들하며 전투가 한창인 전쟁터에서는…….

어찌 되었든 이 마을에 숨어서 기다려본들 집으로 데려다줄 버스가 오는 것도 아닌데…… 지금은 일단 부상자부터 구하고 볼 일이었다.

새뮤얼은 황폐한 잿빛 전쟁터를 무사히 통과했다. 능선에 있다는 독일군은 보이지 않았다. 너무 이른 시간인가……. 사무실에서 업무 시간이 존재하는 것처럼 전쟁터에서도 전투일정표가 존재하는 걸까?

"어이, 거기! 거기 누구냐? 손들어!"

덤불숲에서 불쑥 튀어나온 병사 세 명이 길을 막고 총으로 새뮤얼을 위협했다.

"어떡할까요, 마르셀?" 키가 더 큰 병사가 어리둥절한 표정으로 물었다. "쏴요, 말아요?"

"쏘지 마, 자노." 고참 병사 마르셀이 대꾸했다. "무슨 일인지 먼

저 물어봐야지."

"맙소사, 애송이잖아!" 이번에는 콧수염을 기른 병사가 외쳤다.

"너는 누구냐?" 마르셀이 물었다. "어디서 왔어?"

"239보병연대 샤르트렐 하사가 보내서 왔습니다." 새뮤얼은 얼른 말했다. "저 아래 플뢰리 마을 헛간 뒤에 있는데 다리에 총을 맞았어요. 중상인 것 같아요……."

"이런 빌어먹을! 샤르트렐? 그저께 전투에서 실종되었는데! 살아 있는 거야?"

"네가 그걸 어떻게 알지, 꼬마야?" 고참이 물었다. "우리를 함정에 빠뜨리려는 독일군의 계략 아냐?"

"이제 어떡해요?" 키다리 병사가 또다시 우직하게 물었다. "쏴요, 말아요?"

"총 내려, 자노!" 콧수염이 지시했다. "소년이잖아! 프랑스어로 말하고 하사의 이름까지 알고 있는데!"

"우리가 결정할 사항이 아냐! 대위님께 알려야 해."

마르셀이 응수했다.

그러고는 턱짓으로 앞을 가리키면서 새뮤얼에게 말했다.

"앞장서라. 허튼 수작부리지 말고!"

새뮤얼은 잠자코 앞서 걸어가면서—아이오나 섬에서 침묵의 미덕을 배우지 않았던가—병사 셋이 어떤 자들인지 궁금했다. 우직한 키다리 병사는 툴툴거리면서 총을 다시 쳐들었다.

"저기 까마귀가 있어요, 마르셀. 쏠까요?"

"멍청하기는! 독일군에게 우리의 위치를 알리고 싶어서 그래? 총 쏠 기회가 얼마든지 있는 두오몽 요새로 보내줄까?"

그들은 그런 대화를 나누면서 수빌 요새까지 걸어갔다. 도로와 마을을 굽어보는 언덕에 돌로 벽을 쌓은 요새였다. 그들이 터널을 통해 안으로 들어가자, 초소를 지키는 보초병이 말했다.

"언제 교대하러 올 거야, 자노?"

"아직 총을 쏴보지도 못했어!" 키다리 병사가 마치 총 쏘는 것이 인생에서 가장 중요한 일인 듯 대꾸했다.

그들은 터널에 이어서 지하도로 접어들었고 새뮤얼은 길을 기억해두려고 애를 썼다. 휴게실에는 병사 여러 명이 담배를 피우면서 농담을 하거나 카드 게임을 하고 있었다. 마르셀은 병사들로부터 멀찍이 떨어진 자리에서 뻣뻣하게 선 채 그들의 모습을 지켜보고 있는 한 군인에게 달려갔다.

"대위님!" 마르셀이 차려 자세로 외쳤다. "플뢰리 도로에서 한 소년을 생포했습니다! 그런데 샤르트렐 하사가 살아 있는 걸 봤다고 주장하고 있습니다."

대위는 마르셀을 노려보다가 차가운 어조로 내뱉었다.

"내 방으로 데려와!"

한 병사가 즉시 카드 게임을 중단하고 새뮤얼을 노란색 방으로 데려갔는데 전구 두 개가 불을 밝히고 있고, 가구라고는 의자 세 개와 벽에 붙여놓은 선반이 전부였다.

대위는 10분 후에 들어왔다.

"샤테네, 내가 직접 물어볼 테니까 나가봐!"

단 둘이 있게 되자 대위는 새뮤얼을 의자에 앉힌 다음 뒤에 서서 등받이에 두 손을 올렸다.

"당장 너에게 총을 쏠 수도 있다." 대위는 다짜고짜로 말했다. "네가 금지구역에 들어왔으니까. 주변의 도시는 물론 베르됭까지도 주민들이 피난을 떠났어. 따라서 이곳에 나타나는 민간인은 자동적으로 간첩 혐의를 받을 수밖에 없다."

그렇게 말하면서 대위가 반응을 살폈지만, 새뮤얼은 눈썹 하나 까딱하지 않았다.

"너에게 내줄 시간이 별로 없으니 바른대로 말해, 꼬마야. 몇 주 전부터 독일군이 점점 흉악하게 굴면서 아무 때나 공격을 개시하고 있다. 이런 전시 상황에서는 내가 너를 처형해도 그게 옳았는지 아닌지 아무도 따질 수가 없어……."

대위는 주위를 빙빙 돌다가 새뮤얼 앞에서 멈춰 섰다.

"두 가지 추측이 가능해. 내가 보낸 정찰대가 샤르트렐 하사를 데리고 무사히 돌아오면 너를 가출소년으로 간주하겠다. 너는 고아원이나 소년원에서 도망쳐 나왔을 수도 있어. 네 옷차림이 그래…… . 배회하다가 길을 잃고 플뢰리까지 온 것이겠지. 그 경우라면 내일 너를 경찰에 넘길 거니까 미꾸라지처럼 빠져나가든 말든 알아서 해. 그리고 내 정찰대가 계략에 걸려들었을 경우에는 너를 배신자로 간주하겠다. 그 결과는 내가 말 안 해도 알겠지?"

"전 사실대로 말씀드린 겁니다." 새뮤얼은 침착하게 말했다.

대위는 새뮤얼의 말을 잘랐다.

"거짓말은 안 하는 게 좋다, 꼬마야. 심문을 받는 것보다 순순히 말을 듣는 편이 나을 것이다. 이제 샤테녜가 너를 감방으로 데려갈 거니까 조금 있다가 보자. 이곳으로 다시 불려올 때는 바른대로 말하는 것이 이로울 것이다. 아니면…… ."

대위는 새뮤얼의 목덜미를 움켜잡아서 우악스럽게 문 쪽으로 떠밀었다.

"샤테녜, 이 아이를 감방에 집어넣어! 담요와 먹을 것을 줘라. 정찰대가 돌아오는 즉시 책임 장교를 내 방으로 보내고!"

두 시간? 세 시간? 새뮤얼은 시간 개념을 잃었다. 께름칙한 밤색 담요로 몸을 감싸고 앉아서 새뮤얼은 군인용 밥통 안에 남은 비스킷 부스러기를 손가락으로 찍어먹고 있었다. 감방은 눅눅하고 지린내가 진동했지만 춥지는 않았다. 새뮤얼은 정찰대가 아무 일 없이 요새로 돌아오기를 기다리는 수밖에 없었다. 불행히도 정찰대가 교전을 벌이게 된다면……. 그렇지만 새뮤얼은 대위의 협박을 믿지 않고 있었다. 아무리 전시라고 해도 설마 열네 살짜리 소년을 총살할 리는 없겠지! 그럴 리 없어, 그냥 겁을 주려는 거야……. 무슨 일이 있어도 경찰서로 끌려가는 것만은 피해야 해. 태양문양의 돌이 여기서 불과 1킬로미터 떨어진 곳에 있는데……. 고아원이나 소년원으로 보내버리면 집으로 돌아가는 걸 단념해야 한다는 건데, 안 돼! 어떻게 해서든 도망칠 방법을 찾아야 해!

큼직한 빗장이 덜커덕거리더니 새뮤얼을 체포했던 호의적인 콧수염 병사가 문간에 나타났다.

"괜찮니, 꼬마야? 여기 냄새가 좀 그렇지? 이런 감방이 네가 있을 곳은 아니지. 어서 일어나. 바람 쐬러 나가자. 너와 얘기하고 싶어 하는 사람이 있거든."

새뮤얼은 담요를 뒤집어쓴 채로 따라나섰다. 빛이 들어오지 않기는 마찬가지인 복도를 따라 휴게실 너머 철문 앞까지 걸어갔으니 바람 쐰다는 것은 그냥 말에 지나지 않았다. 아니라고 확신하면서도 새뮤얼은 총살 처형장으로 통하는 복도일까 봐 약간 두려웠다.

"대…… 대위님이 저기 계세요?" 불안해진 새뮤얼이 물었다.

"대위님? 아! 곧 만나게 될 거야!"

콧수염 병사는 철재 손잡이를 돌려 문을 열고 새뮤얼을 들여보냈다.

"난 여기서 기다릴게. 안에서는 담배를 피울 수 없거든. 담배나 한 대 피우고 있지, 뭐."

새뮤얼은 안으로 들어서면서 냄새 때문에 대번에 어딘지 알아차렸다. 의무실 아니면 병원이었다. 벽을 따라 줄지어 늘어선 침대에 부상병 10여 명이 누워 있었다. 흰색 가운을 걸친 위생병이 새뮤얼을 보고 활짝 웃어 보였다.

"레오나르드는 저기 있어, 꼬마야. 너에게 고마워하고 있단다!"

새뮤얼이 칸막이 쪽으로 다가가서 보니 샤르트렐 하사가 회색 시트 위에 누워 있는데 다리에 창살을 친 새장 같은 것이 씌워져 있었다. 창백하고 초췌한 얼굴을 보면서 새뮤얼은 하사의 나이가 스물다섯 살쯤, 어쨌든 서른 살은 넘지 않을 거라고 생각했다. 하사는 반가워하는 표정을 지었다.

"고마워, 정말 고맙다, 꼬마야. 간발의 차이였어. 조금만 늦었어도……. 이틀 전에 습격을 받았어. 플뢰리를 사수하기 위해 싸우다 구덩이에 빠졌는데…… 그 바람에 목숨을 구했다고 봐야지. 하지만 네가 아니었다면……. 이름이 뭐니?"

새뮤얼은 프랑스식 이름을 궁리했다.

"자크, 자크예요."

"아, 그래, 자크, 넌 내 수호천사야. 대위님이 너를 무섭게 대했다는 얘기를 들었는데 걱정하지 마. 별일 없을 거니까. 혹시라도 무슨 일이 일어나면⋯⋯."

레오나르드 샤르트렐 하사는 새뮤얼을 향해 팔을 내밀고 천천히 주먹을 폈다.

"자, 받아. 너에게 이걸 주고 싶었어. 내 행운의 상징이란다. 작년에 한 참호에서 주웠는데 주인을 찾지 못했지."

샤르트렐 하사가 새뮤얼의 손바닥에 가운데 구멍이 뚫린 은메달을 놓았는데 푸르스름한 금속 테두리에 '프랑스 공화국'이라고 새겨 있었다.

"용맹한 병사들에게만 수여되는 메달이란다. 나도 언젠가는 받을 수 있겠지! 이 메달의 주인은 이 중요한 것을 잃어버렸거나 총을 맞은 게 틀림없어. 그 주인에게는 더 이상 아무런 가치가 없게 됐지만 그 대신에 이 메달이 나를 지켜줬다고 생각해. 전쟁터에 뛰어들 때는 무언가에 의지할 필요가 있지. 네가 나에게 왔다는 것이 그 증거야."

전날 마치 초능력을 지닌 소년을 보듯 쳐다보던 레이널드 수도사와 똑같은 눈길로 샤르트렐 하사가 새뮤얼을 뚫어져라 응시했다. 서점 지하실에 있다가 영문도 모른 채 이 세계에 온 것일 뿐이건만!

"자, 이 메달을 받아, 꼬마야. 너는 이걸 가질 자격이 있어!"

새뮤얼은 메달을 꽉 쥐었다. 메달은 따뜻했다. 하사의 체온일까 아니면, 다른 것일까? 새뮤얼은 이제 현대로 돌아가게 해줄 물건을 갖게 된 것이라고 확신했다. 이 확신이 어디서 오는 것인지 모르지만 그런 느낌이 들었다.

바로 그 순간 요새에 사이렌이 울리면서 고막이 찢어질 정도로 폭발음이 났다. 복도에서 고함소리가 울리기 시작했다.

"비상, 비상! 공격이다! 전원 제 위치!"

첫 번째 폭발음은 두꺼운 벽을 통해 멀리서 들려왔는데 귀가 먹먹했다. 이어서 몇 초 간격으로 두 번째 폭발음이 울렸다.

"빌어먹을 놈들!" 위생병이 흰 가운을 벗으면서 외쳤다. "가만히 내버려두질 않는군!"

위생병은 문 쪽으로 가다 가방을 움켜잡았다.

"꼬마야, 위험하니까 너는 여기 있어. 내 도움이 필요한 병사가 있는지 나가봐야겠다."

부상병들이 모두 침대에 일어나 앉아서 불안한 얼굴로 수군거리고 있었다. 천장의 전등 불빛이 가물거리며 약해졌다.

"이런, 놈들이 전기시설을 공격하고 있는 게 틀림없어."

샤르트렐 하사가 말했다.

폭발음이 연속으로 세 번 이어지더니 갑자기 모든 전등이 꺼졌다. 또다시 폭발음이 나고 의무실은 캄캄한 어둠 속에 잠겼다.

새뮤얼은 그 순간 결단을 내렸다. 이런 기회는 다시없을 거야!

"고맙습니다."

새뮤얼은 샤르트렐 하사의 손목을 잡으면서 중얼거렸다.

새뮤얼은 담요를 들고 문 쪽으로 뛰었다. 들어오면서 기억해두려고 애를 썼기 때문에 새뮤얼은 왼쪽으로 긴 복도 세 개를 지나면 요새 입구가 있다는 걸 알고 있었다. 새뮤얼은 이따금 손으로 벽을 더듬으면서 무작정 내달렸고, 반대쪽 어둠 속에서 오는 군인들과 부딪쳐서 두세 번 넘어질 뻔했다.

"방어진지로! 서둘러라!"

마지막 갈림길에 이르러서도 바깥의 빛이 보이지 않으면 길을 잘못 든 것인데……. 폭발이 점점 잦아졌고, 아주 가까운 데서 폭탄이 터지는지 바닥이 심하게 흔들렸다. 새뮤얼은 어떻게 보초를 따돌리고 통과할지 방법을 궁리했다. 주의를 흩뜨려볼까?

새뮤얼은 벽에 찰싹 붙어서 초소를 살폈다. 우직한 자노가 보초를 서고 있었다. 혼자 보초를 서고 있다면 좋겠는데…….

"자노!" 새뮤얼이 벽에서 떨어져 나와 외쳤다.

"대위님이 찾으세요!"

"뭐라고?" 자노가 총을 겨누면서 소리쳤다.

"방어진지에 공격인원이 부족해서 전원 다 필요하대요."

"방어진지에서?"

"네! 심부름할 사람이 없어서 대위님이 나한테 알리라고 했어요. 사격수 전원이 필요하다고 빨리 방어진지로 오래요."

"사격수? 그럼 드디어 내가 총을 쏘게 되는 건가?"

자노는 총을 내리면서 중얼거렸다.

"서둘러서 가면 그렇겠죠! 독일군은 기다리지 않을 테니까!"

"그럼…… 보초는 누가 서지?"

"대위님이 철책을 걸어 잠그라고 했어요. 그건 나한테 맡기고 어서 가세요!"

우둔한 자노는 사태 파악이 잘 안 되는지 잠시 머뭇거렸다.

"총을 쏘게 된단 말이지!" 그는 만족스런 얼굴로 되뇌었다. "총을 쏘게 된단 말이지!"

그는 마침내 지하실로 달려갔다. 저런 햇병아리 신병들을 데리고 전쟁을 어떻게 이기겠어!

자노가 복도로 사라지자, 새뮤얼은 철책에 다가섰다. 밖에서는 계속되는 폭격에 구름 같은 먼지가 일었다. 뛰쳐나가기에는 너무 위험한 때지만 새뮤얼은 선택의 여지가 없었다. 포탄이 태양문양의 돌에 떨어지지만 않는다면 지금 이 시대에 작별을 고할 수 있었다.

새뮤얼은 다음 폭격이 일어날 때까지 기다렸다가 플뢰리 방향 도로를 100미터쯤 달렸다. 요란한 폭음 속에서 하늘에 번개가 치듯 간간이 줄무늬가 그려지고 있었다. 새뮤얼은 제발 눈에 띄지 않게 해달라고 빌면서 담요를 뒤집어썼다. 포탄이 마주쳐 지나가고, 총격이 이어지는 것으로 보아 수빌 요새의 포병대가 반격하고 있었다. 자노 병사가 얼마나 행복해하고 있을까!

새뮤얼이 위험지역을 벗어났다고 생각하는 순간 갑자기 슝, 하면서 무언가가 귓가를 스쳐지나 갔다. 총알……? 새뮤얼은 땅바닥에 납작 엎드리고 갓길로 굴러서 밭으로 들어갔다. 새뮤얼은 놀란 가슴을 쓸어내리면서 잠시 기다렸다. 더 이상의 사격은 없었다. 2분쯤 후 새뮤얼은 뱀처럼 기어가기 시작했다. 독일군이 플뢰리를 포위했다면? 마을 쪽을 살펴봤다. 아니, 도로는 텅 비어 있었다.

200미터쯤 기어간 끝에 새뮤얼은 마침내 첫 번째 폐가에 이르렀다. 부서진 벽난로에 등을 기대고 서서 온몸이 흙투성이가 되어 있음을 확인했다. 마치 일부러 위장이라도 한 것처럼! 도로 저편의 요새는 계속 폭격을 받고 있었다. 하늘에서 폭탄이 비 오듯 쏟아지고 있었다. 영화에서 보던 장면과는 비교도 되지 않았다.

용기가 생긴 새뮤얼은 발각되지 않으려고 조심하면서 이 집에서 저 집으로 옮겨갔다. 반쯤 부서진 분수대도 그대로였고, 태양문양의 돌도 무성한 잡초 속에 있었다.

새뮤얼은 샤르트렐 하사가 준 메달을 들고 가슴에 꼭 품었다.

"제발, 제발 나를 집으로 돌려보내 줘……."

새뮤얼은 떨리는 손으로 태양문양의 돌을 향해 메달을 내밀었다.

VI

어둠 속에서

　새뮤얼은 손과 다리로 전해지는 바닥의 냉기를 느꼈다. 메스꺼움 때문에 허리를 구부리고 있었지만 경련을 잘 참으면서 토하지는 않았다. 캄캄했다, 아니 칠흑 같은 어둠이었다. 새뮤얼이 떠난 뒤에 지하실의 전등이 나간 걸까? 새뮤얼은 어림짐작으로 움직이다가 묵직한 탁자 같은 것에 부딪혔는데 탁자가 있었다는 기억이 전혀 떠오르지 않았다. 서점이 아니야……. 새뮤얼은 팔을 뻗어 더듬더듬 벽을 찾았다. 두 발짝 앞에서 바닥만큼 차갑고 매끈매끈한 표면이 만져졌다. 갑자기 불안이 엄습했다. 혹시 갇혀 있는 것인가? 태양문양의 돌이 오도 가도 못하는 곳으로 데려다놓은 것인가? 그것도 아니면 눈이 멀어버렸나? 이런 식의 시간 여행은 인체기관에 끔찍한 결과를 가져오는 것이 틀림없어!

　공포에 사로잡힌 새뮤얼은 우리 안의 동물처럼 빙빙 돌았다. 가로와 세로가 4미터인 그리 넓지 않은 방이었고 문이라는 것이 없었다. 함정에 빠진 것인가? 새뮤얼은 펄쩍펄쩍 뛰어봤지만 머리가 천장에 닿지 않았다.

그럼 출입구가 위쪽에?

새뮤얼은 커다란 돌덩이 위로 올라가서 발꿈치를 세웠다. 공중에 매듭 같은 것이 매달려 있었다. 새뮤얼은 손가락 끝으로 겨우 잡아서 홱 잡아당겼다. 밧줄? 위쪽 어딘가에 묶여 있는 밧줄사다리인 모양이었다. 새뮤얼은 밧줄의 첫 번째 매듭을 움켜잡고 올라가기 시작했다. 단단히 고정되어 있는 것 같았다. 낚싯줄에 걸린 물고기처럼 빙빙 돌지 않고 가볍게 올라간 새뮤얼은 꼭대기에 있는 구멍 같은 데에 이르렀다. 구멍은 역시 어둠에 잠긴 복도로 연결되었다. 새뮤얼은 주위 바닥을 더듬으면서 엉금엉금 기어나갔다. 올라가길 잘한 것이었다. 점점 넓어지는 통로로 계속 기어가던 새뮤얼은 갑자기 바닥이 푹 꺼지는 걸 느꼈다. 어, 이건 우물 같은데? 한복판에 둥근 우물이 있었다. 새뮤얼은 일어서서 천천히, 아주 천천히 벽에 몸을 바짝 붙이면서 장애물을 돌았다. 그러고는 전진하는데 주위가 약간 밝아지는 것 같았다. 저만치서 불빛이 가물거렸다. 새뮤얼은 무작정 뛰었다. 오른쪽 방에서 새나온 기름램프 불빛이었다.

"맙소사!" 새뮤얼은 경탄했다.

상형문자? 사방에 상형문자라니! 강렬하고 선명한 색조로 그려진 옆모습의 인물상들! 항아리, 과일 바구니를 든 사람, 닭을 움켜잡은 사람, 밀을 추수하거나 악기를 연주하는 이들도 있었다. 널빤지에 놓인 연장들, 끝이 납작한 나무 솔, 고추를 가득 담은 토기항아리도 보였다. 견본으로 사용하는 것이 틀림없는 일련의 똑같은 그림이 페이지마다 그려진 파피루스 뭉치······. 이집트! 그럼 피라미드 안에 들어와 있는 건가?

새뮤얼은 램프를 쳐들었다. 내벽은 천장까지 온통 인간의 얼굴이나 동물의 머리, 헤아릴 수 없이 많은 기호로 가득했다. 얼마나 환상적인가!

그때 복도 쪽에서 무슨 소리가 들렸다. 발소리와 누군가 소곤거리는 소리였다.

"······마당까지 자네가 배웅했지?" 한 목소리가 속삭였다.

누군가가 다가오고 있었다. 화가가 들어오는 건가? 새뮤얼은 재빨리 램프를 혹 불어서 껐다.

"지시하신 대로 마당까지 배웅했습니다, 주인님. 기술공들이 돌아오기 전에 틀림없이 신전으로 출발했습니다."

두 사람이 노래하는 듯한 듣기 좋은 언어로 대화하고 있었다.

"그가 아무런 의심도 하지 않았다고 확신하는가?"

"확신합니다. 예상했던 대로 그가 직접 시찰했습니다."

"석관 속에 같이 넣어 부장할 물건들에 대해서는 말하지 않던가?"

"한마디도 없었습니다."

곧이어 흔들리는 횃불에 두 그림자가 보였다. 두 남자가 다가오고 있었다.

"할 수 없지. 그 방을 밀폐하기 전에 행동해야 돼."

"장례는 열흘이 지나야 하게 될 겁니다, 주인님."

"내가 그걸 모르겠나!" 주인이라는 남자가 쏘아붙였다. "그래서 내가 완공 날짜를 늦춘 것인데! 닷새 내에 보름달이 뜰 거야. 그러면 의식의 몸단장을 위해 그가 람세스 신전의 목욕장으로 갈 것이다. 저녁 제6시*에 거기 성벽에 부하 한 명을 심어둬. 화살 한 발이면 충분할 것이야."

질질 끄는 발걸음이 문 부근에서 멈추면서 안쪽 벽이 밝아졌다. 매의 머리 모양을 지닌 거대한 신이 외눈으로 새뮤얼을 응시하고 있었다. 이 외눈 신이 두 음모자를 들어오게 하는 마력을 발휘하면 어떡하지?

"그 다음은 어떻게 하면 됩니까, 주인님?"

"그 다음에는 쥐도 새도 모르게 부하를 사라지게 해. 나머지는 내가 다 알아서 할 테니까."

---

* 현대와 같은 시간 개념이 아니라 태양과 달의 변동에 따라 대략의 시간을 구분했다. 밤중을 기점으로 시간을 나누는 로마식과 새벽을 기점으로 시간을 나누는 유대식이 있다. 여기서 제6시는 로마식으로 오후 6시쯤에 해당된다.

"그럼……" 상대는 머뭇거리면서 물었다. "대가는 틀림없이 주실 거죠?"

"약속한 대로 각각 밀 여섯 자루와 보리 여섯 자루를 받게 될 것이다."

그들은 돌아섰고, 목소리가 반대 방향으로 멀어져갔다.

"자네 부하들의 입 단속은 단단히 시켜놨겠지? 믿어도 되겠나?"

"네, 주인님. 나를 배신하면 목숨이 위태롭다는 걸 그들은 잘 알고 있습니다."

"기술공들이 흥분할수록 우리에게 도움이 될 것이야. 재상이 다른 쪽으로 눈길을 돌릴 테니까. 시위가 일어날 거라고 보는가?"

"그건 모르겠습니다, 주인님. 며칠 전부터 기술공들이 들고일어날 조짐이 보이기는 하는데……."

새뮤얼은 그들이 나누는 말을 더는 알아들을 수 없었다. 쿵쾅쿵쾅, 심장이 어찌나 빠르게 뛰는지 그 소리에 그들의 속삭임이 묻혀버렸다. 새뮤얼은 다시 혈관을 따라 피가 돌 때까지 모퉁이에서 옴짝달싹못하고 있었다. 석관…… 람세스 신전……. 피라미드 시대에 있는 것이 분명해!

아무 소리도 들리지 않자 새뮤얼은 나가보기로 했다. 출구를 찾게 되길 희망하면서 새뮤얼은 복도를 따라 나갔다. 기술공들이 돌아오기 전이라고 했단 말이야!

새뮤얼은 다시 기어서 더듬더듬 층계 밑에 이르렀다. 열다섯 계단을 올라가니 그곳에도 기름램프가 복도를 훤히 밝히고 있었다. 천장에는 별이 총총한 하늘이, 양옆은 수많은 하인이 끌어당기는 거대한 황금빛 배가 묘사되어 있었다. 모자를 쓰고 호화롭게 차려 입은 남자—파라오겠지?—가 배 한복판에서 개의 머리 모양을 한 우상과 영양의 머리 모양을 한 우상을 붙잡고 있었다. 새뮤얼은 수업 시간에 좀더 열심히 공부하지 않았던 것이 후회되었다. 아누비스*, 타후티**, 헤르***…… 많은 이름이 뒤죽박죽으로 떠오를 뿐 누가 누구인지 기억나지 않았다. 새뮤얼은 지나가면서 상형문자들이 눈에 들어왔지만 역시 해독할 수 없었다. 동시번역기는 확실히 한계가 있어…….

복도 끝이 갈라져 있어서 새뮤얼은 왼쪽 길을 선택했다. 새로운 층계를 올라가면서 어깨 위로 쏟아지는 뜨거운 열기를 느꼈다. 좋은 징조일까……? 다섯 계단, 20미터만 더 가면 햇빛이 쨍쨍한 바깥인 것 같은데……. 새뮤얼은 셔츠를 벗어서 허리춤에 묶었다. 숨이 턱턱 막히는 더위였다. 문은 그리 높지 않았고, 새파란 하늘 쪽으로

---

* 늑대의 머리 형상을 한 죽음의 수호신.

** 따오기 머리에 사람의 몸 형상을 한 남신. 토트 신이라고도 불리는데 이집트어 '타후티'를 그리스어로 음역한 것이다. 과학, 예술, 의학, 수학, 천문학, 점성술 등 지식과 지혜를 탄생시킨 학문 일반의 신이 되었다. 또 언어와 글을 창안하여 서기, 통역의 신으로도 불렸다.

*** 매의 머리 형상을 한 태양신.

나 있는 것 같았다. 새뮤얼은 불행히도 확인할 겨를이 없었다. 그 순간 밖에서 고함소리가 들렸던 것이다.

"당신들에게는 그럴 권리가 없습니다!" 쉰 목소리가 고함을 질렀다. "재상의 지시를 따르시오!"

"그럴 권리가 있는지 없는지는 두고 보면 알 겁니다." 한 사람이 반박했다. "우리는 20일치 품삯을 받지 못했단 말이오!"

"옳소, 옳소!" 다른 사람들이 이구동성으로 외쳤다.

채찍 내리치는 소리가 요란하게 울렸다.

"왼쪽 작업반이 계속 골짜기로 가길 거부한다면 곧장 가서 재상께 보고하겠소!" 쉰 목소리가 응수했다.

"그럼 내 안부도 전해주시오! 아울러 우리 작업반은 이 무덤을 완성하는 즉시 집으로 돌아갈 거란 말도 전해주시오! 밀린 품삯을 받기 전에는 다른 작업장에도 가지 않을 것이오! 공평하고 정당하게 처리해주시오!"

찬성하는 웅성거림이 일었다.

"그렇게 되면 재상께서 내게 무력 사용을 허락할 것이오!"

쉰 목소리가 으름장을 놓았다.

"그러시던가! 우리의 팔과 손목을 부러뜨리고 서기관*, 당신이 직

---

* 행정업무뿐 아니라 건축, 농사 등 모든 것을 기록하고 관리하는 직위로 고대 이집트에서 선망의 대상이 되었다.

접 그리면 되겠소이다!"

조롱 섞인 악다구니가 성공을 거두었나? 화가 머리끝까지 난 서기관은 아무런 대꾸도 하지 못한 채 문 쪽으로 성큼성큼 걸어왔다. 새뮤얼은 파란 하늘을 배경으로 또렷해지는 서기관의 옆모습을 보았다. 새뮤얼이 재빨리 어두운 곳으로 피하는 사이에 서기관은 격앙된 몸짓으로 소리쳤다.

"페넵, 당신이 그렇게 잘났으면 세트니의 무덤이 아직까지 완성되지 않은 이유를 나한테 설명해보시오!"

"완성 단계에 있었는데 물감이 떨어졌소. 그건 서기관, 당신이 더 잘 알지 않소? 그러니까 물감을 넉넉하게 준비하지 않은 당신들 탓이지 우리 탓이 아니란 말이오!"

"여기는 왕족이 아니라 한 신관의 무덤이오. 그러니까 작업을 더 서둘렀어야지!"

새뮤얼은 쉰 목소리가 층계를 내려오고 있다고 확신했다.

"세트니는 수백 년 동안 이집트에서 가장 널리 알려진 아몬*의 신관이었소. 따라서 세트니는 살아 있을 때와 마찬가지로 죽어서도 숭배되어야 한단 말이오."

"그러니까 페넵, 당신이 신관의 장단점을 판단할 능력이 있다 그

* 이집트의 창세 신화에 등장하는 신. 이집트어로 '감추어진 존재'를 뜻한다. 로마자로는 아몬, 아멘, 암몬 등으로 쓰인다.

말이오? 지하묘소를 만드는 데 걸리는 시간을 결정하는 것도 당신이란 말이오?"

발소리가 아주 가까워지고 있었고, 횃불이 복도를 대낮처럼 밝혔다.

"세트니의 아들이 우리가 한 작업에 대한 보수를 넉넉하게 지불한 것으로 알고 있소. 서기관 당신과 관청에 말이오."

"그건 당신과 관계없는 일이오, 페넵. 나나 관리들의 심기를 건드리지 않는 것이 좋을 것이오. 당신의 작업반 기술공들은 빨리 일을 다시 시작하는 것이 신상에 이로울 것이오. 아니면……."

새뮤얼이 숨어 있는 방이 갑자기 훤해졌다. 민머리에 로인클로스*를 두른 남자가 손에 채찍을 들고 까만 눈으로 새뮤얼을 쏘아봤다.

"이건 또 뭐야!" 서기관이 버럭 소리를 질렀다. "너는 뭐 하는 놈이냐?"

서기관은 대답할 시간도 주지 않고 채찍으로 새뮤얼의 허벅지를 후려쳤다.

"페넵, 당신이 맡은 묘소에 어린 도둑놈이 있다니!"

휘잇, 찰싹! 두 번째 채찍에 새뮤얼은 넘어지면서 비명을 질렀다. 서기관이 격분했다.

"세트니의 무덤을 어떻게 관리하고 있는지 재상에게 보고하겠

* 허리에 두르는 간단한 옷.

84

소! 도둑놈인지 도둑질하는 하인인지 이렇게 개나 소나 들락거리다니 정말 한심하기 짝이 없군······."

세 번째 채찍을 휘두르려는 순간 페넵이 단호하게 끼어들었다.

"그만하시오, 서기관! 누군가에게 화풀이를 하고 싶으면 차라리 나한테 하시오!"

두 남자는 싸울 기세로 마주 보고 섰다. 서기관의 얼굴이 증오심으로 일그러졌다.

"그럼 이놈이 당신의 작업장에 있는 이유를 말해보시오, 페넵?"

페넵은 눈썹 하나 까딱하지 않고 대답했다.

"이 아이는 내 조카요. 일을 배우려고 여기 있는 겁니다. 한 번만 더 아이를 때리면······."

그들은 계속 노려봤고, 이윽고 서기관은 돌아서서 문 앞에 모여 있는 사람들을 떠밀었다.

"재상이 철저히 감시하라는 명을 내릴 것이오! 왼쪽 작업반 전원을! 명심하시오!"

서기관이 나간 뒤에도 한참 동안 침묵이 이어졌다. 모두 물끄러미 새뮤얼을 쳐다보고 있었다. 그중 한 명이 마침내 미소를 지으면서 어색한 분위기를 깨뜨렸다.

"페넵, 자네 조카에게 환영의 박수라도 쳐야 하지 않겠나?"

몇몇이 박수를 쳐주었고, 페넵은 새뮤얼을 일으켜주었다. 이어서 작업반 반장인 페넵은 각자에게 일을 분배하고 나서 현관 입구로 새뮤얼을 데려갔는데 그가 벽화를 그리고 있는 곳이었다. 그는 새뮤얼에게 앉으라는 손짓을 한 후 언제 무슨 일이 있었냐는 듯 태연하게 한마디도 하지 않고 램프 불빛 아래서 작업을 시작했다. 날카로운 끌과 망치를 사용하여 벽에 초벌로 그려놓은 바둑판무늬에 형상을 새기고 있었다. 구부러진 기다란 부리를 가진 새―따오기인가?―의 머리 형상을 한 신이 내미는 선물을 받는 실물 크기의 인물만 끝내면 벽화는 거의 완성 단계였다. 더위에 압도되고, 허벅지가 화끈거려서 움직일 수 없는 새뮤얼은 능숙하게 돌에 본을 뜨고 옷 주름과 팔의 둥근 윤곽을 살리는 페넵을 지켜보고 있었다.

어느덧 몇 시간 정도가 흐른 뒤 페넵이 말을 건네는 것으로 새뮤얼을 무기력 상태에서 끌어냈다.

"네가 나를 아주 난처한 상황에 빠뜨렸어. 서기관은 근위대에 알려서 우리를 감시하겠지. 묘소에 들어와 있는 기술공들은 비밀을 지키겠지만 네가 오늘 사라지면 내게 책임을 물을 것이다. 네가 얼마 동안은 나와 함께 지내야지 그렇지 않으면 그들은 내가 거짓말을 했다고 의심할 것이야. 게다가 서기관은 나를 쫓아낼 기회만 엿보고 있는 작자라서……."

페넵은 잠시 말을 중단했다가―그는 중앙에 있는 인물의 눈을 조각하는 중이었다―계속했다.

"아몬의 대신관 세트니란다. 두 달 전에 사망했지. 시신을 방부처리하는 이들이 이제 곧 작업을 끝낼 것이고, 그러면 세트니의 미라가 석관에 안장될 거야. 나는 네가 무덤을 도굴하러 온 것이 아니기를 바란다."

처음으로 페넵이 새뮤얼을 향해 돌아섰다.

"도망쳐 나왔니? 얻어맞기만 하고 제대로 먹지를 못해서 도망친 거야? 주인의 학대를 견디다 못해 몰래 빠져나오는 너 같은 어린 하인을 많이 봤다. 부자들은 왜 그렇게 가난한 이들 앞에서 부를 과시하고 싶어하는지, 원!"

페넵은 경멸조로 바닥에 침을 뱉고 나서 따오기 머리 형상을 한 신이 내미는 선물을 정교하게 새기기 시작했다. 이따금 그는 파피루스에 그려놓은 견본을 확인했다.

"네 이름이 뭐니?"

"샘이에요."

새뮤얼은 이집트인들의 억양을 흉내 내서 발음했다.

"셈? 그러니까 이 기회에 잘 배우거라, 셈……. 끝은 부드럽게 다루면서 새길 부분이 어딘지 정확하게 보고 정신을 집중해야 좋은 결과를 얻을 수 있어. 잘 봐, 이렇게……."

페넵이 끌과 망치를 사용하여 능숙한 손놀림으로 몇 번을 두드리자 대번에 초벌 상태의 태양이 나타났다.

"조각가의 의무는 형상에 영원성을 주는 것이야, 알겠니? 화가는 색으로 생동감을 불어넣는 것이고."

그런데 그렇게 말하면서 페넵이 벽에 그리고 있는 것은? 가장자리가 둥그런 위쪽 부분에는 태양, 그리고 여섯 개의 빛살을 새긴 그 돌이 아닌가! 새뮤얼은 깜짝 놀랐다. 신비의 돌에 새겨 있는 태양문양과 너무나 똑같지 않은가……! 태양문양의 돌과 그 돌을 선물로 받아든 세트니 신관을 표현하는 벽화, 이건 무엇을 의미하는 거지?

새뮤얼은 이상한 느낌이 들었다.

"죄송한데요……. 이 장면은 무슨 뜻이에요?"

페넵은 곧바로 대답하지 않았다. 그는 돌 아랫부분에 구멍을 뚫는 데 열중하고 있었다.

"여기 묘소 입구에서 죽은 자가 손님을 맞이한다는 뜻이지. 대신관은 중요한 순간에 자신의 존재성을 드러내길 좋아했지. 타후티 신이 아주 중요한 물건을 신관에게 넘겨주는 것이 분명해."

"그 물건, 그게 뭔지 아세요?"

"글쎄, 전혀 모르겠다. 세트니 대신관의 뜻에 따라 그분의 아들이 우리에게 견본을 주었으니까. 아몬의 신관들은 이따금 우리의 능력으로는 불가능한 요구를 하지."

"세트니의 아들도 그걸 모르지는 않겠죠?"

"글쎄, 모를 리 없겠지. 하지만 작업을 시작할 때 논의했는데 그분은 그 물건이 정확하게 뭔지 말해주지 않았어. 나는 신이 하사하는 성물이라고 생각해. 무슨 이유가 있겠지······."

"선물을 준 존재가 타후티 신이라는 사실이 어떤 의미가 있는 건 아닐까요?"

페넵은 고개를 끄덕였다.

"미개한 하인치고 제법 생각이 깊구나. 타후티 신의 선택에는 결코 우연이라는 것이 없으니까. 따오기 머리 형상을 한 타후티 신이 마법사, 의사, 서기관들의 우두머리라는 것은 너도 알 거다. 뿐만 아니라 시간을 다루는 신, 날과 계절의 마술사이기도 하지. 그것으로 미뤄 문제의 물건을 짐작할 수 있지 않겠니? 어쨌든 호기심이 많은 건 좋아. 내 작업은 끝마쳤다고 가서 화가들에게 말해야겠다. 이제 그들이 색을 입히는 일만 남았어."

어리둥절한 얼굴로 일어난 새뮤얼은 페넵을 따라가면서 속으로 되뇌었다.

'시간을 다루는 타후티 신, 날과 계절의 마술사 타후티 신!'

VII

영원무궁의 신전

페넵과 며칠을 보내는 동안 새뮤얼은 외국에서 어학연수를 하고 있는 느낌이 들었다. 방학이 되면 독일어나 이탈리아어 실력을 기르기 위해 유럽으로 떠나는 친구들이 있었다. 사실은 그 기회에 여자친구를 사귀거나 음악이나 담배의 유혹에 빠지는 친구들도 있지만. 그런데 독일이나 이탈리아는 가면서 왜 이집트에는 가려고 하지 않을까?

페넵의 집에서 생활하려면 삼사천 년이라는 긴 시차가 있지만…… 식구들은 친절했다. 페넵의 아내 누트는 아주 자연스럽게 새뮤얼을 조카로 받아들였다. 새뮤얼이 집에 온 첫날 저녁, 누트가 어린 두 아들 디두와 비아투에게 당부한 때문인지 신이 난 아이들이 새뮤얼을 졸졸 따라다니면서 정원에 있는 연못에서 씻는 걸 도와주었다. 잘게 다진 오이와 양파를 곁들인 말린 생선요리와 포도,

꿀과자를 저녁식사로 내놓았는데 아이오나 수도원의 식당에서 먹던 변변치 않은 음식보다는 훨씬 소화가 잘되는 식단이었다. 누트는 그 집의 옥상 테라스, 별이 총총한 밤하늘 아래 짚자리를 깔아주었다. 공기는 포근하고 향기로웠다. 새뮤얼은 집을 떠난 뒤로 밤에 제대로 잠을 잔 적도, 따뜻한 대접을 받은 적도 없었다.

그런데 세트마아트 마을의 생활방식에 대해서는 좋은 인상을 가질 수 없었다. 이 오지마을은 참호진지처럼 경관 '마드자이우'들의 삼엄한 감시를 받으며 살고 있었다. 왕족의 무덤을 만든다는 이유로 마을 사람들은 행동이 자유롭지 못했다. 무덤을 주관하는 관청은 그들이 도둑에게 보물에 대한 정보와 그 위치를 알려줄까 봐 노심초사했다. 따라서 주민들은 작업장으로 가는 경우를 제외하고는 마음 놓고 나다닐 수 없었다. 세트마아트 사람들은 그들끼리만 어울려서 노래를 부르거나 춤을 추면서 새뮤얼이 전혀 모르는 체커 놀이*를 하는 것으로 대부분의 시간을 보냈다. 낚시, 빨래, 물 보급 등 외부와 접촉해야 하는 일은 책임지는 사람이 따로 있었다. 디두와 비아투는 체커 놀이의 규칙을 설명해주려고 애를 썼지만 새뮤얼이 시작한 지 얼마 되지도 않아서 번번이 말을 다 잃었기 때문에 아이들은 결국 고개를 절레절레 저으면서 두 손 두 발 다 들고

---

* 기원도 발상지도 분명하지 않으나 기독교의 발달 이전에 행해졌던 것으로 전해지고 있다. 이집트와 그리스, 로마에도 유사한 놀이가 있었다고 한다.

말았다.

마을 밖을 나가보지 못한 채 그렇게 지내던 어느 날이었다. 이른 아침—페넵은 이미 일을 나가고 없었다—누트가 와서 새뮤얼을 깨웠다.

"셈, 나랑 테베* 시장에 가지 않겠니?"

"테베 시장이요?"

"오늘 당번을 서는 마드자이우들은 잘 아는 사람들이라서 나갈 수 있어."

새뮤얼은 망설일 이유가 없었다. 시장에 간다는 건 뭔가를 사러 가는 것이고, 뭔가를 산다는 건 돈을 사용하는 것이고, 돈을 사용한다는 건 주화가 있다는 것이고, 주화가 있다는 건……?

새뮤얼이 누트가 내어준 로인클로스를 두르는 사이에 그녀는 바구니 두 개를 준비했다. 발가벗고 깡충거리는 디두와 비아투를 데리고 그들은 경관 두 명에게 꿀과자 한 봉지를 넌지시 건네는 것으로 아무 문제 없이 마을의 성벽을 넘었다.

이어서 선착장으로 가서 토요일 오후 고속도로가 연상될 정도로 거룻배들로 북적이는 나일 강을 건너기 위해 배에 올랐다. 세트마아트 마을은 '죽은 자들의 기슭', 즉 '왕가의 계곡'으로 알려진 나

* 고대 이집트 제국의 수도, 나일 강 중류에 위치.

일 강 서쪽 기슭*에 위치해 있었다. 기술공들의 마을 너머에는 죽은 파라오들에게 바친 거대한 궁전과 무덤이 가득한 가파른 절벽만 있기 때문에 비용이 너무 많이 드는 피라미드는 오래전부터 짓지 않고 있었다. 그래서 이 지역에 피라미드는 없다고 페넵이 알려주었다.

'살아 있는 자들의 기슭'이 가까워지면서 새뮤얼은 아름다운 도시 테베에 매료되었다. 번갈아 이어지는 화려한 구역과 웅장한 기념물, 옹기종기 얽힌 좁은 골목길들이 수 킬로미터에 이르는데 그 모든 것이 황톳빛 일색이었다. 아몬 신전의 그림자가 내린 자락에 자리 잡은 시장은 말 그대로 북새통을 이루고 있었다. 욕설로 맞서는 사람들, 서로 먼저 가려고 떠미는 사람들…… 장사꾼들의 진열대는 과일, 꽃, 가지각색의 도기, 살아 있는 가금, 온갖 종류의 천이 넘쳤다. 누트는 사야 할 것을 확실하게 정하고 집을 나섰기 때문에 군중과 짐 실은 당나귀들로 혼잡한 시장을 잰걸음으로 돌아다녔다. 그녀는 한 장사꾼에게서 무화과를, 또 다른 장사꾼에게서 파를, 쪼글쪼글하게 늙은 누비아인 노파의 가게를 일부러 찾아가서는 고수**를 샀다. 그런데 불행히도 이 시장에서는 돈을 내고 물건을 구

---

* 고대 이집트 사람들은 태양이 뜨는 나일 강 동쪽에 궁전을 짓고, 태양이 지는 나일 강 서쪽에 묘지나 제전 등을 지었다.

** 지중해에 분포하는 미나리과 식물.

입하는 것이 아니라 모두가 물물교환을 하고 있었다. 누트는 직접 만든 꿀과자 네 봉지를 거위기름 한 단지와 밀랍 한 단지와 바꾸었다. 테베 사람들은 주화라는 걸 아예 사용하지 않고 있었다! 그들은 주화라는 것이 존재한다는 것조차 모르고 있었으니!

"왜 그래? 어디 아프니, 셈?"

새뮤얼은 아몬 신전의 웅대한 성벽을 멍하니 쳐다보고 있었다.

"아니에요. 그냥 궁금해서……. 저기가 대신관 세트니가 섬기던 아몬 신전 맞죠?"

누트는 고개를 끄덕이면서 크게 말하지 말라는 손짓을 했다. 새뮤얼은 좋은 생각이 떠올랐다.

"세트니의 아들을 알아요?"

"이름만 알아. 아흐무시스."

"테베에 살죠?"

"응, 몬투 영지 부근에 있는 근사한 저택에 살지."

"그 집에 데려다줄 수 있어요?"

누트는 눈살을 찌푸렸다.

"그건 안 돼. 우선 집이 어디 있는지 정확하게 알지도 못하고, 설사 안다고 해도 하인들이 우리를 들여보내지 않을 거야. 그 집의 하인으로 들어가고 싶어서 그러니?"

새뮤얼은 알쏭달쏭한 몸짓을 했다.

"셈, 남편에게는 아직 네가 필요하다는 걸 잊으면 안 돼. 네가 오늘 마을로 돌아가지 않으면 남편이 관청의 서기관에게 시달리게 될 거야. 하루, 이틀만 더 참고 있거라!"

누트의 말이 옳았다. 그들이 테베에서 돌아오니 서기관이 경관 두 명을 거느리고 한 시간 전부터 집에서 기다리고 있었다. 새뮤얼은 아무도 눈치 채지 못하게 재빨리 테라스로 올라갔다.

누트는 조금도 당황하는 기색 없이 물었다.

"남편을 만나러 왔습니까?"

"아니, 부인을 만나러 왔소."

"나요?"

"네, 관청은 못해도 아내는 남편을 설득할 수 있는 것 아니오? 시위를 주도하지 못하게 남편을 말려주시오."

"시위요? 하지만 사람들의 시위는 정당한 것입니다! 우리는 거의 한 달치 식량을 배급받지 못했단 말입니다!"

"문제는 그게 아니오. 그 점에 관해 재상과 얘기했는데 곡식창고가 비어서 북쪽지방에서 밀과 보리가 오기를 기다려야 하는 형편이오. 하지만 이삼십 일만 기다리면 돼요. 지금으로서는 관청에서 아무것도 해줄 수가 없어요."

"곡식창고가 비어 있다지만 신관들과 서기관들은 잘 먹고 잘 살잖아요! 우리 마을은 비축식량까지 바닥이 난 상태라서 굶어죽게 생겼단 말입니다! 우리가 직접 나서서 해결하지 않으면……."

너무 말을 많이 했다는 생각에 덜컥 겁이 났는지 누트가 말을 중단했지만, 서기관은 아무런 반응을 보이지 않는 것 같았다.

"시위하는 것은 아무런 도움이 안 돼요, 누트. 아무에게도 이로울 게 없단 말이오. 부인의 남편뿐 아니라 수많은 기술공이 일자리를 잃을 수 있소. 관청에서 해고되면 당신들이 뭘 하며 살겠소?"

"페넵은 테베에서 가장 뛰어난 조각가예요. 남편과 함께 작업하는 기술공들도 이집트에서 가장 숙련된 사람들이고요. 그들을 대체할 기술공들을 구하려면 관청에서도 수년이 걸릴 겁니다."

"물론 그렇겠지요." 서기관은 인정했다. "그렇다고 그런 위험한 짓을 감행하겠단 말이오? 거리에 나앉아서 자식들이 구걸이나 하게 된다면 그게 무슨 의미가 있겠소? 부인에게는 귀여운 아들이 둘 있다고 들었소, 누트. 다시 한 번 잘 생각해보시오."

서기관은 문 쪽으로 가다가 문턱에서 돌아섰다.

"그런데 페넵의 조카라는 그 소년은 뭘 하고 있소?"

테라스에서 그들 대화에 귀를 기울이던 새뮤얼은 목구멍이 꽉 막히는 느낌이 들었다.

"그 아이가 재능이 뛰어나다고는 생각하지 않아요. 일에 대해 적극적인 편도 아니고. 그래서 남편은 이미 멤피스에 있는 형님 집으로 돌려보낼 생각을 하고 있어요."

"내가 그럴 줄 알았지." 서기관은 비아냥거렸다.

"어째 딱 보는 순간 시원치 않더니! 낯빛이 창백한 게 병색이 도는 걸 보고 한눈에 알아봤지. 채찍 몇 대 맞으면 대번에 혈색이 돌 테니 나한테 보내시오."

서기관이 왔다갔는데도 다음 날, 관청과의 긴장관계는 가라앉기는커녕 페넵은 동료 여섯 명과 작업장에서 평소보다 일찍 돌아왔고, 모두 극도로 흥분한 상태였다.

"이제 세트니의 무덤을 완성했으니 일을 중단합시다."

페넵은 궤짝에 연장가방을 내려놓으면서 말했다.

"일을 중단해요?" 믿기지 않는 얼굴로 누트가 물었다.

"모두 모여서 의논했는데 다들 찬성했어. 식량을 받기 전에는 우린 아무것도 하지 않기로 했소. 오른쪽 작업반도 같은 생각이고……."

"오른쪽 작업반도 일을 안 한단 말이에요?"

"차라리 그게 낫죠." 프로레슬링 선수 같은 몸집의 기술공이 덧붙였다. "우리는 신전에 가서 항의하기로 결정했어요. 우리 집에는 항아리에 술 한 방울 남아 있지 않고, 물이라고는 썩은 물밖에 없어요. 세 살배기 딸아이는 밤마다 배고프다고 목마르다고 울고 있는데 이러다 다 굶어죽게 생겼어요."

"메수의 말이 맞아요." 또 한 사람도 그 말에 전적으로 동의했다. "람세스 신전으로 가서 우리가 당연히 받아야 할 것을 요구해야 해요. 그냥 가만히 기다리고 있으면 죽도 밥도 안 됩니다!"

"옳소!" 모두 이구동성으로 외쳤다.

"람세스 신전으로 갑시다! 영원무궁의 신전*으로 갑시다!"

기술공들이 흥분하는 사이에 새뮤얼이 누트에게 다가갔다.

"세트니의 아들 아흐무시스…… 그 사람이 람세스 신전의 신관 맞죠?"

누트는 고개를 끄덕이고 나서 마실 것이든 먹을 것이든 대접할 만한 것을 찾으러 나갔다. 웅성거림 속에서 새뮤얼은 문득 세트니의 무덤 안에서 우연히 들었던 대화가 기억났다. 정체불명의 목소리는 이렇게 속삭였다.

'닷새 내에 보름달이 뜰 거야. 그러면 의식의 몸단장을 위해 그는 람세스 신전의 목욕장으로 갈 것이다. 저녁 제6시에 거기 성벽에 부하 한 명을 심어두게. 화살 한 발이면 충분할 것이야.'

정체불명의 인간이 암살을 기도하고 있는 대상인 '그'와 세트니의 무덤을 시찰했던 '그'가 세트니의 아들 아흐무시스가 아니면 누구겠어? 람세스 신전의 신관인 아흐무시스가 보름달이 뜨는 밤마

---

* 람세스 3세가 람세스 2세의 장례신전 라메세움을 모방하여 만든 신전. 본래 이집트 최고신 아몬을 기리기 위해 건축되었기 때문에 아몬 신전이나 람세스 신전으로 불린다.

다 의식을 행하는 것이 틀림없어.

새뮤얼은 손가락으로 헤아려봤다. 하루, 이틀, 사흘, 나흘…… 이 집트에 와 있은 지 닷새째였다. 나흘이 지났는데 그 대화내용이 생생하게 기억나다니! 떠올리는 것조차 겁이 나지만 그래도 아흐무시스에게 알려야 했다.

그렇다면 페넵과 동료 기술공들에게 그 사실을 말해야 할까? 세트마아트의 기술공들 중에 공범이 있다면? 그럴 경우 대번에 죽음을 면치 못할 텐데……. 안 돼, 시위할 때 신전으로 몰래 들어가서 아흐무시스를 만날 방법을 궁리해야 돼. 그리고 세트니의 아들은 어쩌면 태양문양의 돌에 대해 뭔가를 알고 있을지도 몰라. 닷새째 날인데 해가 지기까지는 이제 한두 시간밖에 남지 않았어…….

람세스 신전 앞에서 시위를 한다는 소식이 마을에 퍼지기 시작했다. 왼쪽 작업반과 오른쪽 작업반, 두 작업반의 기술공들이 광장에 집합해서 잠시 토론을 벌인 다음 결정을 내렸다. 마침내 연장으로 무장한 기술공들은 아내와 아이들을 거느리고 신전 방향으로 행진하면서 구호를 외쳤다.

"우리의 밀과 보리를 달라!"

"재상은 우리의 호소를 들어야 한다!"

"우리 아이들이 굶고 있다!"

"서기관들과 신관들은 나와라!"

그들이 곡괭이와 손도끼를 휘두르면서 전진하는 동안 새뮤얼은 페넵의 이웃집 남자에게 넌지시 물었다.

"저는 람세스 신전에 들어가 본 적이 없는데 어떻게 생겼는지 아세요?"

"직접 신전의 실내장식에 참여했는데 당연히 알고말고. 람세스는 영화로운 시대를 영원히 찬양하도록 신전을 짓게 했지. 영원무궁의 신전이라고 부르는 것은 거기서 유래한 거란다. 신전에서 거둬들인 재물을 조금만 떼어줘도 테베 사람들을 1년은 너끈히 먹여 살리고도 남을 정도였지."

"신관들을 위한 목욕장이 있나요?"

"너 어디서 살다왔기에 그런 소리를 해? 네 고향에서는 신을 찬양하지 않니? 당연히 목욕장이 있지! 두 번째 정원 오른쪽에 목욕장이 있는데 덤불과 화단으로 에워싸여 있어. 하지만 거기서 물이라도 끼얹을 생각은 아예 하지 않는 것이 좋아. 신관들만 들어갈 수 있으니까! 거기 들어갔다가는 두들겨 맞을 거다!"

옆에서 걸어가던 아내가 팔꿈치로 치자 이웃집 남자는 다른 사람들과 함께 구호를 외치기 시작했다.

"우리 아이들이 굶고 있다! 우리의 밀과 보리를 달라! 서기관들과 신관들은 나와라!"

새뮤얼은 잠자코 따라갔다.

석양 속을 15분쯤 가자 세트마아트의 주민 300여 명은 요새화된 성이나 다름없는 신전 앞에 당도했다. 성벽의 높이는 적어도 5미터에 이르렀고, 감시탑에서 병사들이 활시위를 당기고 있었다.

"우리는 왕족 무덤을 만드는 기술공들이다!" 페넵이 외쳤다. "우리의 노고에 대한 정당한 대가를 요구하러 왔다!"

근위병들이 술렁거리면서 층계를 분주하게 오르락내리락하더니 20여 분 후 마침내 총안 위쪽에 근위대장이 나타나서 명했다.

"정문 앞에 연장을 내려놓으시오. 관청 서기관들이 여러분을 맞을 것이오!"

시위행렬에서 만족스런 환호성이 일었다. 고위층 관료들이 대립을 원치 않는다는 뜻이었다.

그들은 질서 있게 첫 번째 성문에 이어 두 번째 성문을 넘어 웅장한 람세스 장례신전 입구에 이르렀다. 거대한 벽돌건물 밑에서 서기관 10여 명이 횃불을 손에 들고 그들을 맞았다. 서기관들이 시위자들을 대표하는 다섯 명을 호명하는 바람에 또다시 항의의 고함소리가 터져나왔다. 거기 모인 기술공들은 모두 한 집안의 가장들로 자신들이 전부 유능하다고 생각했기 때문이었다. 그 소란을 틈타서 새뮤얼은 주위를 살폈다. 페넵의 이웃집 남자가 말해주었던 두 번째 정원이 보이고, 석양빛에 물들어가고 있었다. 덤불과 화단에 에워싸인 오솔길이 오른쪽과 왼쪽으로 갈라져 있었다. 목욕장이 아주 가까이 있다는 것인데…….

새뮤얼은 슬그머니 무리의 뒤쪽으로 빠져나갔다가 모두의 눈길이 페넵과 메수, 또 다른 주동자 세 명에게 쏠려 있는 사이에 슬쩍 오른쪽 화단으로 다가섰다. 순찰로를 살펴봤는데 아무도 없었다. 새뮤얼은 덤불에 바짝 붙어서 웅크린 자세로 얽히고설킨 가지들을 헤치고 들어갔다. 근위병들도 전혀 눈치 채지 못했다. 새뮤얼은 나뭇가지에 쿡쿡 찔려서 아프지만 소리를 내지 않으려고 이를 악물었다. 이어서 땅바닥에 엎드린 자세로 기어서 정원의 울타리와 벽 사이의 빈터에 이르렀다. 새뮤얼은 마당 끝자락을 향해 성벽을 따라가다가 잎이 우거져서 몸을 숨길 수 있는 대추야자수 밑에서 멈췄다. 거기서는 마당이 보이지 않지만 덤불의 잎을 헤치고 보면 목욕장으로 이르는 오솔길을 살필 수 있었다. 페넵의 이웃집 남자가 제대로 말해준 것이라면 이제 거기서 기다리는 수밖에 없었다. 아흐무시스가 나타나기를 고대하면서.

VIII

유리 쇠똥구리

자그락자그락, 자갈길을 걸어오는 발소리…….

새뮤얼은 소스라쳐서 잠을 깼다. 어디에 있는지 잠시 어리둥절했다. 세트마아트의 기술공들…… 시위, 영원무궁의 신전……. 모두 철수하는 중이었다. 페넵을 포함한 대표단도 신전을 나가고 있었다. 잠시 후, 더는 아무 소리도 나지 않았다. 새뮤얼은 깜빡 잠이 들었던 모양이었다. 그리고 지금 누군가가 오솔길을 걸어오고 있었다.

새뮤얼은 재빨리 경계태세를 취했다. 땅거미가 지고 있었고, 베일을 드리운 듯 구름에 가린 보름달이 잿빛을 뿌리고 있었다. 제6시가 되었을까? 저 멀리 어딘가에서 뿔피리소리가 들렸다. 계속 전진해오는 발소리가 아주 가까워지고 있었다. 새뮤얼은 졸음을 쫓기 위해 눈을 깜빡거렸다. 실루엣……. 로인클로스를 걸친 민머리의 남자가 횃불이 올라앉은 장대를 들고 있었다. 아흐무시스일까?

남자는 화단 맞은편에 있는 작은 문에 다가서더니 촛대처럼 생긴 기구에 횃불을 꽂았다. 복장으로 보아 신관이 틀림없었다. 신관은 손에 쥐고 있던 막대기 같은 것을 잠금 장치에 집어넣었다. 빗장은 끈이 얽힌 아주 복잡한 장치였다. 문이 열리고 신관은 횃불을 뒤로 하고 사라졌다. 불빛이 훤한데 아흐무시스를 따라 들어갔다가는 경비병들에게 발각될 위험이 있었다. 그러나 달리 방법이 없지 않은가? 아흐무시스가 나오기를 기다리면 너무 늦고…… 그렇다고 그를 부를 수도 없었다. 아흐무시스에게 자초지종을 미처 설명할 겨를도 없이 병사들이 달려들 텐데……. 얻어맞고 싶은 생각은 추호도 없었다.

새뮤얼은 울타리를 가로질러서 고개를 푹 숙이고 아슬아슬하게 불빛을 피했다. 문이 열려 있어서 단숨에 달려가면 될 것 같았다. 새뮤얼은 가능한 멀리 펄쩍 뛰어서 줄기가 긴 식물이 무성한 곳에 착지했다. 파피루스가 군락을 이루고 있었다. 자갈밭보다는 소리도 안 나고 감촉도 좋았다. 조심스럽게 일어나보니 정원에 들어와 있었다. 관목, 갈대, 짧게 깎은 잔디밭. 한복판에 사각형의 커다란 수영장 같은 것이 있는데 물이 거의 가득 차 있었다. 신관은 합장한 자세로 그 가장자리에 서서 알아들을 수 없는 말을 읊조리고 있었다. 새뮤얼은 다리가 후들거려서 도저히 다가갈 힘이 없었다. 뭐라고 말하지? 누구라고 소개하지?

신관이 목욕장으로 내려가는 첫 계단을 내디뎠다. 신관은 다시 멈춰 서서 주문을 읊조렸다. 새뮤얼은 용기를 냈다. 집으로 돌아가려면 선택의 여지가 없어! 새뮤얼은 아버지에 이어서 할머니를 생각했다. 용기를 내!

그때 새뮤얼은 왼쪽 성벽에서 인기척을 느꼈다. 고개를 드는 순간 성벽에 걸터앉은 그림자가 어렴풋이 보였다. 궁수…….

"조심하세요!" 새뮤얼이 고함쳤다.

슝, 하며 공기를 가르는 소리가 나고 신관이 물속으로 풍덩 고꾸라졌다. 곧바로 날아간 두 번째 화살이 방금 신관이 떨어진 지점에서 소용돌이를 일으켰다. 당황한 새뮤얼은 목이 쉬어라 고함을 질렀다.

"조심하세요! 조심하세요!"

이제는 궁수가 새뮤얼을 겨누고 있었다. 새뮤얼은 파피루스 군락지로 뛰어들었고, 머리 위에서 파피루스 줄기 하나가 화살에 찢기는 소리가 들렸다. 땅바닥에 납작 엎드리고 있어서 궁수가 정원으로 뛰어들지만 않는다면 새뮤얼은 안전했다. 갑자기 종소리가 울리면서 함성이 들렸다. 경보가 발령된 것이다.

새뮤얼은 목욕장에서 움직이는 것이 있는지 보기 위해 엉금엉금 기어갔다. 아무것도 보이지 않았다. 그 순간 순찰로에서 요란한 소리가 났다. 성벽을 쳐다보니 궁수는 어느새 사라지고 없었다.

새뮤얼은 파피루스 군락지에서 뛰어나와 목욕장을 향해 달렸다. 아흐무시스가 아직 살아 있을지도 모르잖아. 어쩌면 익사하지 않았을 수도 있어! 새뮤얼은 무작정 물로 뛰어들었고 바로 그 순간 신관이 물속에서 머리를 내밀었다.

"이게 어떻게 된⋯⋯." 신관이 숨을 헐떡였다.

"불경한 놈!" 위에서 한 목소리가 외쳤다. "감히 람세스의 신관을 공격하다니!"

새뮤얼은 난처한 상황에 빠졌다는 것을 깨달았다.

"당장 놈을 끌어내라!" 성벽에서 대장이 명했다.

명이 떨어지기가 무섭게 병사 여러 명이 새뮤얼에게 화살을 겨누었다.

"내가 아니에요!" 새뮤얼은 악을 썼다. "거기 그 자리에 궁수가 있었어요. 그 사람이 화살을 쐈어요!"

그러나 대장은 들은 척도 하지 않았다.

"괜찮습니까, 아흐무시스? 어디 다치지 않았습니까?"

"크게 다치지 않았소, 메크흐나트. 대장이 제때에 와주었소."

"그냥 거기 계세요." 메크흐나트가 외쳤다. "병사들을 데리고 내가 내려가겠습니다. 나머지 병사들은 녀석이 도망치려고 하면 가차 없이 쏴라!"

새뮤얼은 신관을 돌아보면서 애원했다.

"맹세하는데 난 정말 아니에요. 나는 저기 덤불숲에 숨어 있었어요. 궁수를 보고 조심하라고 소리친 사람이 나라고요!"

아흐무시스는 물이 뚝뚝 떨어지는 머리를 수건으로 닦고 있는데 놀라울 정도로 침착했다. 금방 죽을 위기를 넘긴 사람 맞아? 다친 데는 없어 보였다. 다이빙 덕분에 간발의 차이로 화살을 피한 모양이었다.

"너는 신성한 곳에 들어왔다." 신관이 말했는데 그 어조에서 특별한 감정은 느껴지지 않았다. "여기는 람세스의 신관들만 목욕할 수 있는 곳이야."

"음모가 있었어요!" 새뮤얼이 소리쳤다. "며칠 전 세트니의 무덤에 있다가 우연히 음모를 꾸미는 대화를 들었는데요. 그들은 보름달과 람세스 신전에 대해 말했어요! 제6시에 죽일 생각이었고요!"

별의별 생각으로 머릿속이 뒤죽박죽된 새뮤얼은 거의 울부짖었다.

"내가 아니에요! 궁수가 저기서 화살을 겨누고 있었어요! 그래서 내가 소리쳤던 것이고요!"

"그 입 다물라!" 부하들을 데리고 정원으로 들어온 메크흐나트가 충고했다. "너는 목숨을 구할 길이 없어. 이놈을 체포해!"

병사 둘이 달려들어서 새뮤얼의 손목을 움켜잡았다.

"기술공들이 시위하는 동안에 들어온 것이 틀림없습니다." 메크흐나트가 말했다. "아흐무시스, 그래서 내가 그들을 신전에 들이지 말아야 한다고 말했던 겁니다."

"민중의 말에 귀를 기울이는 것도 신관의 역할이오." 아흐무시스는 물에서 나오면서 말했다. "또한 관청의 역할은 민중과의 약속을 지키는 것이오."

"아흐무시스, 그렇긴 해도 이 소년은 신관을 죽이려 했습니다!"

"대장님, 문 부근에서 이 활을 발견했습니다!"

병사 한 명이 말했다.

활을 받아드는 메크호나트의 얼굴에 씁쓸한 미소가 감돌았다.

"이것이 네가 범인이라는 증거야, 이런 나쁜 놈!"

"그자가 버리고 도망친 것이 틀림없어요!" 새뮤얼이 우는 소리로 말했다. "내가 질렀던 소리 들으셨죠? 조심하라고 소리친 게 나라고요!"

"우리를 속이려는 수작이 틀림없다! 게다가 나는……."

메크호나트가 쏘아붙였다.

메크호나트가 아흐무시스의 귀에 대고 뭐라고 속삭였는데 새뮤얼은 토막토막 단편적으로 들을 수 있었다.

"재상을…… 귀찮게 하지…… 지금…… 처형해야……."

어? 이 속삭이는 소리! 새뮤얼은 깜짝 놀랐다. 이건 세트니의 무덤에서 들었던 두 목소리 중 하나잖아! 비굴한 어조로 대답하면서 말끝마다 '주인님' 이라고 하던 그 목소리! 대장이라는 자는 음모를 꾸미던 일원이었어! 그래서 나를 없애려는 거야!

"저…… 저 사람이에요!" 새뮤얼은 우물우물 말했다. "무덤에서 속삭이던 그 목소리예요! 확실해요!"

메크흐나트는 새뮤얼의 따귀를 냅다 갈겼다.

"이런 못된 놈, 말도 안 되는 거짓말을 하다니!" 메크흐나트는 거칠게 내뱉었다. "이놈을 감옥으로 끌고 가서 철창에 가둬! 당장!"

아흐무시스는 호각을 불면서 반칙을 지적하는 심판처럼 한 손을 들고 새뮤얼에게 다가섰다.

"그렇게 성급하게 결정하지 마시오, 메크흐나트. 나는 파라오의 신관이오. 따라서 그 결정은 내가 내리겠소."

"설마 이놈의 얼토당토않은 거짓말을 믿는 건 아니겠지요?"

"그 횃불을 좀 빌려주시오, 메크흐나트."

아흐무시스는 횃불을 새뮤얼의 얼굴 가까이 가져가서 찬찬히 살폈다. 이윽고 그는 병사들에게 말했다.

"계속 신전을 수색하시오. 범인은 아직 어딘가에 숨어 있는 것이 틀림없소. 이 소년은 놓아줘도 되오. 아는 소년이니까 내가 책임지겠소."

새뮤얼은 초조한 상태에서 몇 시간을 보냈다. 얼마나 겁이 났던 지! 일련의 사건이 순식간에 벌어졌다. 이제는 가망이 없다고 생각하고 있었는데…… 아흐무시스가 나를 안다고 말한 것은 무슨 뜻일까?

메크흐나트와 언쟁을 벌인 후 새뮤얼은 신전 서쪽 측면에 있는 신관들이 사용하는 방으로 안내되었다. 머리받침이 달린 침대와 사자다리 모양의 다리가 달린 장의자, 평범한 의자 둘, 책상 하나에 파피루스와 상자 몇 개가 잔뜩 올려져 있었다. 양날 검을 세운 경비가 방문 앞을 지키고 있었다. 새뮤얼은 작은 창문을 통해 첫 햇살을 뿌리기 시작한 해를 볼 수 있었다.

어떤 운명이 기다리고 있을까?

마침내 아흐무시스가 들어왔다. 그는 여전히 로인클로스 차림이지만 어깨에 하얀 숄을 걸치고 있었다. 눈썹을 밀고 눈가를 검은 칠로 강조한 때문인지 눈매가 날카로워 보였다. 175센티미터쯤 되는 키에 운동선수 같은 건장한 체격이지만 그렇다고 우락부락하기만 하고 매력적인 면이 없는 것은 아니었다. 아흐무시스는 양손에 커다란 반지를 끼고 있었다.

"거기 앉거라. 오래 기다렸지? 시간이 아주 길게 느껴졌을 거다. 미안하구나. 몇 가지 문제를 좀 해결하느라고."

"범인은 잡았어요?"

"궁수? 아니, 하지만 곧 잡힐 거다."

"그럼 그자가 누구인지 아세요?"

"어쩌면……. 그런데 메크흐나트가 사라졌어."

"네? 메크흐나트가 사라져요?"

"제8시에 범인 수색작전을 논의하기 위해 근위대를 소집해놓고서 놀랍게도 정작 자기는 나타나지 않았어."

"메크흐나트가 화살을 쐈다고 생각하세요?"

"아니, 그건 너무 위험하지. 하지만 그의 부하 한 명도 사라진 것으로 보아 메크흐나트가 그를 고용해서 나를 죽이려고 했던 것이 틀림없어."

살해될 뻔한 사람 맞아? 하마터면 죽을 뻔했는데도 아흐무시스는 평온하고 온화한 얼굴로 말하고 있었다.

"무덤에서 그 대화를 들었을 때 한 명이 또 있었어요." 새뮤얼이 지적했다. "메크흐나트는 상관을 대하듯 그 사람에게 '주인님'이라고 불렀어요."

"그랬겠지. 그 두 사람이 왜 그렇게 나를 수행하려고 했는지 정말 궁금하더니……."

새뮤얼은 무슨 말인지 이해하지 못했다.

"네?"

"그 주인이라는 자는 내 사촌 크하모시스란다. 관청의 서기관이지. 크하모시스와 메크흐나트는 내 아버님의 무덤을 같이 시찰하겠다고 주장했어. 기술공들을 믿을 수 없으며 나를 공격할지도 모른다면서. 이제야 이해가 되는구나.”

서기관! 또 한 사람의 목소리가 바로 서기관이었구나! 메크흐나트에게 명을 내린 사람은 서기관이었어! 아흐무시스 신관을 살해하라는 지시를 내린 사람이 서기관이었다니!

“하지만 사촌인데 뭐 때문에 신관님을 죽이려고 했겠어요?”

아흐무시스 신관은 빙긋이 웃었다.

“네가 여기서 하려는 것과 똑같은 이유 때문이겠지.”

새뮤얼은 귀까지 빨개졌다.

“무, 무슨 말씀인지 모르겠어요…….”

“걱정하지 마라.” 아흐무시스는 새뮤얼의 무릎을 토닥여주었다. “우리끼리니까 하는 말인데 내 아버님한테서 너에 대해 들었다.”

만화영화에서는 이럴 때 뒤로 벌렁 나자빠져서 머리 위로 별들이 빙빙 돌아가는데……. 깜짝 놀란 새뮤얼은 눈이 똥그래졌다.

“하지만 그건 있을 수 없는 일이에요!”

“그렇지 않아. 내 아버님 세트니는 평범한 분이 아냐. 아몬을 섬기는 뛰어난 신관 중 한 분이었고, 세 분의 파라오가 연이어서 가장 신뢰한 조언자셨어. 내 생각에는…….”

아흐무시스의 어조에 슬픔이 깃들어 있었다.

“아버님은 남이 보지 못하는 것을 보고, 남이 이해하지 못하는 사람들의 마음을 이해하는 특별한 능력을 지니셨던 것 같아. 아버님은 이따금 종적을 감추셨어. 어느 날 아침 사라졌다가 저녁에 돌아오시기도 하고, 며칠 후, 어떤 때는 열흘쯤 지나서 돌아오시곤 했지. 그때마다 어디서 만든 것인지 모를, 이름조차 들어보지 못한 머나먼 나라에서 만든 이상한 물건을 가져오셨어. 그러나 어디를 여행했다거나 상인들의 캐러밴을 만났다거나…… 아주 간단한 설명조차 해준 적이 없어. 그건 아버님의 비밀이었지."

어? 아빠와 비슷하잖아! 새뮤얼은 뭐라 형언할 수 없는 감정이 복받치면서 가슴이 죄어드는 것 같았다.

"그 비밀을 알아내려고 하지 않으셨어요?"

"물론 노력했지. 하지만 아버님은 나보다 훨씬 영리한 분이셨어! 내가 열다섯 살 때, 메레체게라는 여신을 모시는 서쪽 언덕 꼭대기에 올라갔는데 아버님이 발밑으로 내려다보이는 도시와 강을 가리키면서 말씀하셨지. '잘 봐라, 저것이 진정한 삶이다. 오로지 저것만이……. 네가 나를 따르고 싶어한다는 걸 알아. 하지만 아흐무시스, 네가 나처럼 살지 않기를 바란다. 너무 많은 위험과 유혹, 너무 많은 불행과 슬픈 만남이 있어. 아흐무시스, 결혼하여 자식을 낳고 아이들이 커가는 걸 보며 살거라. 그리고 신들과 파라오를 섬기고 주변에 있는 사람들을 사랑하거라. 그것보다 더 가치 있는 것은 없다. 내가 깨달은 것을 네가 조금이라도 안다면 나처럼 사는 것이 얼마나 허망한 것인지 알 텐데. 과거도 미래도……. 나와 같은 길을 걸으면 한줌 모래 같은 현재, 끝없는 회한과 좌절이 있을 뿐이다. 나는 내 아들이 그런 삶을 살아가는 걸 원치 않아.'"

신관은 어깨를 으쓱했다.

"그 시절에는 그 모든 말이 정말 이상하게 생각되었지. 하지만 아버님의 목소리가 어찌나 엄숙하고, 아버님의 눈빛이 어찌나 비탄에 잠겨 있는지 나는 그 충고를 따르고 싶었단다."

새뮤얼은 깊은 감동을 받았다. 마치 끝없이 긴 어둠 속을 걷다가 돌부리에 차이고, 보이지 않는 벽에 이리 부딪히고 저리 부딪힌 끝에 저 멀리서 반짝이는 한 줄기 빛을 발견한 느낌이라고 할까. 희미하게 깜박거리지만 분명 빛이었다. 새뮤얼은 덜 외로운 느낌이 들었다.

"아까 아버님께서 나를 안다고 하셨지요?"

아흐무시스는 고개를 끄덕였다.

"그래. 2년 전쯤에 네가 올 거라고 말씀하셨지."

"내가…… 올 거라고요?"

"아버님은 아주 자세히 설명하셨지. '열네 살의 갈색머리, 파란 눈에 이목구비가 반듯하고, 고집스러워 보이지만 강한 의지가 엿보이는 소년이야. 그 아이가 어디서 왔는지, 누구인지 너는 짐작도 가지 않을 것이다. 그렇지만 그 아이를 도와주어야 한다. 그 아이가 나름대로 나를 도와주었으니까.'"

생각지도 못한 상황에 새뮤얼은 아연실색했다. 이건 뭔가 잘못된 거야…….

"내가 도와줬다고요? 하지만 착각하신 것이 틀림없어요! 나는 한 번도 그분을 만난 적이 없어요!"

"그렇지만 네가 여기 와 있잖니? 아버님은 당신이 죽은 다음에야 내가 너를 만나게 될 거라고 하셨어. 그런데 아버님은 정확히 68일 전에 세상을 떠나셨고, 장례식은 내일 오후에 거행될 것이다."

그렇지 않아도 새뮤얼은 무엇이든 붙잡고 매달려야 하는 절박한 상황이었다. 어차피 이대로 이곳에 주저앉을 수는 없지 않은가.

"그럼…… 나를 도와주실 건가요?"

신관이 일어나서 제일 큰 함을 향해 걸어갔다. 그는 함을 열고 손잡이가 달린 단지와 테라코타* 술잔 두 개를 꺼냈다.

"꿀처럼 달콤한 술이란다. 맛을 좀 보겠니?"

새뮤얼은 고개를 끄덕였다. 술잔을 받아들고 입술을 적셨는데 달콤 씁쓸한 맛이 혀끝에 쫙 퍼졌다. 그리 고약한 맛은 아니었다.

아흐무시스가 다시 앉으면서 말했다.

"내가 어렸을 때 집에 아무도 들어갈 수 없는 방이 하나 있었어. 아버님은 그 방에 여행 갔다가 가져온 물건들을 정리해놓으셨지.

---

* 점토를 구워서 만든 그릇.

결국 그 소문이 나기 시작했어. 하인들의 입에서 새나간 것이겠지. 세트니가 강력한 힘을 지닌 마법의 물건을 가지고 있다는 소문이 퍼지기 시작했어. 내 사촌인 서기관은 그 물건들이 탐났을 거야. 오늘 밤 나를 죽였다면 사촌은 틀림없이 그걸 손에 넣을 수 있었겠지. 크하모시스는 시기심이 많고 탐욕이 있어서……."

아흐무시스는 술 한 모금을 마시면서 기분 좋은 표정을 지었다.

"사촌에게는 불행한 일이지. 실망했을 테니까!"

"그 말씀은 그 물건들이 존재하지 않는다는 뜻이에요?"

"더 이상 존재하지 않아! 아버님이 돌아가시기 전에 거의 모든 걸 없애버렸거든. 아버님은 그 소문 때문에 사람들의 마음에 탐욕을 불러일으킬 거라고 생각하셨으니까. 아버님은 그 물건들을 훔치기 위해 사람들에 의해 집이나 무덤이 더럽혀지는 걸 원치 않으셨던 거야. 정확하게 예상하셨던 거지."

"그럼 나를 어떻게 도와줄 수 있으세요?"

다시 불안해진 새뮤얼이 물었다.

"아버님은 너를 위해 이걸 맡기셨다."

아흐무시스는 오른손에 끼고 있던 커다란 반지를 뺐다. 호박색 광채가 나는 반투명 유리 쇠똥구리가 올라앉은 금반지였는데 쇠똥구리는 등에 붉은빛 진주 한 알을 업고 있었다.

"쇠똥구리가 무엇을 상징하는지 아니? 쇠똥구리는 '탄생'과 '창조'를 동시에 상징하지. 동물의 배설물을 동그랗게 만들어 땅에서 굴리고 다니는 쇠똥구리를 본 적 있겠지? 그래서 쇠똥구리는 이동과 운송을 의미하기도 하지. 아버님은 장례를 치를 때까지 이 반지를 잘 보관하라고 하셨다. 네가 아버님이 생각하는 소년이 맞다면 이 반지를 어떻게 사용할지 알 거라고 말씀하셨어."

그때 문을 두드리는 소리가 났다.

"아흐무시스!" 누군가가 숨넘어가는 소리로 외쳤다. "재상이 보낸 전령이 도착했다는 보고가 들어왔습니다!"

신관은 난처한 표정을 지었다.

"미안한데 또 너를 두고 나가봐야겠구나. 오래 걸리지는 않을 거다."

신관은 새뮤얼에게 반지를 쥐어주고 황급히 나갔다. 새뮤얼은 반지를 손바닥에 올려놓고 유리 쇠똥구리를 이리저리 살폈다. '이동과 운송을 의미하지⋯⋯.' 남다른 능력을 지닌 대신관 세트니가 아마도 꿈에서 새뮤얼을 만난 모양인데 그 경우라면 쇠똥구리의 사용법을 남겨놓지 않았다는 의미였다⋯⋯. 이 얼마나 유감스러운 일인가!

새뮤얼은 무심코 술잔을 단숨에 비웠다. 술기운이 퍼지면서 긴장이 풀리고 불안한 마음도 약간 가라앉았다. "이러다 술꾼이 되는 거 아냐? 그러면 안 되는데⋯⋯ 그만 마셔야겠어." 하고 중얼거리면서 새뮤얼은 반지를 유심히 살폈다. 이 반지에 뭔가가 있을 것 같은데……. 쇠똥구리의 지름은 2센티미터쯤 되었다. 아주 납작하고, 등껍질과 발이 유리에 정교하게 조각되어 있었다. 붉은빛 진주는 아주 동그랗고 반들반들했다. 내가 사는 세상으로 돌아가려면 뭐가 필요하지? 가운데 구멍이 뚫린 동전이나 메달! 그렇다면 이 반지를 세트니의 무덤 어딘가에 감춰져 있을 태양문양의 돌에 이용하면 되는 걸까? 만약 아니면…… 어떻게 되는 거지? 아무래도 쇠똥구리를 진주와 반지에서 떼어내야 할 것 같은데……. 그게 말이 쉽지, 어떻게 존경하는 아버지가 아들 아흐무시스에게 남긴 아름다운 반지를 망가뜨린단 말인가? 그랬다가 잘못되기라도 하면? 그렇지만 세트니 대신관과 아흐무시스 신관은 어떤 확신을 갖고 있는 것이 틀림없었다. 새뮤얼은 바보처럼 히죽히죽 웃었다. 술기운 때문이라고 생각한 새뮤얼은 단숨에 마신 것이 후회되었다.

새뮤얼이 반지를 분리할 방법을 궁리하면서 한참을 만지작거리는데 갑자기 찰칵, 하는 소리가 났다. 반지는 쇠똥구리의 몸체를 통해 진주와 연결되어 있었기 때문에 세 개의 요소가 쉽게 분리되었다. 가운데에 구멍이 뻥 뚫린 유리 쇠똥구리는 이제 마법의 동전이나 다름없었다. 집으로 돌아가는 티켓 기능을 하는 마법의 동전!

벽과 천장이 흔들리는 걸 멈춰주기만 한다면…….

"죄송해요." 새뮤얼이 말했다.

마치 열두 시간 동안 집게에 머리를 잡혀 있었던 것처럼 새뮤얼은 머리가 욱신거리면서 끔찍한 두통이 일었다. 눈부신 햇살에 눈이 따갑고 다리는 무거워서 가까스로 걸음을 뗄 수 있었다.

"내 잘못이다." 아흐무시스는 새뮤얼을 안심시켰다. "빈속이었을 텐데 어린 사람에게 술을 마시라고 주었으니."

그들은 세트니의 무덤 앞에 이르렀다. 언덕에서 내려다보니 나일 강 유역의 전경이 파노라마처럼 펼쳐졌다. 해가 정점에 있어서 그 태양열이 세트마아트 마을을 짓누르고 있었다. 새뮤얼은 페넵과 누트, 디두와 비아투를 생각했다. 거의 가족처럼 따뜻하게 대해준 사람들……. 그러나 아흐무시스는 시간이 조금밖에 없었다. 재상의 전령으로부터 점심시간이 지나자마자 만나자는 전갈을 받았기 때문이었다. 신관 살해미수 사건에 관한 수사는 상당히 진전되어 있었고, 메크흐나트와 서기관의 유죄는 의심의 여지가 없었다. 아흐무시스는 새뮤얼을 여기까지 배웅해주고 싶어했다.

"기술공들을 생각하니, 셈? 안심해라, 재상에게 그들의 딱한 사정을 전할 거니까. 필요할 경우에는 내 곡식을 나눠줄게. 그거면 아쉬운 대로 식량을 배급받을 때까지 견딜 수 있을 거다."

"정말 좋은 분이세요. 어떻게 감사해야 할지 모르겠어요."

"고마운 건 나야, 셈. 네 덕분에 탐욕에 눈이 어두운 자들을 없앨 수 있었으니까. 그게 바로 아버님이 바라던 뜻이었겠지. 마치 아버님이 지금도 우리들 곁에 계신 것 같구나."

그 지방의 풍습에 따라 신관은 새뮤얼의 목을 끌어안았다.

"여기서 헤어져야겠구나. 내가 너무 많은 걸 아는 것은 좋지 않을 것 같아. 그것이 아버님의 뜻이기도 하고."

새뮤얼은 벅찬 감동과 또다시 미지의 세계로 떠나면 어쩌나 하는 두려움이 동시에 엄습했다.

"정말 다른 것은 아무것도 듣지 못하셨어요? 사실은…… 집으로 돌아갈 수 있을지 자신이 없어요. 너무나 돌아가고 싶지만 어떻게 하는지 모르겠어요."

아흐무시스는 깜짝 놀라는 얼굴로 새뮤얼을 쳐다봤다. 그러고는 깊은 생각에 잠겼다가 말했다.

"나는 너보다 더 아는 것이 없어, 셈. 예전에 아버님이 아주 오래 떠나셨던 적이 있지. 며칠이 지나도 아무런 연락이 없었고, 어머님은 불행한 일이 일어났을까 봐 걱정하셨지. 그러던 어느 날 아버님은 몹시 초췌한 모습으로 돌아오셨지. 그렇지만 아버님의 얼굴에는 행복한 미소가 번져 있었어. 우리 모두를 포옹하고 나서 다정하게 말씀하셨지. '너희 중에서 나를 아주 많이 생각한 사람이 돌아오는 길로 나를 이끌어주었다.' 더는 설명하지 않으셨어. 아몬-라 신께서 너를 인도하실 거다."

새뮤얼은 아흐무시스가 준비해온 횃불을 받아들고 세트니의 무덤으로 들어갔다. 어둠에 차츰 눈이 익기 시작했다. 새뮤얼은 두 개의 층계를 내려가서 웅장하게 장식된 복도를 따라가다 첫 번째 우물을 피해 밧줄사다리에 이르렀다. 거기서 횃불을 구멍에 꽂아놓고 밑으로 내려갔다. 타후티 신을 묘사한 조각과 금박을 입힌 지하실은 훨씬 으리으리해져 있었다. 고인이 마지막 여행을 떠날 때 동행할 의자, 걸상, 조각상, 바구니, 항아리가 이미 준비되어 있었다.

방 한가운데에 있는 거대한 돌덩어리…… 석관이 놓일 자리였다. 그 받침돌에 태양과 아래쪽으로 길게 늘인 여섯 개의 빛살이 새겨져 있었다. 이게 이집트 버전 태양문양의 돌인가……? 호흡이 빨라졌다. 새뮤얼은 가능한 빨리 끝내고 싶었다. 쇠똥구리를 쥐고 있는 손에서 열기가 느껴지기 시작했다. 새뮤얼은 동그란 태양문양에 쇠똥구리를 가까이 대고 기도를 하듯 간절한 마음으로 읊조렸다.

"누군가 나를 생각해주기를! 제발, 제발, 누군가 나를 아주 많이 생각해주기를!"

IX
가족의 충고

몸을 태울 듯이 뜨거운 열기가 차차 식을 즈음 몇 미터 앞에서 날카로운 소리가 울렸다.

"새뮤얼?"

시멘트 먼지가 만져지고 오래된 종이에서 나는 특유의 냄새가 코끝을 간질였다.

"새뮤얼?"

지하실……. 이번에는 정말 돌아온 것인가?

가슴이 뭉클하면서 메스꺼움이 확 올라오는 바람에 새뮤얼은 기침과 동시에 눈물까지 흘리면서 쓰러지듯 주저앉았다.

"새미!"

한 손이 어깨에 올라왔다.

"새미!"

릴리의 손이었다. 꿈속이라면 몰라도 사촌을 보게 된 것이 이렇게 기쁠 줄이야, 상상도 못한 일이었다.

"릴리! 나를 생각한 사람이…… 너였어?"

새뮤얼은 딸꾹질을 하면서 물었다.

"새미, 왜 그래……?"

눈이 똥그래진 릴리의 입이 흡사 붕어처럼 뻥끗 벌어져 있었다.

"새미, 왜 그래……?"

똑같은 질문도 그렇고, 깜짝 놀라는 표정도 그렇고 새뮤얼은 릴리가 같은 행동을 두 번씩 반복하는 느낌이 들었다.

"괜찮아, 릴리, 나 말짱해."

새뮤얼을 일으켜서 침대까지 부축해주는데 릴리가 또 같은 동작을 반복했다. 릴리는 팔을 내밀었다가 도로 빼더니 다시 팔을 내미는 것이 아닌가. 환각에 빠져 있다는 걸 새뮤얼이 깨닫기까지는 시간이 좀 걸렸다. 빈방에서 지른 소리가 벽에 부딪혀 메아리로 되돌아오듯 몸짓 하나하나가 중복되어 전달되고 있었다. 갑작스런 시간 변화 때문에 사물에 대한 인지능력이 떨어져서 반복되는 느낌과 이미 본 적이 있는 듯한 '데자뷔' 현상이 일어나는 것이었다.

침대에 잠시 앉아 있으니까 그 현상이 사라지는 것 같았다. 릴리는 바닥에 꿇어앉은 자세로 새뮤얼의 초췌한 얼굴을 살피고 있었다.

"근데 새미, 어디 갔었어? 그리고 어떻게 그렇게 갑자기 나타난 거야? 여긴 아무도 없었어. 나 혼자 있었는데!"

새뮤얼은 꿈을 꾸고 있는 것이 아닌지 확인하기 위해 얼굴을 비볐다. 그러나 꿈은 아니었다. 서점 지하실, 간이침대, 전등……. 그 순간 새뮤얼은 자신이 여전히 로인클로스를 걸치고 있다는 것과 떠나기 전에 입었던 청바지와 티셔츠가 베개 위에 개켜져 있다는 걸 깨달았다.

"오늘이 며칠이야?"

"6월 6일 일요일." 릴리는 시계를 보면서 말했다. "정확하게 오후 5시 12분."

뭐, 일요일? 토요일에 떠났는데 겨우 하룻밤에 안 지났다니! 적어도 일주일은 떠나 있었는데!

"이젠 설명해줄 거지, 새미? 어제 저녁부터 오빠를 찾느라고 다들 난리가 났었어! 할머니가 얼마나 놀라셨는지 몰라! 경찰에도 신고했단 말이야! 이유는 모르겠지만 가출한 줄 알았거든!"

"경찰에 신고를……? 아빠는?"

릴리는 머뭇거리다 대답했다.

"아무 소식 없어. 여기서 좀 쉬어, 할머니한테는 내가 전화할게. 우리를 데리러 차를 갖고 오실 거야. 그리고 경찰에……."

"잠깐, 릴리! 아직은 할머니한테도 경찰에도 연락하지 마. 먼저 내 얘기부터 들어."

새뮤얼은 얘기를 시작했다. 봇물 터지듯 걷잡을 수 없이 쏟아지는 말, 말, 말. 새뮤얼은 쉼 없이 말하고 또 말했다. 태피스트리 뒤에서 발견한 태양문양의 돌, 영문도 모른 채 아이오나 섬에 이르러 얼떨결에 경험하게 된 수도원 생활, 해적들의 공격, 도주, 전쟁으로 파괴된 마을 플뢰리, 폭격, 샤르트렐 하사, 세트니의 무덤, 세트마아트 마을, 영원무궁의 신전…… 등 그동안 보고 들은 것에 대해 얘기했다.

릴리는 입을 헤벌린 채 새뮤얼을 쳐다보다가 이따금 깜짝 놀라며 탄성을 내질렀다. 뭐, 상형문자? 광신자들? 그래서 어떡했어? 어머머……!

릴리가 자신을 환각에 사로잡힌 사람으로 여기지 않는 것에 새뮤얼은 용기를 얻었다.

"영원무궁의 신전이라고 했지?" 새뮤얼이 얘기를 끝내자 릴리가 물었다. "이거 읽었어?"

릴리는 새뮤얼이 전날 침대 밑에서 발견했던 두꺼운 표지의 붉은 책을 가리켰다.

"이 책 말이야."

「테베, 백 개의 문이 있는 도시」라는 장제목의 페이지가 펼쳐 있고, 지난 세기 초에 발견되었을 당시 람세스 신전―새뮤얼은 이제야 람세스 3세라는 걸 알았다―의 모습을 찍은 사진이 실려 있었다. 부분적으로 모래에 파묻혀 있고, 3000년이란 오랜 세월 동안 부식할 대로 부식한 거대한 성벽과 원기둥들…….

"맞아! 내가 갔던 데가 바로 여기야! 내 말이 믿어져?"

릴리는 새뮤얼을 뚫어져라 쳐다봤다.

"그 희한한 옷과 샌들은 대체 어디서 구한 거야? 청바지랑 티셔츠가 저기 바닥에 떨어져 있어서 내가 침대에 올려놨어. 그리고 이 동전도 있었어……."

릴리는 가운데 구멍이 뚫리고 아랍 글자가 새겨 있는 동전을 내밀었다. 첫 번째 시간 여행을 하게 해준 동전…….

"이 동전이 회색 돌 옆에 있었어. 그 돌이 좀 전에 말한 '태양문양의 돌' 이야?"

새뮤얼은 고개를 천천히 끄덕였다.

"그럼 내 말을 믿는 거야?"

"당연히 믿지! 새미, 난 사촌이잖아? 그리고 오빠는 책을 전부 다 본 게 아니었어! 자, 봐!"

릴리는 붉은 책을 새뮤얼의 코밑에 바짝 대고 페이지를 빠르게 넘겼다. 70, 72, 74쪽……. 2쪽씩 똑같았다! 계속 반복되는 「테베, 백 개의 문이 있는 도시」라는 제목! 영원무궁의 신전 사진, 람세스 3세에 관한 똑같은 원문! 마치 인쇄가 잘못된 것처럼!

"어……? 어제는 이렇지 않았어!" 새뮤얼이 외쳤다. "내가 책을 펼쳤을 때 말라키아, 아니 발라키아…… 하여튼 기억이 잘 안 나는데 살육을 즐기는 폭군 블라드 체폐슈에 관한 글이었어."

"책을 다 읽어봤어?"

"아니, 한 페이지만 훑어봤는데……."

"어제도 페이지들이 다 똑같았는지, 아니었는지 기억나?"

"주의해서 보지 않았어. 발견하고 나서 바로……." 갑자기 생각이 난 새뮤얼이 물었다. "그런데 너는 어떻게 여기 와 있는 거야?"

릴리는 트레이드마크인 입술을 삐쭉거리면서 머리를 확 뒤로 넘겼다.

"할아버지가 오늘 아침에 경찰에 신고했고, 할아버지와 동행한 경찰이 서점을 조사하러 왔어. 근데 열쇠가 문에 꽂혀 있고, 오빠 가방이 층계 앞에 놓여 있더라고. 그래서 오빠가 가출했거나 친구네 집에 간 것이라고 추측하고 있었지. 근데 좀 이상했어. 오빠는 친구가 그리 많지 않잖아. 그리고 어디론가 떠나고 싶은 사람이 가방을 두고 갔다는 것도 이상하고, 또 서점을 열어놓은 채 나갔다는 것도 이상했어. 납치에 대해서도 생각해봤지. 값나가는 고서적이 엄청 많으니까 그 기회에 얼마든지 훔쳐갈 수도 있을 텐데 책은 다 그대로 있는 것 같았어. 어쨌든 나는 오빠가 서점 안에 있을 거라는 생각이 들더라고. 가방이 지하실로 내려가는 층계 쪽에 있었기 때문에 거기서부터 실마리를 찾아보기로 했던 거야."

새뮤얼은 감탄의 휘파람을 불지 않을 수 없었다.

"휘익!"

"어제 저녁에 엄마가 그 잘난 척 피앙세와 돌아왔는데 할머니 집에서 밤을 보내겠다고 주장하는 거야. 자칭 세상에서 자기가 제일 똑똑하다는 착각 속에 빠져 사는 그 피앙세가 어려운 일이 생긴 때일수록 서로 도와야 진짜 가족이라나 뭐라나 하면서. 마치 자기가 없으면 아무것도 해결이 안 된다는 듯이. 간단히 말해서 하루 종일 그 잘난 척이 떠들어대는 말이랑 뒤에서 박수를 쳐대는 엄마의 말을 들어야 한다고 생각하니까 끔찍하더라고. 그래서 제니퍼의 집에 간다고 말하고 오후에 오빠 열쇠를 챙겨서 이곳으로 와버렸어."

릴리의 말에 새뮤얼은 말문이 막혔다.

"네가 나를 위해서 그랬다니!"

"오빠를 위해서라고 그렇게 강조할 필요는 없어! 무엇보다도 할아버지와 할머니를 위해서니까! 집안 분위기가 어땠을지 상상해봐라, 어휴!" 릴리는 시계를 보면서 말했다. "돌아가는 게 좋겠어. 경찰이 내일 그 돌을 발견하면 결국은 알아채게 될 거야."

"그건 절대 안 돼! 경찰이 오면 동전과 책을 압수할 것이고, 그 돌을 분석하려고 실험실로 가져갈 거야. 그렇게 되면 아빠는 영영 돌아오지 못해."

"뭐라고?"

"릴리, 아직 이해하지 못했어? 그 모든 걸 갖춰놓은 건 아버지야. 어느 때인지 모를 시대로 아버지는 떠나셨어! 혹시라도 누군가가 그 돌을 훼손하거나 없애버리면 아버지는 과거의 어느 시대에 붙잡혀 있게 된단 말이야! 그래서 아버지가 그 돌을 꼭꼭 감춰놨던 거야."

"그렇게 생각해?"

"확실해! 무슨 핑계를 대서라도 돌에 대한 얘기는 하면 안 돼!"

"할아버지와 할머니에게도?"

"그걸 말하면 불안만 더 커져. 아무도 아버지를 도울 수 없으니까. 내 말은 우리가 살고 있는 이 시대의 사람 누구도 도와줄 수가 없다는 뜻이야. 다시 말해서 아버지가 돌아오길 기다려야 하기 때문에 무엇보다도 그 돌을 건드리면 안 된다는 거야. 이건 사느냐 죽느냐의 문제라고! 무슨 뜻인지 알겠어?"

새뮤얼의 어조가 어찌나 격한지 릴리는 뒤로 물러섰다. 그 순간 문 쪽에서 경쾌한 음악소리가 울렸다. 솨~~변의 미남, 릴리의 핸드폰 벨소리였다.

"내 전화잖아!"

릴리가 문 쪽으로 뛰어가자 새뮤얼도 따라갔다. 릴리는 장밋빛 가방에서 불빛이 깜박깜박하는 최신형 핸드폰을 꺼냈다.

"여보세요? 네…… 네, 엄마. 아니, 아직 제니퍼의 집에 있어요.

네, 걱정하지 마요, 금방 갈 거니까. 20분 내에? 알았어요…….”

“와, 그거 되게 비싸 보이는데? 벨소리도 좋고.”

새뮤얼이 놀렸다.

릴리는 어깨를 으쓱했다.

“그런 아부성 발언은 하지 마. 그 잘난 척이 싱가포르에서 사다준 거니까. 최첨단 핸드폰인가 봐. 인터넷과 카메라 기능, 컬러 게임도 되는 걸 보면. 이런 물질공세로 내 환심을 사고 싶은 모양인데 아무리 그래봐야 소용없어!”

“고모가 뭐래?”

“빨리 집에 오라고. 가서 뭐라고 말하지?”

“집 앞에서 우연히 마주쳤다고 하자.”

“그럼…… 어디 갔다 왔다고 말할 건데?”

“대충 둘러댈게. 바이킹들의 공격을 받을 때보다 더 겁나기야 하겠어?”

새뮤얼은 릴리의 가방을 들어봤다.

“네 가방에 붉은 책을 넣어도 될까?”

와, 치즈과자가 이렇게 맛있었나? 예전엔 미처 몰랐네! 그리고 이 땅콩에다 소다수까지! 얼마 만에 마셔보는 소다수냐! 이렇게 맛있는 걸 두고 대체 왜 사람들은 그 쓰디쓴 술을 마시는 거지?

"하루 종일 쫄쫄 굶은 아이 같구나."

할머니는 미소를 지으면서 훌쩍였다.

할머니는 옆자리에 앉아서 한 팔로 손자의 어깨를 감싸주었다.

"얼마나 걱정했는지 모른단다, 내 강아지!"

"어디를 가면 간다고 연락을 했어야지!" 고모가 한마디했다. "할아버지, 할머니가 얼마나 걱정하고 계실지는 생각 안 했니?"

새뮤얼은 고개를 푹 숙이고 잠자코 바삭바삭한 치즈과자와 고소하면서 짭짤한 땅콩을 게걸스럽게 먹었다. 아이오나 섬에서 배운 침묵의 미덕! 맞아, 이럴 땐 그저 침묵이 최고라니까!

식탁에는 멍한 시선으로 천장을 바라보는 할아버지, 릴리의 새아버지 루돌프도 앉아 있었다. 루돌프와 이블린은 아직 결혼하지 않았기 때문에 사실 새아버지라는 호칭은 과장된 표현이었다. 몇 년 전부터 사귀기 시작한 두 사람은 처음엔 은밀히 만나다가 칠팔 개월 전부터 결혼을 전제로 정식으로 교제하고 있었다. 새뮤얼은 고모를 그리 좋아하지 않았다. 벨에어의 저택에서 살던 시절, 고모는 쥐방울 드나들 듯 시도 때도 없이 찾아와서 신세 한탄을 늘어놓다 눈물을 쏟기 일쑤였다. 고모가 여자 혼자서 자식을 키우며 살아가는 것이 얼마나 힘든 일인지 너무 몰라준다면서 오빠 앨런을 야속하게 여겼던 일을 새뮤얼은 생생히 기억하고 있었다. 그러던 고모가 루돌프를 만나면서 돌변했다. 고모는 울기는커녕 목소리가 점점 커져갔다. 오빠가 아내를 잃자, 그때부터는 사사건건 간섭하고 훈계하기 시작했다. 오빠는 벨에어의 집을 팔면 안 된다, 서점을 사면 안 된다, 검은색 옷은 절대 입지 마라, 아들을 전학시키면 안 된다, 유도가 아니라 하키를 시켜야 한다…… 등등.

루돌프는 무역업을 하는 사업가라서 해외출장이 잦았다. 그는 돈을 엄청나게 많이 벌었고, 릴리에게 기회만 있으면 비싼 선물로 물질공세를 폈다. 그러나 릴리의 환심을 사지는 못했다. 릴리에게 루돌프는 어머니를 빼앗아서 세계 각지로 끌고 다니려는 잘난 척하는 밉상에 지나지 않았다. 새뮤얼은 루돌프에 대해 특별한 생각을 갖고 있지 않았다. 한 식탁에 앉아 있는 것도 처음이었다.

"너, 이틀 동안 무슨 짓을 하고 다닌 거니?"

고모가 다그치듯 물었다.

"그냥 여기저기 돌아다녔어요." 새뮤얼이 대답했다.

"돌아다녀? 너 누굴 바보로 아는 거니? 네 할머니는 불안해서 발을 동동 구르고 있는데 넌 그냥 돌아다녔다고?"

"그렇게 심하게 나무라지 마라." 할머니가 끼어들었다. "새미가 요즘 힘들다는 것은 너도 잘 알잖니? 아버지가 열흘이 넘도록 소식이 없는데…… 얜들 마음이 편하겠니?"

"내가 벌써 오래전부터 입이 닳도록 말했잖아요! 오빠를 강제로라도 정신과 치료를 받게 했다면 이런 일은 없었을 거라고요!" 고모는 입을 비죽거리면서 뇌까렸다. "헌책방에서 옛날 추억이나 되씹으면서 사는 건 정상이 아니에요. 그런데 어떻게 새뮤얼이 나쁜 길로 빠지지 않기를 바라세요?"

새뮤얼은 고모가 무슨 말을 하든 한 귀로 듣고 한 귀로 흘리기로 마음먹었다. 차라리 땅콩이나 먹고 있는 게 낫지…….

"그럼 너 어디서 잤니?" 고모가 다시 캐물었다.

"역에서요." 새뮤얼은 거짓말을 했다.

"역에서? 그러다 무슨 일을 당하면 어쩌려고?"

"문을 제대로 잠그지 않은 기차가 있었어요. 거기에 들어가서 잤어요."

"어떤 기차?" 이번에는 루돌프가 의심하는 투로 물었다.

새뮤얼은 루돌프를 쳐다봤다. 루돌프는 고모보다 10년은 나이가 더 많아서 관자놀이가 희끗희끗한 중년이었고, 웬만한 월급쟁이보다 돈을 열 배는 더 번다는 걸 과시하듯 고급양복 차림의 전형적인 비즈니스맨이었다. 그는 새뮤얼의 말을 믿지 않는 것 같았다.

"좌석과 창문이 있는 그냥 보통 기차였어요."

"보통 기차? 작년에 수화물 보관소를 홀딱 털어가는 대형사고가 일어난 뒤로 시에서 기차역에 신경을 많이 쓰는 걸로 아는데…… 거 이상하군. 못된 놈들이 달려들면 어쩌려고 겁도 없이?"

"차라리 그러길 바랐어요." 새뮤얼이 반항적으로 툭 내뱉었다.

"어머머, 세상에! 저 아이 말하는 거 들으셨죠?" 고모는 흥분했다. "루돌프에게 말하는 저 태도 좀 보라고요! 이게 다 오빠가 아들을 그냥 방치했기 때문이에요!"

"내버려둬요, 이블린." 루돌프가 말했다. "저 아이의 잘못이 아니오. 엄한 교육이 필요한 것 같은데……. 앨런은 아이를 기숙사학교에 넣을 생각은 한 번도 하지 않았소? 다루기 힘들거나 빗나간 아이들을 받아들이는 좋은 학교가 미국에 있는 걸로 아는데…… 거기 2년만 들어가 있으면 순종하게 돼요."

새뮤얼은 의자 소리를 요란하게 내면서 일어났다.

"죄송하지만 가서 자야겠어요. 기차에서 쪼그리고 자는 바람에 제대로 못 자서……."

루돌프는 지나가는 새뮤얼의 손목을 움켜잡고 팔에 난 자국을 살펴봤다.

"고집불통이로구나, 새미. 근데 이 할퀸 상처는 뭐지? 너 누구하고 싸웠니?"

새뮤얼은 루돌프의 손을 거칠게 뿌리쳤다. 람세스 신전의 가시덤불에 긁힌 것이라고 내뱉고 싶었지만 그 말을 하면 루돌프가 미친 아이 취급을 하겠지……!

"기차에 고양이가 있었어요."

눈을 떼지 않고 뚫어져라 응시하는 루돌프의 눈에서 새뮤얼은 적대감을 읽을 수 있었다. 루돌프는 릴리의 말대로 잘난 척하는 밉상일 뿐만 아니라 위험한 밉상이기도 했다.

"설마 마약 하는 거 아니지, 새미? 그렇다면 그것으로 많은 것이 설명되지."

"저한테 관심을 가져주다니 정말 친절하시네요. 하지만 안심하시죠. 지금은 비록 아버지가 행방불명이지만 제가 고아는 아니거든요?"

충격적인 침묵이 흐르는 가운데 새뮤얼은 방을 나가버렸다. 새뮤얼이 이층에 있는 방으로 들어가려는데 이블린이 다시 분개했다.

"어머머, 기막혀! 저 버르장머리! 아버지, 저 태도 좀 봐요! 그런데도 아무 말씀도 안 하세요? 릴리에게 나쁜 영향을 줄 게 틀림없단 말이에요!"

"이블린, 넌 정말 아이들을 이해하지 못하는구나."

할아버지는 한숨을 지었다.

새뮤얼은 다음 말을 듣지 않으려고 문을 쾅, 닫았다. 사실은 더 중요한 일이 있기 때문에 고모가 무슨 말을 하든 별로 신경이 쓰이지 않았던 것이다.

새뮤얼은 곧장 침대에 눕지 않았다. 피로해서 쓰러질 것 같았지만 린킨 파크의 앨범을 꺼내들고 컴퓨터 앞에서 헤드폰을 썼다. 다른 때 같으면 인터넷의 즐겨 찾는 서버에 접속하여 카운터 스트라이크 온라인 게임을 했을 테지만 이런 상황에 그건 좀 지나친 것 같았다. 어쨌든 이날 저녁은 게임하고 싶은 마음이 없었다. 그보다는 차라리 떠나온 세상들과 끈을 잇는 것이 더 절실했다. 그 흔적이 남아 있다는 걸, 상상의 산물이 아니라 분명히 현실이었다는 걸 확인하는 것이 더 절실했다.

새뮤얼은 검색창에 '테베'를 친 다음에 '세트니'에 이어 '아흐무시스'를 찾아봤다. 인터넷에 올라와 있는 사진들은 현재 도시의 이미지를 담고 있었다. 나일 강 서쪽 연안을 따라 보이는 궁전의 유적, 폐허가 된 기술공들의 마을—새뮤얼은 눈시울이 젖어왔다—, 무덤이 흩어져 있는 황토색 절벽……. 세트니와 아흐무시스에 관해서는 고대 이집트에서 내려오는 전설을 제외하고는 결정적인 정보가 전혀 없었다. 전설에 따르면 세트니는 타후티 신의 마법서를 훔쳐서 일련의 극적 사건을 일으킨 마법사였다. 새뮤얼이 알고 있는 바로 그 세트니일까? 묘사된 면면으로 보아 틀림없었다.

새뮤얼은 이어서 '수빌 요새와 1차 세계대전'을 검색해서 1916년 베르됭 전투에 대해 요약해놓은 글을 찾았다. 베르됭에서는 몇 달 동안 계속된 치열한 전투로 수십만 명이 전사했고, 격전지 중 하나였던 플뢰리는 완전히 파괴되어 지도에서 삭제된 마을이었다. 새뮤얼은 전율이 일었다. 인터넷도 나름대로는 시간을 거슬러 올라가는 기계가 아닌가.

그런데 아이오나 섬에 관련된 사이트에 들어간 새뮤얼은 엄청난 충격을 받았다. 콜룸실의 역사를 검색하던 새뮤얼은 자신이 갔던 곳과 정확하게 일치하는 섬의 이미지를 보게 된 것이다. 황무지, 돌담, 변화무쌍한 하늘……. 좀더 나아가서 관련 사이트를 클릭하던 새뮤얼은 필사실에서 레이널드 수도사가 보여주었던 복음서의 이미지까지 볼 수 있었다. 똑같은 글씨, 똑같은 인물상과 도형, 똑같은 색깔! 복제된 원고를 읽으면서 새뮤얼은 눈물이 나왔다. 이어서 다음과 같은 주석이 달려 있었다.

중세에 쓰인 이 원고에 관해서는 여러 가지 설이 있다. 그중 800년경 아이오나 수도원의 수도사들이 시작한 이 원고는 바이킹들의 공격에서 '기적적으로' 화를 면한 뒤에 아일랜드로 옮겨져 다른 수도사들이 완성했다고 전해지고 있다.

새뮤얼은 웃음과 동시에 울음을 터뜨리지 않을 수 없었다. 그 기적이란 바로 자신이 아닌가!

X

스 크 랩

아침 7시 반에 눈을 뜬 새뮤얼은 지난주부터 계속 미뤄왔던 수학 연습문제 숙제가 월요일인 오늘까지라는 걸 깨닫자 그 순간부터 짜증이 나기 시작했다. 일요일은 집에 틀어박혀서 숙제를 할 생각이었지만 주말을 '과거'에서 보내는 바람에 까맣게 잊고 있었으니!

그런데 큐버트 선생님은 이런 쪽에 대한 육감이 뛰어났다. 선생님은 반 전체 학생을 쭉 훑어보면서 숙제를 해오지 않은 학생의 냄새를 귀신같이 맡았다. 선생님은 확신이 들었다 싶으면 대상을 족집게같이 짚어냈는데…… 과연 그 명성답게 손가락으로 새뮤얼을 지목했다.

"포크너 군, 수학수업 향상의 기초는 꾸준한 노력이라는 것을 보여주기 바라네."

선생님은 그런 알쏭달쏭한 말로 학생들이 의자에 그냥 앉아 있어야 할지 아니면, 즉시 일어나 칠판 앞으로 나가야 할지 망설이게 만드는 습관이 있었다. 칠판 앞으로 나가기로 마음먹은 새뮤얼은 벌떡 일어났다.

"숙제를 갖고 나와야지, 포크너 군? 배짱이 좋은 건가, 무모한 건가?"

새뮤얼이 파일에서 숙제로 내준 수학문제를 적은, 반쯤 구겨진 종이를 꺼내는 사이에 짝꿍 해럴드가 속삭였다.

"무슨 일이 생기면 잽싸게 앰뷸런스에 실어서 병원으로 보내줄게, 샘. 걱정하지 마, 너의 집에도 내가 연락할 테니까!"

분필을 손에 쥔 새뮤얼은 큐버트 선생님이 꽥꽥 소리를 질러대면서 튀기는 침 세례와 복잡한 방정식과 싸우느라 지옥 같은 15분을 보냈다. 선생님은 안면가리개 달린 투구와 150센티미터의 검만 들고 있으면 영락없는 바이킹이었다. 어쨌든 새뮤얼은 형편없는 수학실력을 드러낸 뒤에 D학점과 추가로 세 문제를 더 풀어오라는 숙제를 받고 자리로 돌아왔다.

쉬는 시간에 해럴드가 넌지시 말했다.

"아버지는 돌아오셨어?"

"아니." 새뮤얼은 시무룩한 얼굴로 이를 악물었다.

새뮤얼은 친구에게 다 털어놓고 싶은 마음이 굴뚝같았지만 머릿속에서 경보가 울렸다. '그걸 말하면 무슨 일을 당할지 몰라. 만약

해럴드가 그 말을 믿지 않으면 적어도 학년이 끝날 때까지 놀림을 당할 거야. 그걸 바라는 건 아니지?' 새뮤얼은 억지로 마음을 다잡으면서 입을 닫기로 결정했다. 다행히 해럴드는 이미 화제를 다른 데로 돌리고 있었다.

"지난 토요일 매디의 파티에 올 수 없었어?"

"응……."

"너 어디 아프냐고 매디가 나한테 물어보던데……."

"으응……."

매디는 학년 초부터 새뮤얼의 주위를 맴도는 반 친구였다. 새뮤얼은 매디가 예쁘고 호감이 가지만 뭐랄까…… 좋아하는 마음은 없었다. 아니, 그럴 만한 이유가 있었다. 새뮤얼은 벨에어 동네에 살 때 옆집 소녀 앨리시어 토드에게 홀딱 빠져 있었다. 그때―열한 살 때였다―그들은 늘 붙어다녔고 방학 때는 바닷가에 있는 토드네 별장에서 보냈다. 앨리시어는 파란 눈에 금발, 아주 하얀 피부를 지녔고, 주위 사람들에게 골탕 먹이는 짓을 할 수 있을까 의문이 들 정도의 순진한 얼굴로 생글생글 잘 웃었다. 그러던 어느 날 피자 배달원이 멸치/비곗살 피자 7판, 소시지/치즈 크러스트 피자 7판, 맥주 7캔을 들고 심술쟁이 로저 씨의 집에 나타났다. 사실은 로저 씨가 주문한 것이 아니었다. 앨리시어는 그 순간을 일회용 사진기로 찍었다. 얼마 후 그 사진이 발각되는 바람에 앨리시어는 벨에어 피자가게의 모든 배달원에게 사과해야 했다. 그런데도 피자가게 주인은 미워하려야 미워할 수 없는 앨리시어에게 오히려 아이스크림을 선물로 주었다. 앨리시어 토드는 그 정도로 누구에게나 사랑받는 예쁜 소녀였다.

그러나 새뮤얼의 어머니가 세상을 떠나면서 모든 것이 엉망이 되었다. 새뮤얼은 갑자기 자신의 세계에 틀어박혔고, 앨리시어와 얘기하는 것도 냉정하게 거부했다. 마치 좋은 순간의 페이지는 넘겨졌고, 새로운 행복은 어머니에 대한 기억에 모욕이 되는 것 같았다. 어머니를 잃은 엄청난 슬픔을 달래줄 수 있는 것은 아무것도 없었다. 앨리시어와 함께 군것질을 하는 것도, 학교가 파한 후 손잡고 돌아다니는 것도, 토요일 밤마다 베개 싸움을 하는 것도, 바닷가에 가서 노는 것도 다 시시했다. 더 이상 아무것도 흥미가 없었다. 그렇게 몇 달을 지내다 포크너 부자는 이사했고, 새뮤얼이 전학하면서 앨리시어와 멀어졌다.

그러나 앨리시어를 가슴에서 떠나보낸 것은 아니었다.

얼마나 여러 번 벨에어로 돌아가고 싶었던가! 앨리시어의 집을 찾아가서 잘못했다고, 마음 아프게 해서 미안하다고 얼마나 말하고 싶었던가! 그러나 새뮤얼은 용기가 나지 않았다. 그러다보니 어느덧 3년이란 세월이 흘렀다. 이따금 새뮤얼은 시내에서 앨리시어를 발견했다. 앨리시어는 어엿한 숙녀가 되어 있었다. 늘씬한 몸매,

아름답게 흘러내리는 긴 금발, 세련된 얼굴, 유연한 걸음걸이……. 눈앞에 앨리시어가 있는데도 달려가지 못하는 것은 또 얼마나 고통스러웠던가. 두세 번 앨리시어네 집 전화번호를 눌렀다가 차마 용기가 나지 않아서 벨이 울리기 전에 끊은 적도 있었다. 앨리시어가 아직도 그때 일을 기억하고 있다면 아마 증오하고 있을 것이 분명했다. 앨리시어는 이제 많이 변해 있었다.

"새뮤얼, 내 말 듣고 있는 거야?"

"응?"

"네가 없으니까 시몬이 매디를 데리고 나갔다니까!"

"아, 그랬어?"

그때 마침 쉬는 시간이 끝났기 때문에 새뮤얼은 해럴드에게 딴생각을 하고 있었던 이유를 설명하지 않고 넘어갈 수 있었다. 그렇지만 매브릭 과학 선생님은 정신을 바짝 차리게 만들었다. 선생님이 지난번 시험 점수로 C학점을 주었기 때문이다. 까딱 잘못해서 낙제라도 하면 학년을 올라가지 못할 수도 있었다. 사라진 후 소식이 없는 아버지에 대한 걱정 때문에 그동안 새뮤얼은 공부를 열심히 하지 않았고, 이러다 추가로 받는 점수가 더 나쁠 경우 정말 만회할 가능성이 없어지는데…….

새뮤얼은 두 줄 떨어진 곳에 앉은 매디와 시몬이 책상 밑에서 손을 잡고 있는 것을 보았다. 매디와 시몬…… 토요일 파티……. 새뮤얼은 질투심이 치미는 걸 느꼈다. 이상하네, 이런 적이 없는데!

새뮤얼은 깊이 생각하지 않고 매디의 눈길을 끌기 위해 손을 들었다.

"죄송한데요, 선생님, 질문해도 돼요? 수업과는 관계가 없는 질문이지만……."

매브릭 선생님은 수업에 지장을 주지 않고 새뮤얼에게 할애할 시간이 있는지 판단하기 위해 시계를 봤다.

"언제든 환영이지, 포크너."

"시간을 거슬러가는 것이 가능한 일인가요?"

이건 또 무슨 뚱딴지같은 소리야? 하는 얼굴로 모든 학생이 새뮤얼을 쳐다봤다. 매디도 시몬의 손을 놓았다.

"그거 아주 흥미로운 질문이구나, 포크너. 오늘 공부할 내용과는 정말 아무런 관계가 없는 질문인걸!"

선생님은 짓궂은 표정으로 눈을 찡그렸다.

"과학숙제를 다시 하기 위해 일주일 전으로 돌아가고 싶은 건가, 포크너? 그러면 내가 더 많은 숙제를 내주게 될지도 모르는데!"

여기저기서 키득키득, 웃음소리가 흘러나왔다.

"이론상으로는 시간을 거슬러가는 것이 불가능한 일은 아니라고 할 수 있지. 네가 지구에 있고, 옆자리의 해럴드는 화성에 있다고 가정해보자. 네가 오전 11시에 아주 강력한 빛으로 신호를 보내고 그 신호가 화성에 이르려면 약 25분이 걸리겠지. 따라서 11시 5분이 되면 너에게는 그 신호가 5분 전의 과거에 속하는 반면, 해럴드에게는 아직 미래에 속하게 되지. 해럴드가 그 신호를 받으려면 20분을 더 기다려야 하니까. 그것은 시간이란 상대적 개념이라는 걸 보여주는 것이지. 현재, 과거, 미래는 우리가 있는 장소에 따라 각자에게 똑같지 않기 때문이란다. 그럼 이번에는 네가 보낸 빛의 신호보다 두 배가 더 빠른 로켓을 사용한다고 가정해보자. 11시 5분에 지구를 떠난 로켓은 11시 10분경에 빛의 신호를 따라잡을 가능성이 있어. 다시 말해서 11시 10분에 너는 과거를 따라잡을 수 있게 되는 거지! 어떤 관점에서는 네가 시간을 거슬러갔다고 할 수 있겠지. 어쨌든 그건 원리야. 빛의 신호보다 더 빠른, 다시 말해 빛의 속도보다 더 빠른 로켓을 만드는 것이 문제지만. 모두 알다시피 빛의 속도는 우리가 알고 있는 속도 중에서 가장 빠른 것이다. 그러니까 실제로 그런 경험을 한다는 건 불가능하지. 결론적으로 말해서 포크너, 일주일 전으로 되돌아갈 수는 없기 때문에 너는 더 좋은 점수를 기대할 수가 없다 그 말이지!"

선생님의 설명을 다 이해한 것은 아니지만 새뮤얼은 고개를 끄덕였다. 그런데 선생님이 말하는 가상의 로켓이 포크너 고서점의 지하실에 있다는 것과 선사 시대 땅콩 분리기와 비슷하게 생겼다는 것을 매브릭 선생님에게 고백할 수 없다는 것이 문제였다.

144

점심시간이 지난 후, 새뮤얼은 미스 들로네 선생님의 미술수업 덕분에 두 시간 동안 자유로움을 만끽할 수 있었다. 마침내 가장 편안하게 느껴지는 과목, 새뮤얼은 정말로 무언가를 할 수 있는 느낌이 들었다. 지붕 위로 나무 한 그루를 그려놓고 목탄으로 살랑거리는 잎을 표현하고, 붓으로 작은 점을 찍어 나무껍질에 질감을 주고, 광택이 나는 옅은 물감으로 생동감을 주다보면 얼마나 행복한지!

"잘했어, 새뮤얼." 들로네 선생님이 칭찬했다.

"테레빈유* 한 방울만 섞으면 그리기가 훨씬 수월할 거야. 너는 미술에 재능이 있어!"

이날 하루 동안 새뮤얼이 유일하게 들은 칭찬이었다.

다음은 문학수업 시간이었다. 솔직히 어처구니없게 느껴지는 시에 대한 장광설을 한 시간 내내 듣고 있어야 하는 것은 정말 따분한 일이었다. 새뮤얼은 압력솥처럼 머릿속이 부글부글 끓어서 가능한 빨리 끝나게 해달라고 빌었다. 예를 들어 연인에 관한 슬픈 시일 경우에는 눈물을 찔끔거리는 대신 영화관이나 볼링장으로 가는 게 낫다 싶었다.

마침내 종소리가 울렸을 때 새뮤얼은 스케이트보드를 움켜잡고 교문을 향해 달려나갔다. 야호, 이 공기, 이 산소! 벽도 없고, 창문도

---

* 송진을 수증기로 증류하여 얻는 정유. 특이한 향기가 나는 무색 또는 연한 노란색 끈끈한 액체로 유화의 용제, 의약품 등에 사용된다.

없어! 시몬도 매디도 없어! 와, 이제야 살 것 같네! 단 하루 수업을 받았는데 벌써부터 참을 수가 없으니…… 방학이 다가오고 있어서 다행이었다.

새뮤얼은 친구들이 인사를 하거나 말거나 거들떠보지도 않고 인도를 따라 버스정류장을 향해 질주했다. 얼마나 혼자 있고 싶었는지!

그러나 큰 사거리에서 방향을 틀던 새뮤얼은 간이 콩알만해졌다. 몽크와 똘마니 둘이 버스정류장 표지판에 기대고 있는 것이 아닌가. 새뮤얼은 되돌아가고 싶었지만, 언제 봤는지 몽크가 놀라울 정도로 날쌔게 달려오고 있었다.

"야, 포크너! 땅꼬마 겁쟁이 녀석아!"

몽크는 새뮤얼의 손보다 두 배는 더 커다란 손을 들이댔다.

"기다리고 있었다, 포크너!"

"나…… 나를 기다리고 있었다고?" 새뮤얼은 어물어물 말했다.

"내 20달러 물어내!"

"뭐라고?"

"20달러 내놔! 지난번에 네가 망가뜨린 컴퓨터 칩을 변상해야 할 거 아냐?"

"아, 그거…… 지금은 돈이 없는데…….."

새뮤얼은 몽크가 도저히 참을 수 없다는 듯 온갖 표시를 팍팍 내면서 불끈 쥐는 커다란 주먹을 곁눈질했다. 몽크의 똘마니 둘은 실실 웃으면서 근육질의 덩치가 새뮤얼을 깔아뭉갤 순간을 기다리고 있었다.

"지난번에 말했던 대로 네 이빨을 부러뜨려주겠어."

행인들은 그냥 지나쳐갔고, 버스를 기다리는 어른들은 신문을 읽고 있어서 도와줄 사람이 아무도 없었다.

"몽크! 진짜 그러겠다는 건 아니지? 토요일 경기를 생각해봐! 네가 체육관의 다다미 위가 아닌 데에서 나를 두들겨 팼다는 걸 야쿠 선생님이 아시면……."

"그러니까 네가 선생님에게 고자질이라도 하겠다는 거냐?"

몽크가 주먹을 날릴 기세로 소리쳤다.

"아니, 그게 아니라 내가 경기에 나가지 못할 정도로 다쳐서 불참하게 된다고 생각해봐. 그러면 선생님이 나한테 설명을 요구할 텐데……. 야쿠 선생님이 특히 강조하는 말씀 알잖아? '폭력은 어떤 경우에도 정당화되지 않는다! 항상 자제할 것! 힘은 다다미 위에서만 사용한다!'"

이 말이 통할 거란 확신은 없지만 새뮤얼로서는 달리 방법이 없었다. 지푸라기라도 잡는 심정이랄까, 몽크가 오래전부터 야쿠 선생님을 우상화하고 있다는 걸 알고 한번 던진 말이었다.

"다다미 위에서만? 그랬나……?"

두툼한 입술로 약간 머뭇거리면서 몽크가 은근슬쩍 주먹을 푸는데 그 눈에서 교활한 빛이 번쩍였다.

"아무튼 좋아, 겁쟁이. 토요일에 경기에서 보자. 모두가 보는 앞에서 파리새끼처럼 짓이겨주지. 하지만 너 거기 안 나타났다가는 가만두지……."

몽크는 막대기를 뚝 부러뜨리는 시늉을 했다.

"물론 가지!" 새뮤얼은 짐짓 쾌활한 어조로 대답했다. "무슨 일이 있어도 꼭 갈게!"

몽크는 마치 결전의 날까지는 희생양이 온존하기를 바라는 듯 새뮤얼의 티셔츠를 매만져주었다.

"그럼 토요일에 봐, 포크너. 나를 속였다가는 어떻게 되는지 알지?"

"물론이야, 몽크!"

새뮤얼은 속으로 말했다. 휴, 체육관에 가느니 북극행 비행기를 타고 도망치는 게 백번 나은데……!

"샘, 괜찮니? 얼굴이 창백한 게……."

새뮤얼이 풀 죽은 얼굴로 쿠키를 두 개째 우적우적 씹어먹는데 할아버지가 식탁 맞은편에 앉으면서 말했다.

"괜찮아요."

"아버지 때문에 걱정이 돼서 그러지? 당연한 일이겠지만 너무 불안해하지 말거라. 예전에도 이런 적이 있었으니까."

"그래봐야 기껏 이삼 일이었죠." 새뮤얼이 반박했다. "벌써 12일째예요. 이런 적은 없었어요!"

"최근에 대해 말하는 게 아니다. 네가 태어나기 전에 있었던 일에 대해 말하는 거야."

새뮤얼은 입을 멍하니 벌리고 있었다.

"내가 태어나기 전에도 이런 일이 있었단 말이에요?"

"응, 20여 년 전 앨런이 아직 역사과 학생이었을 때였지. 이집트로 석 달 동안 답사를 떠난 적이 있단다. 유명한 고고학자와 함께 갔는데 쳄블린이었는지 체임벌린이었는지 교수 이름은 정확히 기억이 안 나는구나."

할아버지는 마치 대수롭지 않은 일화를 얘기하듯 애써 미소를 지었다. 그러나 그 미소 뒤에 무언가 다른 것이 있다는 느낌이 들었다. 이집트에서의 발굴작업? 이건 단순한 우연의 일치가 아닌데…….

"네 아버지가 수집광이라는 것은 알잖니. 신문기사를 스크랩한 파일을 고스란히 저 위에 보관해뒀어. 내가 직접 오려둔 기사도 몇 개 있고."

"저 위요? 다락방이요?"

"그래, 네 할머니가 트렁크 중 하나에 넣어두었을 거다. 뭐든 절대로 버리지 않는 사람이니까!"

"정확하게 무슨 일이 일어났는데요?"

"글쎄, 정확하게 다 기억할지 모르겠구나. 답사 팀이 발굴하는 동안 무덤, 성물 등을 발견했다는 것은 확실히 기억나. 관심이 있으면 다락방에 있는 기사를 찾아서 읽으면 될 거다. 근데 정말 중요한 것은 그게 아냐. 중요한 건 이집트에 도착한 초기에는 네 아버지가 날마다 연락을 했는데 어느 순간부터 소식이 없었어. 하루, 이틀이 지나도 아무런 연락이 없었지! 무슨 사고가 일어났을까 봐 네 할머니가 얼마나 불안에 떨었는지! 우여곡절 끝에 내가 답사 캠프의 전화번호를 알아냈고 그래서 앨런이 행방불명되었다는 걸 알았지…….답사 팀은 앨런이 발굴작업이 너무 힘들어서 집으로 돌아간 것이라고 생각하고 있더구나. 그런데 혼자 사라진 게 아니었어. 함께 답사를 떠난 또래의 청년 한 명도 없어졌다는 거야. 앨런이 말하지 않아서 우린 모르고 있었거든!"

할아버지는 천장을 멀거니 쳐다보았는데 버릇처럼 자주 하는 행동이었다. 사실 할아버지는 손자에게 말하기보다는 혼잣말을 하는 것 같았다.

"그렇게 보름이 흘렀어. 정말 피가 마르는 것 같은 끔찍한 날들이었지. 그러던 어느 날 아침, 앨런이 전화를 했어. 사막 여행을 하고 싶어서 떠났는데 전화하기가 힘들었다면서 답사 팀에 합류했으니 걱정하지 말라고 하더구나. 그리고 나서 오륙 일 후에 또 소식이 끊겼어! 두 달 동안 계속 그런 식이었단다. 일주일은 답사 팀에 있다가 또 일주일은 어딘가로 사라져서는 그 다음 주에 다시 나타나고……. 도무지 아무것도 손에 잡히지 않아서 네 할머니와 당장 이집트로 달려가려고 했어. 식품점 때문에 쉽게 떠날 수가 없었지만."

그 순간 새뮤얼은 아버지가 어떤 종류의 여행을 했을지 짐작이 갔다.

"마침내 앨런은 10월에 돌아왔어."

할아버지가 이야기를 끝맺었다.

"그래서 그동안 무슨 일이 있었는지 아셨어요?"

할아버지는 마치 그제야 천장에서 내려온 것처럼 새뮤얼을 내려다봤다.

"아니, 네 아버지는 정상적인 상태가 아니었어. 희귀한 바이러스에 감염되어서 체중이 10킬로그램은 빠지고 머리털이 한 줌이나 남아 있었을까……. 그래서 열대병 전문치료 시설에서 한 달을 갇혀 지내야 했거든."

새뮤얼은 속으로 생각했다. 아버지가 사라지는 건 그때부터 시작된 고질병이었구나!

"그 때문에 네 할머니와 나는 솔직히 더 이상 아무것도 물어보고 싶은 마음이 없어졌지. 앨런이 회복해서 우리와 함께 있다는 것, 무엇보다 그게 제일 중요했으니까.”

“그런 식의 행방불명이 그 다음에도 바로 또 있었어요?”

“아니, 없었어. 2년 후, 네 어머니를 만나면서 아주 많이 달라졌지. 얼마 후 둘은 결혼했고 네가 태어났다.”

“아빠는 그런 얘기를 한번도 한 적이 없었어요.” 새뮤얼은 오렌지주스를 쭉 들이켜고 나서 소리가 나지 않게 잔을 식탁에 내려놨다. “그 파일을 봐도 되죠?”

“그 잡동사니 속에서 잘 찾을지 모르겠구나. 나는 노인회관으로 네 할머니를 데리러가야겠다. 이 얘기는 나중에 다시 하자꾸나.”

대답을 하는 둥 마는 둥 부리나케 다락방으로 달려간 새뮤얼은 트렁크들과 할머니가 모아둔 잡동사니를 뒤지기 시작했다. 오래 묵은 가구, 낡은 옷가지—특히 할아버지, 할머니가 캐나다로 떠나기 전 미국에서 장사하던 시절의 ‘포크너 식품점’ 이라고 새긴 셔츠가 무더기로 쌓여 있었다—, 할아버지, 할머니가 증조할아버지와 함께 시카고 가게 앞에서 찍은 흑백사진 앨범, 앨런의 나무장난감, 학교공책, 어릴 적의 옷, 그 유명한 손톱 컬렉션…… 마침내 검정 수성펜으로 ‘이집트’ 라고 써놓은 파일이 보였다.

새뮤얼은 천창 밑에 자리를 잡고 읽기 시작했다. 비교적 반듯하게 오려진, 총 스무 개쯤 되는 신문기사 스크랩이 누렇게 바랜 상태로 투명속지 안에 연대순으로 정리되어 있었다. 언뜻 보기에는 대부분 전문학술지와 영어로 쓰인 이집트 신문 《카이로 타임》에서 스크랩한 것들이었다.

아르키아로지아, 1985년 4월.

이집트 고고학 답사

체임벌린 교수는 1985년 6월에서 11월까지, 테베에 있는 '왕가의 계곡' 부근의 유적답사를 계획하고 있습니다. 답사 목적은 제20왕조의 무덤을 발굴하는 것입니다. 체임벌린 교수는 미술사 또는 고고학 전공자 중에서 올해 여름에 시간 여유가 있는 학생들의 참여를 바라고 있습니다(주의! 숙박은 보장하지만 이동 비용은 개인 부담). 참여를 바라는 동기를 명시한 자기소개서를 아래 주소로 보내기 바랍니다.

Pr Chamberlain,

7 Lower Street, Cambridge,

Tel: 01223) 2589734.

아버지가 스크랩해놓은 이 공개 모집 기사를 시작으로 그 모든 일이 일어난 것이 틀림없었다.

카이로 타임, 1985년 6월 21일.

체임벌린 교수의 희망

현재 테베 지역에서 중요한 발굴 현장을 지도하고 있는 영국의 저명한 고고학자는 제20왕조의 알려지지 않은 무덤들을 발굴할 가능성이 있음을 시사했다. 어제 저녁 체임벌린 교수는 본지 통신원에게 이렇게 밝혔다. "람세스 3세와 하트셉수트 여왕의 신전들을 굽어보는 언덕이 비밀을 드러내리라고는 기대하지 않았습니다. 지금까지는 특히 '왕가의 계곡'과 파라오의 무덤에 관심을 가졌지요. 다른 위인들의 묘지와 아울러 서민들의 묘지가 그 시대의 생활과 풍습에 대해 많은 것을 알려줄 것이라고 생각합니다."

새뮤얼은 같은 주제에 관한 대여섯 개의 기사를 훑어보고 나서 다음 기사로 넘어갔다.

카이로 타임, 1985년 8월 2일.
테베에서 발견된 신관의 무덤
본지 특파원
어제 17시에 체임벌린 교수와 발굴 팀은 최초로 제20왕조 아몬의 신관 중 한 사람의 것으로 추정되는 화려하게 장식된 무덤(약 3200년 전)으로 들어갈 수 있었다. 테베 서쪽지역에서 한 달간 발굴한 끝에 그들은 묘지의 주요 복도로 이르는 통로를 가로막고 있는 장애물을 제거하는

데 성공했다. '영광스런 순간'이라고 소감을 밝힌 영국 고고학자는 "그러나 모험을 감행하지 않을 것이며 탐사를 서두르지 않기로 결정했다."고 말했다. "우리는 훼손을 피하기 위해 무덤에 이르는 데 2주일 정도의 기간을 예정하고 있습니다. 첫 번째 두 개의 방이 손상되지 않은 것으로 보아 무덤도 도굴되지 않았을 것으로 기대하고 있습니다." 그것이 사실이어서 체임벌린 교수가 예전에 투탕카멘의 무덤을 발굴한 하워드 카터 못지않게 경이로운 순간을 맞이하길 기원해본다!

이어지는 2주 동안 출간된 여러 주간지에서 테베에서 진행 중인 신관의 무덤 발굴에 관한 기사를 다뤘는데 가장 상세히 전한 신문은 이번에도《카이로 타임》이었다.

카이로 타임, 1985년 8월 14일.
독점 취재! 세트니 신관의 미스터리!
지난 호에서 알린 대로 체임벌린 교수와 동료 고고학자들은 마침내 세트니 신관의 무덤에 접근할 수 있었다. 흙을 파내고 비문을 연구한 끝에 무덤 주인의 신원을 밝혀낼 수 있었는데…….

새뮤얼은 무덤에 관해 묘사한 내용을 열심히 읽었는데 며칠 전에 들어가서 횃불에 비쳐봤던 모습과 거의 일치했다. 거대한 황금빛 석관이 방 한복판에 자리 잡고 있는 것을 제외하고 모든 것이 그대로였다. 기자는 조각된 돌에 대해서는 전혀 언급하지 않고 죽은 사람과 함께 관에 집어넣은 몇몇 부장품에 관해 의문을 제기하고 있었다.

다양한 시대의 주화 10여 개가 들어 있는 잔이 발견되었다는 것은 정말 놀라운 일이 아닐 수 없다. 고대 로마의 세스테르티우스 은화, 그리스의 탤런트, 중세 프랑스 투르에서 주조된 리브르 등. 그렇다면 세트니 신관을 매장한 이후의 여러 세기에 걸쳐 유통되었던 주화들이 아닌가! 이 미스터리에 관한 질문에 체임벌린 교수는 훗날 어느 시대의 관광객들이 뭔가를 훔치려는 목적이 아니라 경의를 표하기 위해 무덤에 들어갔을 가능성이 있다고 추측했다. 체임벌린 교수의 판단이 맞는다면 그 주화들은 아몬의 신관을 기리기 위해 관광객들이 갖다놓은 것으로 볼 수도 있다. 그렇지만 이 추측은 발굴 팀 전원의 의견은 아니다…….

《카이로 타임》에서 스크랩한 일련의 기사는 거기서 중단되었다. 마치 앨런 포크너가 더 이상 주화를 손에 넣을 수 없게 되었다는 듯이. 아버지가 시간 여행을 시작하게 된 것이 이날부터였을까? 학술지에서 스크랩한 기사들은 추가 정보를 거의 주지 못했다.《아르키아로지아》 학술지에 실린 짤막한 기사를 제외하고는.

아르키아로지아, 1985년 10월.

테베 발굴 현장의 루머…….

체임벌린 교수의 발굴 현장에서 끊임없이 들려오는 루머는 세트니 신관의 무덤(제20왕조, 3200년 전) 속 부장품들이 사라진 것에 근거를 두고 있다. 그 부장품들 중에 중세 그리스, 로마 시대의 것으로 추정되는, 따라서 묘지의 연대보다 나중의 것으로 추정되는 '주화' 들이 있었다고 해서 화제가 되고 있다. 여러 과학자들은 헛소문이거나 누군가가 장난삼아 몰래 주화들을 집어넣었다가 회수한 것이 틀림없을 것으로 추정하고 있다. 어찌 됐든 이집트 사법경찰은 진위를 밝히기 위해 현재 발굴 현장을 철저히 통제하고 있다.

파일의 스크랩은 거기서 중단되어 있었다.

아버지가 태양문양의 돌을 작동하기 위해 그 주화들을 훔친 걸까? 충분히 가능한 일이었다. 하지만 할아버지는 아버지와 동시에 행방불명된 청년이 있다고 했어. 그럼 아버지와 청년, 두 사람이 태양문양의 돌을 사용했을까? 아니면 같이 답사를 한 그 청년이 주화를 훔친 범인일까? 새뮤얼은 빨리 릴리를 만나서 의견을 듣고 싶었다.

XI

새로운 출발

새뮤얼은 사촌과 진지하게 의논을 하기 위해 사흘을 기다려야 했다. 새뮤얼이 가출에 대해 용서해주기를 기다리는 동안 이블린 고모는 딸을 데리고 여기저기 돌아다녔다. 영화관, 수영장, 서점……. 릴리와 비밀리에 얘기를 나누는 것이 도저히 불가능했다. 목요일, 마침내 학교가 파한 뒤에 릴리가 책가방을 둘러멘 채 새뮤얼의 방에 들어왔다.

"미안해, 새미. 엄마가 놓아줘야 말이지! 무용학원에 가면 되니까 45분 정도 시간이 있어. 어때?"

새뮤얼은 일어나서 방문을 걸어 잠근 다음 옷장 구석에 붉은 책과 같이 숨겨놓은 파일을 꺼내서 릴리에게 보여주었다. 새뮤얼은 기사 내용을 근거로 아버지에 대해 자신이 내린 결론, 미스터리한 이집트 답사, 태양문양의 돌에 대해 짤막하게 설명했다. 릴리는 마치 아주 복잡한 문제의 데이터를 입력하는 것처럼 눈을 깜박거렸다.

"그 체임벌린 교수가 누군지 조사해봤어?"

"응, 인터넷으로 검색해봤어. 체임벌린은 1970년대와 1980년대에 이름을 떨친 고고학자였는데 그 테베 사건으로 궁지에 몰렸다는 거야. 몇몇 동료로부터 업적을 부풀리기 위해 체임벌린이 직접 세트니의 무덤에 동전을 넣었다는 의심을 받았어. 이유는 모르겠는데 그 뒤로 그에 대한 언급이 거의 없더라고. 1995년에 암으로 사망했대."

"답사 공개 모집을 소개한 기사에 연락처가 있었다고 했지?"

"전화해봤는데 그 번호는 서비스가 중단되었더라고."

"에이, 안타깝다." 릴리는 아쉬워했다. "그 이집트 답사에 참여했던 사람들의 명단이 있으면 좋을 텐데……."

〈해변의 미남〉의 우스꽝스러운 벨소리가 울려서 릴리는 말을 중단했다. 이지적인 사람이면 좋겠는데, 오! 예, 해~~변의 미남!

"엄마? 집에 들어왔어요. 응…… 지금 준비하고 있지. 5시 반까지. 아니, 아니 늦지 않을게요……. 오늘 저녁에? 알았어, 내가 알아서 한다니까! 그래요, 그래!"

릴리는 골이 난 얼굴로 전화를 끊었다.

"난 아직 어리다고! 엄마가 없으면 나더러 어떻게 하라는 거야?"

"무슨 일인데?"

"잘난 척이랑 오늘 밤 오페라를 보러 가신대. 저녁식사 시간 전에 엄마를 데리러오기 때문에 나를 무용학원에 태워다줄 수 없다는 거야."

"내가 같이 가줄게, 원한다면……."

"무용학원인데? 그래주면 나야 고맙지." 릴리가 기분이 좋아진 얼굴로 말했다. "그건 그렇고…… 오빠에게 보여주려고 도서관에서 뭐 하나 빌려왔어. 읽어보는 게 좋을 것 같아서."

"뭐에 관한 건데?"

"먼저 아까 말했던 기사에 대한 얘기부터 끝내자. 오빠는 외삼촌이 그 돌을 발견한 곳과 그 돌을 처음으로 사용했던 곳이 테베라고 생각해?"

"그럼 넌 어떻게 생각하는데?"

"오빠가 말한 것처럼 그 후 20여 년 동안은 정말로 외삼촌이 시간여행을 하지 않았을까?"

"그 돌은 이집트에 있는 장례신전의 무덤에 있다니까! 밤낮으로 지키고 있어."

"그러니까 또 다른 돌을 찾을 필요가 있었겠지. 예를 들어서 서점의 돌이 그 경우가 아니겠어? 바로 그것 때문에 그 이상한 동네로 이사 간 것이고. 그 돌이 그 집에 이미 있었거나, 아니면 그 집이 그 돌을 사용할 수 있는 곳이거나."

"내 생각도 그래." 머리회전이 빠른 사촌에게 감탄하면서 새뮤얼은 동의했다.

"그것은 고서점을 열었던 2년 전부터 외삼촌이 여행을 다시 시작했다는 걸 의미해. 왜 그 동네에 서점을 열었는지 의문이 들지 않았어?"

새뮤얼도 몇 번이나 가졌던 의문이지만 답은 늘 명쾌하지 않았다.

"세트니 무덤의 주화 도난 사건에 아버지가 연루되어 있다는 전제에서 출발하면 모든 게 그럴 듯해." 새뮤얼은 씁쓸한 어조로 말했다. "예를 들어서 구하기 힘든 희귀본이나 오래된 필사본을 가져오기 위해서 그 돌을 사용했을 가능성이 있어."

괴로운 고백이지만 새뮤얼은 진실만이 아버지를 돌아오게 할 수 있을 거란 느낌이 들었다.

"나도 그렇게 생각해, 새미. 이유를 따지기 전에 나도 외삼촌을 책 도둑으로 생각하는 것은 싫어. 하지만 일단 지금은 귀한 작품을 구하기 위해 돌을 사용한 것이라고 가정해보자. 그럴 경우 적어도 두 가지 문제를 제기할 수 있어. 하나는 목적지를 선택하는 방법, 아무 데나 뛰어들 수는 없을 테니까. 또 하나는 그 책들을 서점으로 가져오는 방법!"

"아버지는 돌을 작동하는 방법에 대해 우리보다 더 많이 알고 있는 게 틀림없어. 분명히 가고 싶은 시대를 선택하는 방법이 있을 거야."

릴리는 시계를 보면서 한숨을 내쉬었다.

"좋아, 이 문제는 나중으로 미루고 일단 붉은 책으로 넘어가자."

릴리는 묘한 표정을 지으면서 덧붙였다.

"내가 지난번에 물었던 거 생각해봤어? 오빠에게 처음에 책을 펼쳤을 때 모든 페이지가 똑같았냐고 내가 물어봤었지?"

"지난번에 말했듯이 주의를 기울이지 않았어. 그건 모르겠고, 한 가지 기억나는 게 있어……. 아이오나 섬에서 수도사들이 책을 모조리 동굴에 숨겼는데 거기에 고리가 달린 작은 책이 있었거든. 그건 스무 장쯤 페이지가 똑같았어. 섬을 그린 데생이었는데 아이오나 섬인 것 같았어. 그게 다가 아냐……. 세트니의 무덤에 여러 개의 방이 있었어. 그중 한 방에서 파피루스 뭉치를 발견했는데 똑같은 그림이 그려져 있더라고."

"그럼 전쟁 시대에는?" 릴리가 물었다.

"거기서는 아무것도 발견한 게 없어. 너무 빨리 지나갔고 주위가 완전히 파괴되어 있었으니까……."

릴리는 옆에 앉아서 붉은 책을 무릎에 올려놨다.

"내가 생각하는 걸 말해줄까, 새미?"

릴리의 눈빛이 반짝이고 있었다. 새뮤얼은 사촌이 학교에서 상이란 상을 거의 휩쓰는 이유가 이해가 되었다. 릴리는 정말이지 혀를 내두를 정도로 영리했다!

"그래, 해봐……."

"아무리 생각해도 이건 '시간의 책'인 것 같아. 이 책은 여행하는 이들이 있는 시대를 가리키고 있어. 내가 지하실에서 이 책을 발견했을 때 테베와 람세스 3세에 관한 내용이 적힌 페이지가 펼쳐 있었어. 거기가 바로 오빠가 있었던 곳이잖아. 내가 그보다 몇 시간 전에 책을 봤다면 아마 아이오나 섬의 수도원이나 1차 세계대전이 일어나고 있는 전쟁터였겠지."

새뮤얼은 릴리의 논리적 추리에 정신이 번쩍 들었다. 그래, 릴리의 말이 맞아! 붉은 책은 일종의 GPS이거나 여행가들이 도착해 있는 시대에 바늘이 멈춰지는 나침반 같은 것이었어! 세상에, 시간의 책이라니!

"그럼 아버지는……."

릴리는 가방에서 소책자를 꺼냈는데 표지에 잔뜩 찌푸린 얼굴이 보였다.

"일요일에 나한테 말했던 이름, 오빠가 책에서 읽었던 이름이 블라드 체페슈가 맞지?"

새뮤얼은 고개를 끄덕이면서 릴리가 도서관에서 빌려온 책을 조심스럽게 받았다. 찌푸린 남자의 초상 위로 『블라드 체페슈, 일명 드라큘라, 신화와 사실 사이』라는 제목이 보였다.

"농담이겠지…… 설마 그럴 리가!" 릴리가 무슨 대답을 할지 뻔히 알면서도 새뮤얼은 내뱉었다.

"학교에서 돌아오면서 책 내용을 다 훑어봤어. 농담이 아냐. 블라드 체페슈는 드라큘라 이야기의 실제 모델이고, 15세기에 생존했던 사람이야."

새뮤얼은 표지를 넘기고 첫 페이지를 살펴보았다. 「블라드 드라큘의 아들, 블라드 체페슈, 일명 꼬챙이* 블라드 또는 드라큘라, 1428?~1476」. 블라드 체페슈의 전기였는데 복사한 삽화가 간간이 첨부되어 있고 컴퓨터로 쳐서 프린트한 것으로 보아 과제물로 제출한 것인 듯했다. 처음 몇 줄을 읽으니 블라드 체페슈는 발라키아의 왕자였고, 아일랜드 소설가 브램 스토커가 블라드 체페슈의 살육을 즐기는 혐오스런 이미지를 모델로 삼아 드라큘라라는 인물을 만들었다는 것을 알 수 있었다.

"이 책의 내용에 따르면 블라드 체페슈는 뱀파이어가 아냐." 릴리가 말했다. "사람 죽이는 걸 좋아하고 가차 없이 적을 살육하는 인간이라서 그런 악명이 붙은 거지."

새뮤얼은 소름이 쫙 돋는 것 같았다.

"내가 붉은 책을 펼쳤을 때는 「블라드 체페슈 치하의 죄와 벌」이라는 장이었어. 그러니까…… 릴리 네 말은 아버지가 거기 있다는

* 체페슈는 루마니아어로 '꼬챙이'를 뜻한다.

거지?"

릴리는 곧바로 대답하지 않았지만 침묵이 더 설득력이 있었다.

"게다가 오빠가 돌아온 뒤로는 시간의 책 페이지가 전혀 움직이지 않고 있단 말이지."

"그게 무슨 뜻이야?"

"내 말은 외삼촌이 다른 시대로 떠났다면 책이 알려줬을 거란 뜻이야. 다른 장이 나타나 있었을 거란 말이지."

새뮤얼이 힘없는 목소리로 말했다.

"그러니까 네 말은 아버지가 거기서 꼼짝 못하고 있다는 거지?"

"그럴 수도 있지 않겠어? 제목을 제외하고 페이지가 반복되어 있었던 건 기억나지?"

"그랬던 것 같아……." 새뮤얼은 기억을 더듬으면서 인정했다.

"그게 그렇게 중요한 건지 짐작도 못했어. 형벌과 죄에 관한 것이었는데……."

"삽화는 없었어?"

"있었어. 네가 말하니까 지금 생각나는데…… 성을 묘사한 삽화가 있었던 같아. 그래, 맞아, 성 뒤쪽으로 구불구불한 길이 있었어."

"그럼 외삼촌이 있는 데가 거기야."

릴리는 침울한 어조로 말했다.

"블라드 체페슈가 아버지를 억류하고 있는 걸까?"

"처음부터 잘못 짚은 게 아니라면 그럴 가능성이 크다고 봐야지……."

새뮤얼은 분노의 눈물이 왈칵 쏟아질 것 같아서 소책자를 베개 위로 휙 던져버렸다.

"우리가 잘못 생각하고 있는 게 틀림없어! 아버지는 그…… 그 드라큘라에게 억류되어 있을 이유가 전혀 없어! 어쩌면 시간의 책이 여기 있어서 그럴지도 몰라. 서점 지하실에 있는 그 돌 옆에 갖다놓아야 제대로 작동하는 건 아닐까?"

침대 위에 놓인 릴리의 핸드폰이 눈에 들어오는 순간 새뮤얼은 문득 스치는 생각이 있었다. 분노가 대번에 수그러들었다.

"맥스! 맥스 아저씨는 뭔가 알고 있을 거야!"

"맥스 아저씨가 누구야?"

"서점 이웃집에 사는 아저씨야. 아버지가 사라지기 전에 그 아저씨에게 전화를 했더라고. 혹시 뭘 할 생각인지 말했을지도 모르잖아? 아니면 뭔가 단서가 될 만한 걸 남겨놓았던가! 가서 만나봐야겠어……. 그 참에 지하실에 들러서 시간의 책이 새로운 것을 가리키는지 확인도 하고."

새뮤얼이 일어나서 릴리의 팔을 잡아끌었다.

"가자!"

"하지만 나는 무용학원에 가야 되는데?"

166

"릴리, 난 네가 필요해. 아버지의 목숨과 관계된 일이야, 제발!"

바렌보임 거리는 평소와 다르지 않았다. 차는 한 대도 안 보이고, 지나가는 사람도 없는 한적한 거리에 고양이 한 마리 얼씬거리지 않았다. 새뮤얼은 초인종을 연거푸 세 번 오래 눌렀다.

"맥스 아저씨! 매액스 아저씨!"

"그만 가자, 집에 없을지도 모르잖아?" 릴리가 말했다.

"아냐! 가는귀가 먹어서 그래. 매액스 아저씨!"

마침내 문이 열리고 낡은 잠옷 차림에 수염이 덥수룩한 맥스가 자다 깬 얼굴로 나타났다.

"새뮤얼 포크너, 젠장! 근데 이 소녀는 누구니?"

"내 사촌이에요, 맥스 아저씨."

"네 여친? 하긴 너도 사내니까, 암, 축하한다. 아주 예쁘게 생겼구나!"

"아니요, 여친이 아니라 사촌이라고요!" 새뮤얼이 바로잡았다.

"뭐, 뭐라고? 어허, 뭐가 아니라는 거니……? 예뻐, 정말 예쁘다니까 그러네. 너는 이름이 뭐니?"

"릴리예요!" 릴리는 얼굴이 새빨개져서 목청껏 소리쳤다.

"릴리? 좋아, 이름도 예쁘구나, 릴리. 하지만 그렇게까지 소리 지를 필요는 없단다, 난 귀머거리가 아니니까! 축하하는 뜻에서 뭘 좀 마셔야지?"

그들은 맥스를 따라 적어도 40년 동안 아무것도 변한 게 없는 것 같은 주방으로 들어갔다. 포마이카 식탁과 의자, 가장자리가 둥그런 흰색 냉장고, 구리 수도꼭지가 달린 개수대와 부식된 에나멜, 주유소에서 경품으로 받은 것 같은 접시 세트가 선반에 쭉 진열되어 있고, 채소가 담긴 노란색 비닐봉지도 보였다.

"프레쉬가 있는데 괜찮지?"

이 집에만 오면 겪는 제일 끔찍한 순간이었다. 새뮤얼은 윽, 제발! 그것만은 제발! 하고 외치고 싶었다. 와, 미치겠다, 또 프레쉬를 주려고 하시네! 상표까지 떨어져나가고 없는 걸 보면 사놓은 지 한 20년쯤은 된 것 같은 레모네이드! 아마 모르면 몰라도 옛날 음료수를 아직까지 몇 병씩이나 가지고 있는 사람도, 게다가 손님에게 마시라고 부득부득 우기는 사람도 이 세상에 맥스 아저씨밖에 없을 거야! 정작 아저씨는 입에도 대지 않으면서! 그러면서 아저씨는 입버릇처럼 뇌까리곤 하는 것이다. "난 위스키를 마시는 게 낫겠어. 탄산음료는 나한테 좋지 않아서 말이지……." 맙소사! 1987년부터 아저씨의 프레쉬에서는 물방울 하나 올라오지 않는데 무슨 탄산음료! 새뮤얼 외에는 이 집에 아이가 올 리도 없겠지만!

맥스는 찬장에서 잔 세 개를 꺼내서 식탁 위에 올려놨다. 그러고는 새뮤얼이 예상하고 있는 대사를 읊었다.

168

"나는 위스키를 마시는 게 낫겠어. 레모네이드는 나한테……."

맥스는 설탕 결정체가 떠다니는 노란 액체를 따라주었다. 그러고 나서 술을 한 잔 가득 따르는 사이에 새뮤얼은 얼른 릴리에게 마시는 시늉만 하라는 신호를 보냈다.

"새뮤얼, 얼마 전부터 서점이 닫혀 있던데…… 네 아버지는 아직 휴가에서 돌아오지 않았니?"

"바로 그것 때문에 여쭤볼 말이 있어서 왔어요, 맥스 아저씨. 14일이나 지났는데 아무 소식이 없어요."

"뭐, 소금이 없어? 14일이나 됐다고? 하긴 그게 없으면 불편하지. 근데 그게 네 아버지와 무슨 상관이냐?"

"14일 전부터 아버지가 행방불명되었다고요! 그래서 아저씨를 만나러 온 거예요!"

새뮤얼은 고래고래 소리를 질렀다.

"얘야, 살살 말해라. 신경질 내지 마! 내가 귀가 약간 먹긴 했다만 요즘은 괜찮았는데……. 잠깐 기다려라."

맥스가 일어나서 거실 쪽으로 걸어갔다. 새뮤얼은 그 틈을 이용해서 부리나케 음료수 두 잔을 개수대에 쏟아버렸다. 개수대의 배수관이 마치 항의하듯 꾸르륵꾸르륵, 요상한 소리를 냈다.

"막히면 어떡해?"

릴리가 속삭였다.

"아냐, 막힌 배수관이 오히려 뚫렸어."

맥스는 작은 나무상자를 들고 돌아왔는데 뚜껑에 '아카디아*의 추억'이라고 적혀 있었다.

"루스티코라는 마을에서 가져왔지." 맥스는 감회에 젖은 얼굴로 말했다. "1947년에 형님이랑 거기서 일주일을 보냈는데 내 인생에서 가장 아름다운 여행이었단다."

맥스는 상자 안에서 트럼펫처럼 생긴 보청기를 꺼내서 귓구멍에 끼워넣었다.

"자, 이제 다시 말해보렴."

"아버지가 2주일 전에 떠나셨어요. 그런데 떠나기 직전에 아저씨에게 전화했던 걸 알아요. 어디로 가는지 아저씨에게 말씀하셨는지 궁금해서 왔어요."

"젠장! 2주 전? 아, 그래, 나를 찾아왔었지! 그날 휴가를 떠난다는 말을 했어. 미국에 볼 일이 있다면서."

릴리와 새뮤얼은 알 만하다는 눈짓을 주고받았다.

"그래서 내가 새뮤얼도 데리고 가냐고 물었지. 네 아버지가 아니라고 하더구나. 아직 학교에 있다면서. 하지만 아들에게 줄 선물을 준비해놨는데…… 네가 나를 찾아오면 대신 전해달라고 했어. 자

---

* 캐나다 최동단에 있는 노바스코샤 주(州)의 옛 이름.

170

기가 돌아오길 기다리는 동안 그 선물이 도움이 될 거라나 뭐라나 하면서."

맥스는 노란 별무늬가 있는 파랑−하양−빨강 국기를 씌운 상자에 손을 집어넣더니 작은 주머니를 꺼내서 새뮤얼에게 내밀었다.

"'하지만 아들이 찾아올 경우에만' 이라고 강조했다. 그리고 만약 네가 아무것도 묻지 않으면 선물을 내줄 필요 없다고 했어."

새뮤얼은 주머니를 묶은 가죽끈을 풀고 손바닥에 내용물을 쏟았다. 주화와 칩같이 생긴 것이 떨어졌는데 둘 다 가운데 구멍이 뚫려 있었다.

"빙고!" 새뮤얼이 외쳤다.

포커 게임에서 사용하는 칩같이 생긴 것을 살펴보니 송진이나 플라스틱 종류의 합성물질로 만든 것이었다. 얼마나 많이 사용했는지 닳고닳아서 매끈거리고 거의 시커메졌지만 구불거리는 뱀 같은 문양이 보였다. 새뮤얼은 동전 두 개를 주머니에 집어넣은 후 릴리에게 맡겼다.

"아버지가 다른 말은 하지 않으셨어요?"

"글쎄다……." 맥스는 얼마 남지 않은 머리털을 벅벅 긁으면서 말했다. "여하튼 특별한 말은 없었다. 근데 그게 뭐니?"

"아…… 이거요? 제가 요즘 동전을 수집하기 시작했거든요. 그날 아버지가 이상해 보이진 않았어요?"

"이상해 보이지 않았냐고? 네 아버지가 언제 정상인 적이 있었나! 샘, 내가 그래서 네 아버지를 좋아하는 거야. 음…… 좀 피곤해 보이는 것 말고는 평소와 같았어. 그런데 아직 돌아오지 않았단 말이니? 경찰에 신고는 했고?"

"네, 경찰에서 알고 있어요."

"허허, 행방불명이라……." 맥스가 갑자기 어두운 표정으로 되뇌었다. "그 집, 그 집이 문제라니까……."

"그 집이라면? 우리 집 말이에요? 아저씨, 왜 집이 문제라는 건데요?"

"네 아버지는 내가 그것에 대해 말하는 걸 원치 않았다. 너에게도, 인정 많으신 네 할머니에게도. 하지만 나는 네 아버지가 그 집을 보러 왔을 때 사지 말라고 많이 말렸지."

"사지 말라고 했다고요? 왜요?"

"네 아버지가 끝내 얘기해주지 않았구나! 이 동네는 오래전부터 평판이 아주 나빴어. 그래서 지금 노인들만 살고 상인들은 모두 가게 문을 닫은 거야. 바렌보임의 집, 더더욱 그 집에서 살려고 하는 사람이 거의 없었지."

"그 집이…… 바렌보임의 집이 우리 서점을 말하는 거예요? 거리 이름을 딴 것으로 알았는데…… 그럼 바렌보임이 사람 이름이었어요? 그 사람이 누구예요?"

"100년 전쯤에 그 집에 살던 이상한 사람이지. 괴상한 옷차림의 패거리가 시도 때도 없이 그 집을 들락거렸는데 오는 사람이나 떠나는 사람이나 매번 다른 사람들이었다는 거야……. 옷차림이 얼마나 괴상망측했으면 그들을 바렌보임 패거리라고 불렀을까. 악한 사람들은 아닌데 이웃에서는 굉장히 불안해했고, 이따금 싸움이 일어나기도 했다지 아마. 어쨌거나 집주인인 늙은 바렌보임이 폭력을 휘두르는 사람이었다는 것이 전설처럼 내려오고 있지. 결국 그의 이름을 따서 바렌보임 거리가 된 거란다."

"그 바렌보임에 대해 또 다른 것은 뭘 알고 있어요?"

"더는 없어!" 맥스는 술잔을 비우면서 말했다. "아주 오래전 일이니까! 한마디 더 하자면 그 집을 좋게 보는 사람이 없다는 거야."

"그럼 아버지 이전에는 누가 살았어요?"

"항상 총을 옆에 두고 집에 틀어박혀 사는 마르타 캘러웨이라는 미친 여자였지. 우체부도 겁이 나서 그 집 초인종을 누르지 못했으니까. 2년 전 그 여자가 죽었을 때 그 안에서 나는 악취는 어휴, 정말 굉장했지! 개가 적어도 열댓 마리나 있었으니! 그런 집에 서점을 열었으니 네 아버지는 정말 용기가 대단한 사람이야!"

물론 앨런 포크너는 이런 사실을 가족들에게 말한 적이 없었다. 값이 얼마가 되든 무조건 그 집을 사려고 했다. 그러니까 아버지가 그 집을 원했던 것은 그 돌이 있기 때문이었어!

"고맙습니다, 맥스 아저씨. 이 동전 두 개는 꼭 필요한 것들이거 든요. 아버지한테 소식이 오는 대로 연락드릴게요."

맥스가 프레쉬를 한 잔씩 더 따라주려고 했지만 그들은 정중하게 거절하고 맥스의 집을 나왔다. 두 사람은 고서점으로 향했다.

서점으로 들어갔지만 앨런이 돌아온 흔적이라곤 없었다. 새뮤얼 은 자동응답기에 녹음되어 있는 협박성의 메시지를 릴리에게 들려 주고 싶었다. "오케이, 경고하겠는데……." 그러나 이어서 전화가 여 러 통 걸려왔기 때문에 녹음된 내용이 지워져 있었다.

"할아버지가 혹시라도 외삼촌이 전화할 경우를 대비해서 녹음테 이프를 처음으로 되돌려놓은 게 틀림없어." 릴리가 추측했다.

"할 수 없지." 새뮤얼은 한숨을 내쉬었다. "그 메시지는 아무런 관계가 없을지도 몰라. 시간의 책을 갖고 먼저 내려가 있어. 나도 금방 갈게."

새뮤얼은 지하실로 내려가는 릴리를 쳐다보다가 이층에 있는 아 버지 방으로 올라갔다. 새뮤얼은 옷장을 열었다가 하얀 속옷이 차 곡차곡 개켜져 있는 것을 보고 이제 그 용도가 대충 짐작이 갔다. 아주 단순한 셔츠와 끈으로 묶는 천 바지.

5분 후, 새뮤얼이 유니콘이 묘사된 태피스트리 뒤에서 슬그머니 나타나자 릴리가 비명을 질렀다.

"아이, 깜짝이야. 근데 웬 파자마 차림? 자려고?"

"파자마가 아니라 아버지 옷이야. 천연섬유로 지은 옷이라야 그 여행을 하기에 좋으니까."

"나…… 난 이해가 안 되는데……."

"내 추측이지만 현대적인 복장을 하고 시간 여행을 할 수는 없다고 생각해. 인조섬유나 합성섬유로 지은 옷은 대번에 눈에 띌 텐데 아무래도…… 어울리지 않잖아. 그래서 지난번에 내 청바지와 티셔츠가 여기 있었던 거야. 어느 시대에나 무난하게 보이는 옷이 필요하니까. 아버지가 이런 옷을 쌓아두었더라고. 나에게 좀 크긴 해도 소매를 접으니까 그런 대로 괜찮아……."

릴리는 귀가 믿어지지 않았다.

"새미! 다시 떠날 생각하는 건 아니지?"

"선택의 여지가 없어, 릴리. 어느 시대인지도 모르는 곳에 아버지가 억류되어 있단 말이야! 내가 서두르지 않으면 무슨 일이 일어날지 몰라! 어쩌면 이미 너무 늦었을지도 모른다고!"

"어쩌려고 그래? 어느 시대, 어느 나라에 떨어질지도 모르는데 어떻게 하려고?"

"그래서 아버지가 무슨 일이 생겼을 경우 내가 찾아올 수 있도록 맥스 아저씨에게 그 동전을 맡겨놓았던 거야."

새뮤얼은 자신 있는 모습을 보이려고 애쓰면서 단언했다.

새뮤얼은 뱀문양을 새긴 동전을 흔들었다.

"블라드 체페슈 시대의 것으로 추정되는 이 동전이 나를 곧장 드라큘라의 성으로 인도할 거라고 확신해. 아까 네가 내린 추론도 그거 아니었어?"

"물론 그랬지." 릴리는 당황한 얼굴로 인정했다. "하지만 그곳에 간다고 해도 운이 없으면 큰일 난단 말이야! 그자는 난폭한 미치광이라고!"

"가서 부딪쳐봐야지! 나, 이래 봬도 바이킹들의 공격에서 살아남았고, 람세스 신전에서 나쁜 놈들이 꾸미던 음모도 망쳐놓은 사람이야. 그것만으로도 이미 대단하지 않아?"

"그럼…… 돌아올 때는?"

"바로 그래서 네가 필요해, 릴리. 네가 가능한 자주 나를 생각해야 돼. 무슨 마법인지는 모르겠지만 지난번에 내가 돌아올 수 있었던 것은 네가 나를 생각하고 있어서였어. 그래, 맞아, 네 덕분에 돌아왔어! 네가 붉은 책을 갖고 있으면 돼. 그리고 나를 생각해줘……. 붉은 책은 무슨 변화가 있어?"

릴리가 새뮤얼을 향해 돌아섰는데 펼쳐진 붉은 책의 장은 「테베, 백 개의 문이 있는 도시」였다. 달라진 것이 없었다.

"아버지가 블라드 체페슈의 성에서 꼼짝 못하고 있다는 증거야. 아버지를 그대로 놔둘 수 없어."

새뮤얼은 동전을 꽉 쥐고 태양문양의 돌을 향해 결연한 걸음을 떼었다. 당장 행동하지 않으면 포기하게 될까 봐 새뮤얼은 서두르고 있었다.

"그럼 나는? 할머니, 할아버지에게 뭐라고 말해?"

겁에 질린 릴리가 물었다.

"넌 아무것도 모르는 거야. 너한테 물으면 모르는 척해. 자, 랜턴으로 나를 좀 비춰줄래?"

"하지만 할아버지, 할머니가 굉장히 걱정하실 텐데……."

"다른 방법이 없어, 릴리. 두 분에게 말하면 나를 못 가게 붙잡을 것이고, 경찰에도 알릴 거야. 하지만 지금은 아무도 알면 안 돼!"

새뮤얼은 릴리가 다가오는 동안 태양문양의 돌 앞에 꿇어앉았다.

"이게…… 이게 오빠가 말한 회색 돌 위의 태양문양이야?"

릴리가 원과 빛살처럼 길게 파인 홈에 시선을 고정한 채 물었다.

"응, 태양처럼 생겼잖아. 난 이집트 종교와 어떤 관계가 있다고 생각해."

"밑에 있는 구멍은 뭐지? 뭔가를 넣기 위한 것이 아닐까? 가령 어떤 물건을 가져가거나……."

"모르겠어." 새뮤얼은 결심이 흔들리는 것 같아서 속삭였다. "지금부터는 입 다물어. 너무 가까이 다가오지 말고."

새뮤얼은 손에 쥐고 있는 동전이 뜨거워지면서, 릴리의 목소리가 아주 멀리서 들리는 것 같았다. 새뮤얼은 돌에 정신을 집중하며 조심스럽게 동전을 태양문양 위에 갖다댔다. 이내 윙윙 떠는가 싶더니 처음에 경험했던 것과 똑같은 진동이 느껴졌다.

"새미? 새미, 내 말 들려? 열심히 오빠를 생각할게……."

릴리의 목소리가 벽 저편에서 들려오는 것 같았다.

새뮤얼이 돌의 둥근 면에 손을 올려놓자, 잠시 후 살을 태울 듯이 뜨거운 열기가 온몸을 휘감았다.

XII

이 미 지 공 방 길 드

새뮤얼은 딸꾹질을 참으면서 천천히 고개를 들었다. 지하실의 벽이 사라지고 없었다. 묘지? 아니면 그 비슷한 곳에 와 있는지 눈이 하얗게 덮인 잿빛 무덤이 보였다. 비석에는 아무 글씨도 새겨 있지 않은데 십자가 받침돌에 낯익은 것이 있었다. 태양, 빛살, 아래쪽에 뚫린 반달 모양의 구멍.

"이럴 수가! 릴리의 말이 맞았어!"

새뮤얼은 눈이 휘둥그레져서 중얼거렸다.

릴리의 핸드폰이 구멍 한가운데에 걸려 있었다. 급한 마음에 릴리가 손에 잡히는 대로 뭔가를 구멍으로 떨어뜨렸는데 그것이 하필 핸드폰이었던 거야! 새뮤얼은 조심스럽게 핸드폰을 집었다. 뜨거운 열기 때문에 망가지지 않았을까 살펴봤지만 이상이 없었다. 핸드폰 액정화면은 6월 10일 목요일, 17시 42분을 가리키고 있었다. 그런데 이게 이곳의 날짜와 시간일까? 잿빛 하늘과 눈, 찬바람으로 보아 여기는 겨울인데……. 그렇다면 핸드폰은 원산지의 시간을 유지하고 있는 것이었다. 새뮤얼은 아무 번호나 눌러봤지만 통화권을 벗어나 있다는 그림문자가 나타났다. 어쨌든 릴리의 생각이 맞은 것이다. 구멍의 역할은 물건을 수송하는 것이었어! 그리고 아버지는 구멍을 이용해서 책을 가져온 것이 틀림없어!

새뮤얼은 일어섰다. 묘지에는 아무도 없는 것 같았다. 그리 크지 않은 묘지에는 많아야 100기 정도의 무덤이 있었고, 낮은 담과 작은 예배당이 보였다. 눈이 하얗게 앉은 나무들 너머로 구불구불한 언덕이 보였는데 녹아내리기 시작한 바닐라 아이스크림 같았다. 아무리 둘러봐도 블라드 체페슈의 성은 없었다. 뱀문양의 동전이 딴 곳으로 인도한 것일까?

새뮤얼은 덜덜 떨면서 교회 쪽으로 걸어갔다. 지나가면서 새뮤얼은 몇몇 무덤 위에 쌓인 눈을 털고 살펴봤다. 구스타프 베켄, 1389~1427, 페트루스 반 후트, 1368~1411, 마르가 와아겐, 1359~1429……. 의미가 연상되지 않는 이상한 이름들인데다 발라키아 사람들의 이름이라고 확신할 수도 없었다. 가장 최근의 무덤이 1429년, 어? 블라드 체페슈는 1428년생이었는데……. 이것으로는 결론을 내리기 어려웠다.

몸을 좀 녹일 수 있기를 기대하면서 새뮤얼이 작은 교회의 문을 열려는 순간 숨이 넘어갈 듯 오열하는 소리가 들렸다. 새뮤얼은 얼른 첫 번째 무덤 뒤로 숨었다. 소녀와 동행한 나이가 꽤 들어 보이는 남자가 교회 모퉁이를 돌아 반대쪽으로 걸어가고 있었다. 그들은 털 코트를 입었고, 옷자락에 묻은 자국으로 보아 한 무덤 앞에 꿇어앉았던 것 같았다. 아버지인 듯한 노인의 얼굴은 침울했고, 소녀는 손수건에 얼굴을 묻고 있었다. 소녀가 손수건을 내렸을 때 새뮤얼은 충격을 받았다. 저렇게 예쁠 수가! 커다란 까만 눈, 창백한 피부, 갸름한 코, 윤곽이 또렷한 입술……. 새뮤얼은 가슴이 철렁 내려앉는 느낌이 들었다. 나이는 나보다 많은 것 같고, 두꺼운 옷 때문에 몸매는 알 수 없지만 앨리시어 토드와 어딘가 닮은 데가 있어! 내 가슴속에 담아두고 있는 앨리시어!

노인이 소녀의 등을 토닥여주면서 말했다.

"울지 마라, 이제르, 신께서 거두어 가신 거야."

새뮤얼은 철책을 향해 걸어가는 두 사람을 바라보면서 어떻게 해야 할지 궁리했다. 말을 걸어볼까? 몇 세기의 어느 나라인지 물어볼까? 블라드 체페슈의 성에 대해 물어볼까? 이렇게 추운 날씨에 이런 옷차림으로 나서는 것이 괜찮을까? 그냥 멀찍이 떨어져서 따라가다가 말할 기회를 엿보는 것이 낫지 않을까?

그때 묘지를 따라 나 있는 숲에서 고함소리가 들렸다.

"수스! 야흐! 수스!"

딸은 비명을 질렀고, 아버지는 호통을 쳤다.

"이런 나쁜 놈들!"

깡패들인가?

새뮤얼은 이것저것 생각하지 않고 길바닥에서 돌멩이 하나를 집어들고 무작정 달려들었다. 또래의 소년 셋이 노인에게 덤벼들어서 몽둥이로 때리고 있었던 것이다.

새뮤얼은 일단 한 녀석의 뒤로 가 목덜미를 세게 쳤다. 녀석은 털썩 주저앉으며 몽둥이를 떨어뜨렸다. 다른 두 녀석이 홱 돌아서더니 새뮤얼을 쏘아보며 욕지거리를 해댔다.

"이건 또 어디서 굴러온 개뼈다귀야? 맛 좀 볼래? 개처럼 두들겨 패줄 테니까!"

키가 제일 큰 녀석—머리 하나는 더 큰 것 같았다—이 새뮤얼에게 덤벼들더니 온갖 욕설을 퍼부었다. 새뮤얼은 야쿠 선생님이 가르쳐준 것을 써먹지 않고 있었다. 상대의 방어공격에 대비하지 않고 몸을 날렸던 것이다. 이번에는 새뮤얼이 유도기술을 발휘하기로 단단히 마음먹고 힘을 모은 다음에 팔을 쳐들고 방어자세를 취했다. 그러다가 과감하게 엉덩이를 쑥 내밀고 다가섰다. 새뮤얼이 깜짝 놀라 뒷걸음치는 녀석의 옆구리를 향해 날쌔게 날린 발차기 한 방에 녀석은 눈밭으로 곤두박질쳤다. 마지막 한 놈의 반격을 기다리지 않고 땅바닥에서 몽둥이를 움켜잡은 새뮤얼은 야쿠 선생님이 검도 시범에서 보여준 대로 몽둥이를 머리 위로 크게 휘두르기 시작했다. 야쿠 선생님이 지팡이로 전술을 가르쳐주었기 때문이다. 휘익, 몽둥이가 공기를 가르는 소리에 겁을 집어먹은 녀석이 뒤로 한 발 물러났다. 그러고는 허겁지겁 숲 쪽으로 줄행랑치려는데 좀 전에 곤두박질친 놈에게 발이 걸려서 비틀거리다 눈밭에 벌렁 엎어지고 말았다.

"아버지!" 이제르가 외치면서 달려들었다.

"내 손목!" 노인은 얼굴을 일그러뜨렸다. "손목이 부러진 것 같아!"

역시 아버지였군! 새뮤얼이 깡패가 숨을 쉬는지 살피는 동안 이제르가 아버지를 부축해서 일으켰다.

"못된 놈들!" 노인이 투덜거렸다. "자네가 아니었다면……."

노인은 고마움과 놀라움이 섞인 표정으로 새뮤얼을 머리끝에서 발끝까지 훑어보고 있었다.

"신의 은총이 자네를 이쪽으로 인도하셨군! 그런데 어떻게 그런 차림으로 이곳에 왔는지 까닭을 물어도 되겠나?"

"저…… 저도 공격을 받았습니다." 새뮤얼은 거짓말을 했다. "놈들의 수가 많아서 옷을 빼앗겼습니다."

"그렇다면 놈들이 얻어맞을 만하구먼. 정당방위야!"

"굉장히 춥네요." 발가락이 마비되는 느낌에 얼굴을 찡그리면서 새뮤얼이 말했다. "아무래도 여기 자빠진 녀석의 옷을 벗겨서 입어야 할까 봐요……."

"조심해야 될 걸세! 우리가 떠나는 즉시 이놈을 데려가려고 틀림없이 패거리가 나무 뒤 어딘가에서 엿보고 있을 테니."

새뮤얼은 망설이다가 결국 노인의 충고를 따르기로 했다. 깡패의 장화와 양털 상의만 벗겨서 입고 스웨터와 바지는 그냥 두었다.

"암, 그게 지각 있는 사람의 행동이지." 노인이 말했다. "손을 다쳤으니 악수는 할 수 없어도 내 소개는 해야지. 이미지 공방 길드의 발투스, 한스 발투스라고 하네. 정말 고마우이. 아, 여기 이 아이는 내 딸 이제르."

소녀는 아버지를 계속 부축하면서 고개를 까딱했다. 가까이서 보니 소녀는 훨씬 아름다웠다. 생글생글한 눈빛, 모자 밖으로 구불구불 흘러내리는 금발. 그렇지만 소녀는 얼른 눈길을 돌렸는데 아마도 낯선 사람 앞에서는 그것이 예의라고 생각하는 모양이었다. 발투스가 새뮤얼의 당황하는 기색을 알아챘는지 큰 소리로 말했다.

"여기 이러고 있지 말고 어서 가세. 놈들이 패거리를 더 끌고 올지도 몰라. 자네도 시내로 갈 건가?"

"아…… 네, 시내로 가야죠……."

"저녁 초대를 하고 싶은데 괜찮겠나? 은혜를 입었는데 우리에게도 갚을 기회를 줘야 하지 않겠나?"

그들은 쓰러진 깡패녀석을 내버려두고 숲 속으로 구불구불 이어지는 진흙길을 따라갔다. 어느새 스카프로 왼손을 둘둘 감은 한스 발투스는 계속 깡패들에 대해 욕설을 퍼부었다.

"이 도시는 성벽을 넘는 순간부터는 안심할 수가 없어. 이게 다 그 빌어먹을 결혼식 때문이야. 내가 불평을 하지 않으려고 해도 도무지……. 브루게*에는 무장한 인간이 많아서 깡패들은 모두 성밖으로 달아나버렸지. 그래서 지금은 떠돌아다니면서 나그네를 노리고 있는 거라네."

브루게? 새뮤얼은 기억을 더듬어봤지만 들어본 적이 없는 이름이었다. 블라드 체페슈의 성이 브루게에 있었나? 새뮤얼은 심호흡을 하다가 공기가 짜다는 걸 알았다.

"그렇게 위험한데 왜 성밖으로 나왔냐고 묻고 싶겠지?" 발투스가 말을 이었다. "이 묘지가 외진 곳이라는 건 나도 알지. 하지만 내 아내가 이곳을 워낙 좋아했다네. 여기에 할머니가 묻혀 있어서 어릴 적부터 자주 왔고…… 그래서 아내를 여기 묻었는데 오늘이 1년째 되는 기일이라……."

발투스의 목소리가 흐느낌 속에 묻혔고, 이제르는 다시 손수건에 얼굴을 묻었다.

* 벨기에 북서부에 있는 도시.

"죄송해요." 새뮤얼이 중얼거렸다.

"그런데 자네는 무슨 일로 왔는가? 누구 돌아가신 분의 무덤을 찾아왔나?"

"네, 그런 셈이죠."

"그런 셈이라는 건……?"

새뮤얼은 이제 이런 상황에 어느 정도 익숙해 있었다. 가능한 의혹을 사지 않고 동정심을 유발할 수 있도록 얘기를 지어내는 것이 상책이었다.

"잘 아는 분이라고는 말할 수 없거든요. 마르가 와아겐이란 분인데 아버지의 먼 사촌이세요(이런 때를 대비해서 묘지에서 이름을 하나 외워뒀지!). 부모님이 다 돌아가셔서 그분을 만나려고 브루게에 온 거예요."

"마르가 부인? 그 부인은 몇 달 전에 돌아가셨는데! 모르고 있었는가?"

"오늘 알았습니다."

"내가 알기로 홀로 가난하게 살았던 부인이지. 여기는 부인의 가족이라곤 없네. 고향이 동부지방의 말린이라고 들었는데, 맞나?"

"네…… 말린 맞아요. 저도 거기서 왔어요."

"말린에서 고모를 찾아왔는데 고모는 돌아가셨고, 게다가 불량배들에게 옷까지 빼앗겼으니! 비극적인 일이 연달아 일어났구먼!"

"네…… 그렇게 됐어요."

숲 기슭에 이르자 갑자기 모습을 드러내는 도시를 보며 새뮤얼은 눈이 휘둥그레졌다. 눈 덮인 지붕들이 삐죽삐죽 보이고, 물과 물레 방아들이 주위를 에워싸고 있어서일까, 도시는 어두컴컴해지는 하늘과 바다가 보일 듯 말 듯한 수평선 사이에 정지한 대형선박 같았다. 둥글둥글한 범선 두 척이 빙빙 도는 갈매기들의 호위를 받으며 성채까지 미끄러져 들어오는 것 같았다. 성벽에는 오색 천이 걸려 있고, 엄청나게 많은 횃불이 항구 주변을 환히 밝히고 있어서 활기찬 모습이었다. 사람들이 도시에 공급하는 식량이 가득 담긴 커다란 통과 바구니들을 부리고 있었다. 그런데 귀가 먹먹해진 건가? 그 모든 움직임이 거의 소리 없이 전개되고 있는 것이 정말 신기했다. 이게 무슨 현상이지? 온몸이 꽁꽁 얼어서 신기루를 본 걸까, 한겨울의 환상일까……?

첫 번째 다리에 가까워지자 떠들썩한 소리가 나는 것이 생동감이 넘쳤다. 그들은 요새화한 성문을 지나다가 횃불이 자아내는 강렬한 빛 때문에 눈을 깜박였다. 인부 10여 명이 나무통과 밧줄이 얽히고설킨 배에서 소형보트로 짐을 옮겨 싣고 있는데 이번에도 말과 동작을 아끼는 듯했다. 정말 신기하게도 몇몇 십장이 고함치는 소리만 들렸다.

"서둘러라, 더 빨리! 백작께서 8시까지는 사냥한 고기가 부엌으로 배달되길 바라신다! 오늘 저녁 결혼 피로연이 있다!"

"청어 내려간다, 이 청어는 조심해서 잘 받아야 한다!"

"옷감 보따리 서른 개를 내려야 한다! 서른 개! 인부 열 명이 더 필요하다!"

새뮤얼 일행은 오크 통과 끈에 묶인 상자들을 요리조리 피해서 닻줄을 풀고 있는 나룻배까지 갔다. 발투스가 사공에게 소리쳤다.

"이보시오, 나는 이미지 공방 길드의 한스 발투스요! 식구를 데리고 생탄 부두로 가야 하는데 이 배는 어디로 갑니까?"

"이미지 공방 길드 소속이라면 내가 존경하는 사람들이니 오르시오. 생탄 부두까지 모셔다드리지요!"

그들이 짐 더미 사이에 간신히 자리를 잡자, 사공과 그의 아들은 장대를 물속에 꽂으면서 운하를 따라 노를 저었다. 발투스는 오크 통 중 하나에 걸터앉아서 새뮤얼에게 귀엣말을 했다.

"자네의 이름을 아직 말하지 않은 것 같은데."

"사무엘…… 사무엘 와아겐입니다." 새뮤얼은 이 지방에서 발음하는 식으로 이름을 말했다.

"브루게에는 처음인가, 사무엘?"

"고모의 도움을 받을 생각이었어요."

"다시 말해서 아는 사람이 아무도 없단 말인가?"

새뮤얼은 기회는 이때다 싶어서 얼른 말했다.

"아버지가 돌아가시기 전에 이 부근에 블라드 체폐슈라는 분이 살고 있다는 말씀을 하셨는데 거기가 어디인지는 모르지만……."

"블라드 체폐슈? 난 들어본 적이 없는 이름인데. 하긴 외국인들이 아주 없는 건 아니니까 어디 한 번 생각해보지. 양모를 팔러 오는 영국인, 그걸 사러 오는 이탈리아인, 이것저것 팔러 오는 독일인, 장날이면 빠지지 않고 나타나는 프랑스인과 에스파냐인, 백작의 식솔들인 부르고뉴 사람들……. 아니, 블라드 체폐슈는 처음 들어보는 이름이야."

새뮤얼은 털썩 주저앉았다. 어느 순간부터 짐작은 하고 있었는데 발투스가 확인시켜준 것이다. 시대와 장소를 잘못 온 것이었다. 브루게는 서유럽에 있는 도시이고, 발라키아는 멀리 떨어진 동쪽에 있는 것이 분명했다. 갑자기 어떤 기적이 일어나서 그곳에 가게 되더라도 25년에서 30년 정도 앞선 시대에 이르게 되는 것이 아닌가! 블라드 체폐슈가 아직 젖먹이에 지나지 않은 때에!

"원한다면 내 집에서 지내게. 어떡할지 결정하는 동안만이라도. 용감한 사람에게는 일자리가 있는 법이지. 피로연 때문에라도 지금은 일자리를 구하기 쉬울 텐데……. 브루게의 필리프 백작이 결혼했다는 걸 알고 있겠지?"

"아, 네…… 그건 모르고 있었습니다."

"포르투갈에서 온 이자벨을 아내로 맞았는데…… 지난주에 결혼식이 있었지. 앞으로 며칠 간은 온 도시가 기쁨에 들떠 있을 테니 마침 때가 좋아. 자네가 여기 머물겠다면 돈을 벌 수 있으니 식량배급도 받을 수 있을 걸세. 하지만 묵을 곳은 찾기가 쉽지 않지. 반경 20킬로미터 내에는 아마 없지 싶네. 그러니까 우리 집으로 가는 것이 좋을 걸세."

운하를 거슬러가던 나룻배가 두 번째 성벽을 따라가는 순간 음악 소리와 웃음소리가 들려왔다.

"도심 광장에서 축제가 벌어지고 있군. 어차피 사람도 많고 너무 시끄러워서 방을 구하기는 힘들게 생겼네. 다행히 딸아이와 나는 좀 떨어진 곳에 살고 있으니 그냥 우리 집으로 가세."

"생탄 부두에 도착했소이다!" 사공이 알렸다.

그들은 불빛이 흐린 부두에 내렸는데 길이 미끌미끌했다. 발투스가 손목을 누르면서 구시렁거렸다.

"하마터면 손을 못쓰게 될 뻔했어, 못된 놈들! 하필이면 내가 한창 바쁜 때에! 자, 서두르세, 이러다 얼어죽겠어."

그들은 추운 골목길을 지나 발투스의 집에 이르렀고, 무뚝뚝한 하녀가 문을 열어주었다. 하녀는 새뮤얼이 달갑지 않은지 퉁명스럽게 인사말을 내뱉었다. 새뮤얼은 집에서 진동하는 냄새에 깜짝 놀랐다. 어? 이건 장뇌에 유칼립투스를 넣어 달이는 냄새인데……. 할머니가 기관지염에 걸렸을 때 몸에 문지르던 포마드와 비슷한 냄새였다.

"뒷방에 이 젊은이의 잠자리를 준비하거라."

"새로 온 견습공인가요?" 하녀가 볼멘소리로 물었다.

"그렇게 생각해. 하지만 먼저 벽난로 앞에 저녁을 차리거라. 온몸이 꽁꽁 얼었어. 그리고 붕대를 가져와, 더 붓기 전에 이 팔을 졸라매야겠다."

이제르는 하녀를 데리고 층계 쪽으로 가면서 묘지에서 봉변을 당했는데 새뮤얼이 없었다면 큰일 날 뻔했다고 설명했다.

"이쪽으로 오게. 자네가 기거할 곳을 보여주겠네. 넓지는 않지만 한데서 자는 것보다야 낫지."

발투스는 복도로 앞장서 나가더니 방패꼴 무늬를 새긴 문 앞에서 멈춰 섰다. 그 방패꼴 안에 손을 내밀고 서 있는 한 남자 앞에 세 남자가 무릎을 꿇고 앉아 머리를 숙인 모습이 묘사되어 있었다.

"이미지 공방 길드의 문장일세." 발투스가 설명했다. "오른쪽 인물은 우리의 수호신 성 루가이고 직업을 대표하는 세 남자를 축복해주는 모습이라네. 거울 제조공, 장식공, 화가. 바닥에 놓인 것들로 쉽게 알아볼 수 있지. 거울, 장식된 책, 붓." 발투스는 자랑스럽게 덧붙였다. "나로 말하면 가장 숭고한 세 번째 분야, 화가에 속해 있네."

뼛속까지 얼어붙어 있던 새뮤얼은 몸속을 파고드는 뜨거운 열기를 느꼈다. 이미지 공방 길드? 이미지를 만드는 사람들을 위한 공방이란 뜻인가? 화가의 집에 오게 되다니!

"훌륭한 분이시네요!"

"암, 그렇고말고." 발투스는 거드름을 피웠다.

"그림을 좋아하는가?"

"아……네!"

"그렇다면 들어가세!"

발투스가 문을 밀자 냄새가 훨씬 강해졌다. 대형탁자 위에는 물잔, 붓, 염료 빻는 도구, 화판을 만들기 위한 다양한 연장이 가득했다. 높은 창문 아래 세워진 두 개의 이젤 중 하나에는 이제르를 그린 미완성 초상화가 놓여 있었다. 그 오른쪽에서 아주 강렬한 냄새가 났는데 시커멓고 걸쭉한 액체가 담긴 냄비들을 올망졸망 올려놓은 화덕 같은 것이 보였다.

"니스를 만드는 중인데 관심이 있으면 제조법을 설명해주지. 저 그림은 내가 작업하고 있는 내 딸의 초상화라네. 백작이 초상화 경연을 열기로 했는데 거기서 뽑히면 백작의 아내를 그리는 명예를 얻게 되지. 나는 감히 저 작품이 백작의 눈길을 사로잡길 기대하고 있네."

"정말 아름다워요."

그림보다는 모델을 생각하면서 새뮤얼이 말했다.

"다행이야, 다행이로군. 무엇보다 엄청난 상금이 나오는데 그거면 내 일에 큰 도움이 될 텐데 제때에 끝마칠 수나 있을지……. 그건 그렇고 이제 저쪽으로 가세."

발투스는 공방 안쪽으로 걸어가면서 말했다.

그가 작은 문을 열었는데 창고로 사용하는 방인지 타원형 창문 밑으로 가구들과 침대가 쌓여 있었다.

"하녀가 잘 치워놓을 거니까 안심하게나. 공방이 한창 잘 돌아갈 때는 견습공들이 여기서 기거했네. 에휴! 그러나 내 아내가 죽은 뒤로는 젊은이들을 양성할 마음이 없어졌지. 요즘은 이젤 앞에 서 있는 시간보다는 색소와 기름으로 새로운 물감을 제조하는 데 전념하고 있네. 초상화 경연이 중요한 이유는 이 한스 발투스가 아직 끝나지 않았다는 걸 보여줘야 하기 때문이지! 그리고 거의 성공 단계에 와 있다고 생각하고 있네!"

발투스는 묘한 미소를 지으면서 단언했다.

그 순간 이제르가 도기 항아리와 헝겊 붕대를 들고 나타났다.

"아버지, 붕대랑 근육 진통제를 가져왔어요."

새뮤얼은 아버지를 치료하는 이제르를 바라보면서 앨리시어 토드와 너무나 닮은 아름다운 모습에 정신을 잃었다. 모자를 벗은 이제르의 금발은 이제 폭포처럼 어깨 위로 흘러내려 있었다. 얼굴 모양이나 눈매는 다르지만 눈빛하며 갸름한 코, 웃는 입술, 하얀 치아……. 어쩌면 저렇게 똑같을까! 현기증이 이는 것 같았다.

저녁식사―당근을 곁들여서 삶은 양고기와 토속적인 빵―를 하는 동안 새뮤얼은 의도적으로 침묵을 지켰다. 괜히 말을 잘못 꺼냈다가 신분이 들통 나거나 난처한 상황을 맞고 싶지 않았고, 자연스럽게 이제르를 관찰하고 싶기도 했다. 이제르도 별다른 말을 하지 않고 아버지가 하는 얘기에 고개만 끄덕일 뿐 새뮤얼에게는 눈길도 주지 않았다. 식사가 끝났을 때 새뮤얼은 시대와 장소가 빗나갔다는 걸 알아차린 뒤 벼르고 있던 질문을 하기로 마음먹었다. 가능한 빨리 현대로 돌아가야 해!

"아까 일자리에 대해 말씀하셨는데 제가 일할 만한 데가 있을까요?"

"포도주를 하역하는 항구에 가면 틀림없이 있을 거야. 술통을 실어야 하니까. 원한다면 내일 그곳으로 안내해주겠네."

"돈을 주나요? 제 말은 진짜 주화를 주나요?"

"진짜? 그야 물론 일한 비율에 따라 인부들은 보수를 받지. 그런데 새벽 6시에 작업을 시작하기 때문에 일자리를 놓치지 않으려면 일찍 자는 것이 좋을 걸세. 새벽에 내가 깨워주지. 늙으면 꼭두새벽에 일어나니까."

새뮤얼은 발투스에게 고맙다고 말하고 이제르에게 따뜻한 미소를 지어 보였다. 방으로 들어간 새뮤얼은 옷을 벗고 하녀가 침대 위에 두고 간 낡아빠진 잠옷으로 갈아입었다. 할 일만 더 늘어나게 한 새뮤얼의 존재를 하녀가 얼마나 짜증스러워하고 있는지 확실히 느껴졌다. 새뮤얼은 이불 속으로 들어가서 집으로 돌아가게 해줄 동전을 어떻게 하면 빨리 구할지 방법을 궁리했다. 브루게는 언뜻 보기에도 요충지라서 아이오나의 수도원이나 세트마아트 마을과는 사뭇 달랐다. 따라서 건초 더미에서 바늘을 찾는 격이었다. 앞선 세 번의 여행에서는 태양문양의 돌로부터 그리 멀지 않은 데서 동전을 찾을 수 있었다. 아이오나에서는 콜룸실 만에서 몇백 미터 떨어진 천연동굴에 동전이 숨어 있었다. 전쟁이 벌어지는 플뢰리에서는 그 돌에서 몇 집 떨어진 곳에 부상당한 샤르트렐 하사가 있었다. 세트니의 아들 아흐무시스는 새뮤얼이 나타났을 때 손가락에 쇠똥구리 반지를 끼고 아버지의 무덤을 시찰하고 있었다. 태양문양의 돌을 작동하기 위해서는 동전이나 메달 또는 보석이 가까운 데에 있어야 하는 것일까? 돌과 동전이 한 곳에 모여 있지 않으면 어떤 시대에도 갈 수 없는 걸까? 만약 그렇다면 시간 여행에 필요한 동전이 묘지 부근에 숨어 있다는 뜻인데……. 아니면 그 불량배들이 있던 근처 어딘가에? 아니면 발투스와 이제르 근처에……? 하지만 어떤 가정도 확실하지 않고, 어떤 결론도 내릴 수 없었다. 어쩌면 브루게의 동전은 모두 구멍이 뚫려 있는 것이 아닐까? 아니면 적어도 몇 개만이라도? 내일이면 뭔가를 알 수 있겠지!

새뮤얼은 자려고 촛불을 끄려다가 릴리의 핸드폰이 생각났다. 바지주머니에 깊이 넣어둔 핸드폰을 꺼내서 액정화면을 봤다. 6월 10일 목요일, 18시 37분. 겨우 1시간이 지났단 말이야? 브루게에서 보낸 예닐곱 시간이 현대에서는 고작 한 시간이라니! 핸드폰은 계속 원산지의 시간을 표시하고 있었다.

새뮤얼은 얼마나 다양한 기능이 있는지 핸드폰의 여러 가지 메뉴를 훑어봤다. 인터넷, 게임, 카메라, 벨소리, 메시지, 계산기, 달력, GPS……. 이 정도의 기능이라면 루돌프가 돈깨나 썼겠군! 새뮤얼은 현재의 위치를 가리키는지 확인하려고 GPS 기능을 시험해봤지만 위치탐지 프로그램은 작동하지 않았다. 하긴 통신위성이 발명되기 6세기 전인데 작동할 리가 없지! 이것저것 작동해보던 새뮤얼은 실수로 벨소리를 누르고 말았다. **이지적인 사람이면 좋겠는데, 오! 예……** 음악소리가 어찌나 낭랑하게 흘러나오는지 새뮤얼은 부리나케 이불을 뒤집어쓰고 소리를 죽여야 했다. 발투스가 갑자기 들이닥쳐서 이게 무슨 해괴한 소리냐고 물으면? 지나가다가 외국어 가사를 듣고 이방인이라는 걸 눈치 챘다면? 오, 생각만 해도 진땀이 나네! 하긴 오후 내내 들었다고 생소한 울림을 주는 말소리에 어느새 익숙해진 내가 이상한 거지! 이것도 이집트 마법의 수많은 미스터리 중 하나가 틀림없겠지? 아버지의 시간 여행이 이집트 유적 발굴 답사에서 시작된 것이라면…….

196

새뮤얼은 핸드폰에 저장된 디지털 사진을 훑어봤다. 비난받아 마땅한 사생활 침해지만 상황이 상황이니만큼 릴리가 이해해주겠지, 뭐. 대부분 사촌이 애지중지하는 장난감 사진이었는데 잰이라고 이름 붙인 털 짧은 회색 강아지를 여러 각도에서 찍은 사진이었다. 머리를 숙이고 귀를 축 늘어뜨린 잰, 비닐봉지를 입고 방수모자를 쓴 잰, 화장실 변기에 앉은 잰…… . 새뮤얼은 킥킥거렸다. 얼마나 귀여운지 그 순간에 강아지를 품에 안을 수만 있다면 무슨 짓이라도 할 수 있을 것 같았다. 릴리의 사진도 석 장 있는데 너무 가까이에서 찍었는지 뺨과 코가 무지막지하게 컸다. 새뮤얼은 눈시울이 젖었다. 오, 릴리…… .

더 보고 있다가는 목놓아 울게 될까 봐 새뮤얼은 액정화면을 닫았다. 잠시 후 입구 쪽에서 소리가 나는 것 같았다. 새뮤얼은 촛불을 들고 살금살금 공방을 가로질렀다. 자정이 넘었으니 모두 잠들었을 텐데…… . 복도로 나가서 숨을 죽였다. 수상쩍은 것은 없었다. 현관문 앞까지 가보니 빗장이 풀려 있었다. 누군가가 들어왔거나 나갔다는 건데…… . 이 한밤중에? 눈이 쌓여 있는데? 새뮤얼은 소리가 나지 않게 문의 손잡이를 돌리고 밖을 내다봤다. 집에서 시작된 발자국이 텅 빈 거리로 이어져 있었다.

XIII

브루게의 햄스터

"사무엘…… 사무엘 와아겐!"

무슨 소리가 아득하게 들리긴 하는데…… 피로에 지쳐 곯아떨어진 새뮤얼은 비몽사몽간이었다. 눈을 떠야 하는데 정말 초인적인 노력이 필요했다.

"사무엘, 일어날 시간이네!"

새뮤얼은 촛불을 들고 자신을 내려다보는 얼굴을 알아보는 데 몇 초가 걸렸다. 아! 발투스…… 이제르…… 브루게…….

"어서 일어나게! 일자리를 놓쳐도 좋은가?"

새뮤얼은 입안이 말라 혀가 잘 안 돌고 손발이 저리고 얻어맞은 것처럼 머리도 띵했다.

"아, 네, 일자리…….." 새뮤얼은 기계적으로 되뇌었다.

새뮤얼은 마침내 일어나서 옷을 갈아입고 발투스를 따라 어스름한 주방으로 들어갔다. 식탁 위에 김이 모락모락 나는 단지 하나와 말린 햄 조각, 치즈, 흰 빵 한 덩어리가 차려져 있었다. 벽난로에는 장작불이 훨훨 타올랐고, 발투스가 시커먼 액체를 금속 잔에 따라 주었는데 향이 짙었다.

"마셔두게, 몸이 따뜻해지지."

새뮤얼은 커피처럼 보이는 뜨거운 액체를 한 모금 마셨는데 계피 향이 느껴졌다. 처음 느껴보는 맛이지만 생각보다 나쁘지는 않았다.

"손목은 어떠세요?"

발투스는 붕대로 감은 손을 흔들었다.

"통증이 좀 있지만…… 제발 부러지지 않았기를 바랄 뿐이야. 그래서 자네를 데리고 시내로 나간 김에 의사에게 진단을 받아볼 생각이네."

"그림을 그릴 수 있겠어요?"

새뮤얼은 빵에 햄과 치즈를 얹으면서 물었다.

"그래야지! 딸의 초상화를 끝내야 하니까. 이틀 후가 경연인데! 그런데 자네는 먹는 방식이 희한하군, 사무엘 와아겐."

발투스는 즉석에서 만든 샌드위치를 우적우적 씹어먹는 새뮤얼을 쳐다보면서 덧붙였다.

"아, 네, 이게 습관이 돼서…… 우적우적, 말린에서는 이렇게 먹었거든요." 새뮤얼은 소리가 나게 씹어먹으면서 화제를 돌렸다.

"그런데 묘지에서 생겼던 일에 이상한 점이 있어요. 우적우적, 어제 그 강도들 말이에요. 그놈들이 원하는 것이 정확하게 뭐였지요?"

"도둑놈들이 훔치는 것말고 원하는 게 뭐가 있겠나?"

"제가 이해한 바에 따르면 오후에 나를 공격했던 놈들은 아주 특별한 물건을 찾고 있었어요. 가운데 구멍이 뚫린 주화나 보석 같은 거였어요."

새뮤얼은 발투스의 반응을 유심히 살폈지만, 그는 웃긴다는 얼굴로 덤덤하게 대꾸했다.

"가운데 구멍이 뚫려 있는 주화? 그럼 값비싼 물건이라고 할 수 없지. 그걸 만든 기술공이 그렇게 해서 금속을 절약한 것일 테니! 그리고 자네도 놈들에게 옷만 빼앗겼다고 하지 않았나? 우리도 분풀이는 한 셈이니 그냥 접어두세."

새뮤얼은 고개를 끄덕였다. 발투스는 구멍 뚫린 주화에 대해 전혀 모르는 것 같았다. 아니면 연기를 잘하는 건가? 서두르라는 발투스의 재촉에 새뮤얼은 샌드위치를 얼른 먹어치우고 견습공들이 입던 것이라며 내주는 털 코트를 입었다. 발투스를 따라 눈 내린 거리로 나가자 첫 햇살이 잿빛 구름 사이를 비집고 나오기 시작했다. 판타지 영화의 한 장면처럼 모든 것이 얼어붙어 있는 듯했다. 높고 좁은 집들, 경사진 지붕, 고딕 장식, 벽을 가로지른 목재 들보……

섬세하게 복원한 중세의 한 마을을 보는 것 같다고 할까. 양쪽으로 아치를 세운 다리를 건너는데 그 아래 운하에서는 백조들이 부리를 깃털에 처박은 채 졸고 있었다. 두 사람은 이윽고 브루게의 성벽으로 들어갔다. 도시의 중심부에 이르니 생탄 지역보다는 훨씬 건물이 빽빽했다. 집들이 다닥다닥 붙어 있는데 운하에 비친 모습에 감탄사가 절로 나왔다. 브루게 사람들의 자랑거리인 종루가 파수병처럼 눈 덮인 기와지붕 위로 육중한 자태를 뽐내고 있었다. 발투스는 열을 올리면서 종루의 역사를 얘기해주었는데 눈앞에 보이는 모든 것에 매료된 새뮤얼은 듣는 둥 마는 둥했다. 그들은 곳곳에 텐트를 세운—백작을 수행하는 하인들을 위해 준비해놓은 것들이었다—광장을 돌아서 골목길로 접어들었고, 마침내 포도주를 하역하는 항구에 이르렀다. 축제가 끝난 뒤에도 남아서 피로연을 즐길 사람들을 대비하여 상인들과 짐꾼들이 벌써부터 부지런히 움직이고 있었다. 나룻배 10여 척이 부두에 정박해 있고, 술통 주위에서는 격렬한 언쟁이 벌어지고 있었다. 발투스는 거드름을 피우면서 지팡이를 휘두르는 빨간 모자의 남자에게 다가갔다.

"이보시오, 십장! 내 견습공인데 일자리가 있을까 해서 데려왔소. 피로연이 벌어지는 동안 이 청년이 할 만한 일이 있겠소?"

십장은 전문가의 눈으로 새뮤얼을 훑어봤다.

"이렇게 왜소해서야 무슨 일을 시키겠소? 쯧쯧, 한 일주일은 굶은 것처럼 피골이 상접한 아이를 데려왔으니…… 이거야, 원! 그래, 어디 이 술통을 한 번 옮겨봐라."

십장은 다부진 체격의 청년이 방금 굴려다놓은 술통을 가리켰다. 새뮤얼은 허리를 숙이고 두 팔로 술통을 감싸 안고서 애써 아무렇지도 않은 표정으로 들었다가 대번에 포기하고 말았다. 바위 덩어리처럼 술통이 꿈쩍도 하지 않으니! 빙 둘러서서 구경하던 인부들이 배꼽을 쥐었다.

"당신의 견습공은 자기 머리도 가누기 힘들게 생겼지만 이가 없으면 잇몸으로 산다고 하지 않소?" 십장이 말했다. "마침 크레인킨더 중 한 명이 부족하니 한번 써보겠소. 보수는 높지 않지만 노동에 비하면 후한 편이오."

새뮤얼은 부두 왼쪽에 불쑥 나와 있는 널빤지 구조물을 살펴봤다. 오늘날의 비계*라고 할 수 있는 구조물은 흡사 머리는 잘리고 배는 빵빵하고 위로 갈수록 모가지가 점점 가늘어지는 닭 같았다. 실제로 배에 늘어진 밧줄들을 이용해 짐을 끌어내리는 목재 크레인이었다. 커다란 회전문이 크레인을 작동하면 크레인킨더들이 걸어가면서 끌어당기는 방식이었다.

"얼마나 줄 겁니까?" 발투스가 물었다.

---

* 건축공사를 할 때 높은 곳에서 일할 수 있도록 설치하는 임시가설물.

"꾀부리지 않고 성실하게 일하면 반나절에 5드니에예요."

심장이 대답했다.

발투스는 새뮤얼에게 눈짓으로 물었다. 새뮤얼은 5드니에의 가치가 어느 정도인지 전혀 몰랐지만 괜한 의심을 사지 않으려고 고개를 끄덕였다.

"반나절에 5드니에, 좋소." 발투스가 결정했다. "일단 해보고 할 만하면 오후에 다시 올 것이오. 집을 찾아올 수 있겠지, 사무엘?"

새뮤얼은 다시 고개를 끄덕이고 심장의 지시를 주의 깊게 들었다. 셋이 회전문 안에서 보조를 맞춰 걸어가되 속도가 빨라질 때는 끌려가지 않도록, 속도가 느려질 때는 중심을 잃지 않도록 조심해야 한다는 것이 주의사항이었다. 심장은 혹시 이 일이 적성에 맞으면 일주일 동안 일할 수 있다고 덧붙였다.

새뮤얼은 크레인이 멈추고 롤러 쪽으로 들어가기를 기다렸다. 함께 일하게 된 소년 둘이 새뮤얼에게 싫은 기색이 역력한 표정으로 고개만 까딱했는데 추운 날씨에도 불구하고 그들은 땀을 흘리고 있었다. 심장의 신호에 따라 세 소년은 보조를 맞춰 빠르게 걸으면서 발로 툭툭 건드리는 것으로 바퀴를 돌렸다.

"좋아! 셋이 한 몸처럼 보조를 맞춰라!" 심장이 소리쳤다.

새뮤얼은 크레인킨더 두 명과 박자를 맞춰서 걸어가면 되는데 걷는 것은 자신 있기 때문에 처음에는 일이 쉽게 느껴졌다. 그러나

15분쯤 지나자 새뮤얼은 엔진의 구조, 밧줄의 복잡한 움직임, 머리 위에서 끔찍한 소리를 내는 도르래에 관심이 쏠렸다. 그 순간 신발이 널빤지 사이에 걸리면서 발밑 바닥이 꺼지는 것 같더니 세탁기 안의 빨랫감처럼 요동쳤다. 나룻배들이 움직이는 사이에 다행히 십장이 지체 없이 중단시켰기에 망정이지…… 휴!

"너 처음이지?" 두 크레인킨더 중 눈이 반쯤 감긴—다쳐서 눈이 저렇게 되었을까, 선천적인 기형일까?—소년이 버럭 소리를 질렀다.

"응." 새뮤얼은 다리를 주무르면서 대답했다.

"네 보수까지 내가 가져가는 게 싫으면 조심해라, 응?"

소년이 핀잔을 주었다.

"멜키오르보다도 못하잖아." 다른 한 명은 한술 더 떴다. "걔는 그래도 서 있긴 했으니까!"

반애꾸가 어깨를 으쓱했다.

"멜키오르는 머리에 충격을 받아서 다시 못 와. 머리에 주먹만한 구멍이 뚫려서 뇌가 드러나 보인다니까!"

새뮤얼은 귀가 솔깃했다.

"머리에 구멍이 뚫려? 무슨 일이 일어났는데?"

"걔의 말로는 싸웠대. 아니 정확하게 말하면 뒤통수를 돌에 얻어맞았다고 하더라고."

"돌에 맞아?" 질겁한 새뮤얼이 되물었다.

"그렇게 만든 비열한 놈, 그놈을 찾아내면…… 멜키오르에게도 친구가 있다는 걸 보여주고 말겠어!"

"당연히 그래야지!" 새뮤얼은 가능한 태연한 어조로 말했다. "그 래서…… 지금 병원에 있어?"

"멜키오르가 병원에? 순경들이 있었다면 그랬겠지. 왜 문병이라 도 가려고?"

반애꾸가 적대적인 눈길로 새뮤얼을 흘겨봤다.

"너도 걔의 뇌를 구경하고 싶어서 그래?"

"아, 아냐. 그냥 궁금해서 한 번 물어본 거야."

새뮤얼은 얼른 시치미를 뗐다.

"그럼 괜히 힘 빼지 않는 게 좋을 거다. 짐을 실어야 할 나룻배가 기다리고 있으니까."

십장이 손가락으로 딱, 소리를 냈기 때문에 세 소년은 다시 걸어 야 했다. 브루게의 햄스터들이 따로 없군!

그렇게 걸은 지 서너 시간이 지났다. 새뮤얼은 다리가 뻐근하고 발가락 하나 까딱할 수 없는 지경이 되어서야 마침내 지옥 같은 바 퀴에서 빠져나올 수 있었다. 오전 작업이 거의 끝나가고 있었다. 이 제는 술통을 실어야 할 나룻배도 없고, 술을 사갈 매수인도 전부 결 정되었다. 소년 둘이 먼저 보수를 받았고, 이어서 새뮤얼도 빨간 모 자의 십장 앞으로 갔다. 십장은 입술을 실룩거렸다.

"운 좋은 줄 알아, 능숙한 동료들과 같이 일했기에 망정이지⋯⋯. 너는 너무 느리고 너무 서툴러! 그 대가로 내가 두 소년에게 각각 1드니에를 더 주었다. 물론 너에게도!"

십장은 주머니에 손을 넣었다가 동그란 금속 세 개를 꺼내서 내밀었다. 새뮤얼은 주화에 구멍이 뚫려 있지 않아서 실망했다.

"잠깐만! 오후에 다시 오면 다른 주화를 주실 수 있나요? 혹시 구멍 뚫린 주화는 없어요? 구멍 뚫린 주화를 받을 수만 있다면 며칠 더 일하겠습니다."

십장은 황당한 얼굴이었다.

"구멍 뚫린 주화? 왜 하필 구멍 뚫린 주화니? 너 여기 사는 애가 아니구나. 브루게에서 사용하는 수나 드니에는 구멍이 뚫려 있지 않아! 리브르*에도 구멍은 없고! 네가 찾는 것이 위조주화라면 환전상들에게 가봐. 그 사람들은 무슨 돈이든 만들어내니까."

"환전상이요?"

"그래, 부르스 광장에 있는 환전상들 말이다! 설마 환전상도 모르는 건 아니겠지?"

십장의 어조에서 의심하는 기미가 느껴졌다.

"환전상이요? 당연히 알죠!" 새뮤얼이 외쳤다. "부르스 광장에

---

* 중세 시대에는 지방에 따라 시대에 따라 화폐의 가치가 다르지만 대략 환산해보면 1리브르는 약 12만 원의 가치에 해당한다. 1리브르 = 20수 = 240드니에, 1수(약 6000원) = 12드니에, 1드니에 = 약 500원.

있는 환전상 말이죠? 제가 가끔 이렇게 멍청해요!"

십장은 한숨을 쉬면서 한 인부가 묻는 질문에 대답하기 위해 돌아섰다. 새뮤얼은 멜키오르—묘지에서 때려눕혔던 불량배가 틀림없었다—에 대해 더 자세히 물어보려고 두 소년을 따라가려고 하다가 지나친 관심을 보이면 뭔가 눈치라도 챌까 불안해서 단념하고 돌아섰다.

새뮤얼은 어림잡아 종루—15분마다 종을 울리는—를 향해 가다가 부대자루 같은 것으로 몸을 감싼 한 할머니에게 부르스 광장으로 가는 방향을 물었다. 가는 도중에 새뮤얼은 도시의 일상이 시작되었다는 것을 확인할 수 있었다. 거리마다 사람, 개, 말, 수레와 짐꾼들로 북적거렸다. 즐거운 날인 만큼 눈 때문에 길이 질퍽거리는데도 옷차림들이 단정했고, 온통 전날 참석했던 축제와 기마 시합에 대해 이러쿵저러쿵 얘기꽃을 피웠는데 분명히 빵과 고기 배급이 나올 거라며 모두 들떠 있었다. 새뮤얼은 저 멀리 울타리가 쳐지고 화려한 깃발들이 펄럭이는 원형경기장을 발견하고 잔뜩 기대했지만 유감스럽게도 투사들은 보이지 않았다.

환전상들의 거리도 혼잡했다. 부르스 광장은 네모반듯했고, 철책 두른 창문에 총안 뚫린 지붕의 위압적인 집들이 에워싸고 있었다. 집 앞마다 비를 막는 차양 밑에 사각탁자가 놓여 있고, 탁자 주위에서 사람들이 목소리 큰 놈이 이긴다는 식으로 서로 소리를 질러댔다. 새뮤얼은 한참 지나서야 무슨 일인지 알아차릴 수 있었다. 브루게는 유럽 각지에서 몰려온 상인들이 각자 자기 나라의 화폐를 사용하는 상업 중심지였다. 따라서 환전상의 역할은 물건을 사고팔 수 있도록 그 다양한 화폐를 브루게의 리브르, 수, 드니에로 환산해주는 것이었다. 문제는 화폐의 정확한 가치에 대한 합의를 봐야 하는 것인데 상인들은 한 푼이라도 더 받으려고 하고 환전상들은 덜 주려고 실랑이가 벌어졌다. 곳곳에서 언성이 높아지고 있었다. 그중 한 환전상은 억양이 어찌나 강렬한지 배우 기질이 다분했다.

"그 값으로 환산하면 나는 파산이란 말이오! 코르테스, 내 처자식들도 좀 생각해주시오!"

"그럼 다른 데로 가겠소." 코르테스라고 불린 남자가 응수했다. "바르톨로메오, 당신이 이 부르스 광장에서 제일 잘나가는 환전상이라는 걸 모르는 사람이 없는데 이게 무슨 엄살이오? 내가 요구하는 대로 주든가 아니면 다른 데 가서 바꾸겠소!"

"아하, 이거 왜 이러시나! 코르테스, 당신이 내 마음을 아프게 하는구려! 하지만 나도 목구멍이 포도청이니 어쩌겠소. 아무려면 이 바르톨로메오가 피도 눈물도 없는 사람이겠소?"

바르톨로메오가 돌아서더니 무릎 위에 주화가 그득한 널빤지를 올려놓고 앉아 있는 젊은이에게 말했다.

"엔초! 계산해봐, 15625 나누기 125에 수수료 5를 빼야 하지만 코르테스에게만 특별히 할인해서 2를 빼거라."

엔초는 셈이 빠르지 않은 것 같았다. 주인이 호통을 쳤다.

"엔초! 이 도시에서 너처럼 멍청한 놈은 없을 거다! 네놈은 더 이상 내 조카가 아니라 집안의 수치야!"

마침내 계산을 끝낸 엔초가 숫자를 말하자, 환전상은 발밑에 있는 금고를 열고 그 금액을 셌다. 새뮤얼은 제대로 볼 겨를이 없었지만 여러 개의 칸막이로 나뉜 금고 안에 온갖 크기의 주화가 들어 있는 것 같았다. 딱 한 번만이라도 들여다볼 수 있다면! 새뮤얼은 결연하게 탁자 앞으로 다가갔지만 너무 늦었다. 바르톨로메오는 그 보물단지를 의자 밑으로 도로 집어넣었다. 새뮤얼은 태연한 얼굴로 그 앞을 지나쳐서 멀리 떨어진 기둥 뒤로 가서 섰다. 그러고는 한참 동안 수완이 뛰어난 환전상의 일거일동을 관찰했다. 저 금고를 뒤져볼 방법을 찾아야 해!

XIV

반 아이크의 비법

브루게의 종루에서 오후 3시를 알리는 종이 울렸을 때 새뮤얼은 마침내 생탄 구역으로 돌아가기로 마음먹었다. 그 사이에 새뮤얼은 배급받은 사과와 둥근 빵, 그리고 행상인에게서 산 훈제청어로 배를 채웠다. 그런데 청어가 어찌나 짠지 이제는 운하의 물을 몽땅 퍼마시고 싶을 정도로 목이 탔다.

하녀가 인상을 쓰면서 문을 열어주었다.

"쉿, 조용히 들어와요. 경관 에쿠테트가 찾아와서 나리를 만나고 있으니까."

"에쿠테트?"

"경관인데 어제 강도에게 당했다는 소식을 듣고 왔나 봐요. 그러니까 빨리 뒷방에 가서 숨어요. 그가 보기 전에!"

그러나 문소리를 들었는지 발투스가 거실에서 그들을 불렀다.

"얘야! 젊은이가 돌아왔느냐?"

"네, 방금 돌아왔어요, 나리."

하녀는 오만상을 찌푸리면서 대답했다.

"마침 잘됐구나. 젊은이를 이리 데려와라, 에쿠테트에게 소개시켜야 하니까."

하녀는 고개를 설레설레 저으면서 하늘을 쳐다봤고, 새뮤얼은 즉시 에쿠테트라는 인물 앞으로 안내되었다. 금실로 수놓은 상의에 수염을 깔끔하게 깎은 경관이 예리한 눈길로 새뮤얼을 살폈다.

"그러니까 어르신의 목숨을 구해준 사람이 이 소년입니까?"

경관이 굵은 목소리로 물었다.

"이 소년이 기적처럼 나타나서 도와주지 않았다면 나는 지금 이 자리에 없을 것이오!"

"기적처럼?" 에쿠테트는 묘한 미소를 흘리면서 힘주어 말했다.

"비유부아 묘지는 무슨 일로 갔지?"

"고모님 마르가 와아겐의 무덤을 찾아갔습니다."

"마르가 할머니? 돌아가시기 몇 시간 전 생선시장에서 만났었지. 한쪽 귀는 먹었고, 치아는 절반이나 없었는데 알고 있었나?"

함정인 것 같은데……. 새뮤얼은 침착하게 대답했다.

"성함밖에 모릅니다. 아버님의 친척인데 한 번도 뵌 적이 없습니다. 지금은 고아라서 고모님을 뵈러 브루게에 온 겁니다."

"고아라…… 어찌 됐든 절묘하게 때를 맞춰서 도착한 모양이로군!" 에쿠테트는 밑도 끝도 없는 말을 중얼거렸다. "그래도 그 도둑놈들은 배짱이 대단하군요! 어르신, 방앗간 주인 마르텐스 사건을 아세요?"

발투스는 모른다는 표시로 고개를 저었다.

"내 기억이 틀리지 않다면 한 아홉 달 전쯤 마르텐스도 어르신과 비슷한 일을 당했지요. 어느 날 저녁 방앗간을 나서는데 강도들이 달려들었지요. 마침 그 길을 지나던 나그네가 놈들을 쫓아주었어요. 마르텐스는 고마운 마음에 나그네에게 잠자리를 내주고 식사도 함께하면서 차츰 좋은 친구라고 생각하게 되었지요. 그런데 말입니다, 어르신, 아마 내 말이 믿어지지 않을 겁니다. 불과 사흘 후, 방앗간 주인은 뒤통수를 맞고 말았지요. 구원자라고 자칭하는 작자가 방앗간으로 강도들을 들여보내서 몽땅 털어갔으니!"

에쿠테트는 노골적으로 의심하는 눈길을 새뮤얼에게 던졌다.

"그러니 믿을 사람이 아무도 없는 겁니다!"

발투스는 저의가 있는 에쿠테트의 말에 반응을 보이지 않는 것 같았다. 그가 독일산 포도주 한 잔을 권했지만 에쿠테트는 거절했다.

"고맙습니다, 어르신, 사고를 당하셨다는 소식을 듣고 이 기회에 따님에게 선물을 주려고 온 겁니다. 직접 전하고 싶습니다만……."

"아까도 말했지만 이제르는 사촌 집에 갔는데 그리 늦게 오지는 않을 걸세……."

"불행하게도 백작께서 어제 시작한 피로연 문제로 저를 기다리고 있어서 가봐야겠습니다. 그러니 이제르 양에게 선물이 마음에 드는지 알고 싶다고 전해주십시오."

그렇게 말하고 나서 일어난 에쿠테트가 발뒤꿈치를 따닥! 소리가 나도록 부딪치더니 거드름을 피우듯 새뮤얼을 거들떠보지도 않고 발투스의 집을 떠났다.

"좋은 사람이야." 에쿠테트가 나가자 발투스가 말했다. "이제르에게는 훌륭한 신랑감이지."

"신랑감이요? 하지만 나이가 적어도 두 배는 많은 것 같은데요!"

"나이는 그렇지. 하지만 그게 뭐 어때서? 홀아비가 된 지 3년이되었고 아주 부자야. 필리프 백작이 시내에 짓게 한 새 궁전 프린센호프에 근사한 거처도 차지하고 있는데 뭘 더 바라겠나? 이제르도이제는 열일곱 살이니 결혼을 꿈꿀 나이지. 이미 설명한 대로 내 일도 예전처럼 경기가 좋지 않아서 경연에서 상금을 타지 못할까 걱정이 태산이네. 손목에 금이 갔다고 하니 이제는 붓을 잡을 수도 없어. 그런데 이제르는 결혼하면 안락하고 안정된 생활을 보장받는것이니 아무 걱정할 필요가 없지."

"그럼 따님도 찬성했나요?"

"어허, 에쿠테트는 나무랄 데 없는 남자라니까! 게다가 자상하기까지! 이제르를 위해 그가 직접 만든 것을 보겠나?"

발투스는 탁자에 놓인 촛대를 가리켰다. 쇠를 벼려서 만든 나무 모양의 멋진 촛대였는데 꽈서 엮은 가지들에 양초 세 개를 꽂을 수 있었다.

"에쿠테트는 예술가이자 학자이기도 하지. 경관 일을 하면서 시간만 나면 언젠가는 금을 만들겠다는 희망 속에 연금술을 연마하고 있으니까! 연금술사들은 학문과 세상에 대해 관심이 많은 교양인들이지! 이제르가 아내가 되면 그 일에 참여시키겠다고 했어. 아내를 자식이나 낳아주는 여자가 아니라 지식의 지평을 열어주겠다는데 그보다 좋은 남편이 어디 있겠나? 에쿠테트는 훌륭한 신랑감이고……."

그 순간 복도에서 타는 냄새가 나자 발투스는 자기 뺨을 찰싹 때렸다.

"맙소사, 내 정신 좀 보게나. 기름을 준비하고 있었는데!"

발투스는 허겁지겁 공방으로 달려가서 문을 벌컥 열었다.

"창문 좀 열어주게, 빨리!"

새뮤얼은 창문 쪽으로 달려가서 걸쇠와 씨름한 끝에 공기를 들어오게 하는 데 성공했다.

"이놈의 멍청한 머리통! 불에 올려놓고서 까맣게 잊어먹다니! 난 이제 아무짝에도 쓸모없어. 그림도 못 그리고, 기름도 못 만들고!"

발투스는 냄비를 헝겊에 싸서 들고 나가더니 마당 자갈밭에 올려 놓고 혼합물을 흔들었다. 양말 타는 냄새와 기관지염에 걸렸을 때 바르는 포마드 냄새가 진동했다.

"거의 다 됐었는데! 완성 단계에 이르렀다고 확신하고 있었는데!"

"이게…… 그렇게 중요한 거였어요?" 새뮤얼이 물었다.

"반 아이크의 비법을 알아내는 데 2년, 자그마치 2년이 걸렸어! 그의 채색기름을 만들 수만 있으면 내 그림들이 정말 비싸게 팔릴 텐데!"

새뮤얼은 놀라움을 감출 수 없었다.

"반 아이크라면 화가를 말씀하시는 거예요?"

들로네 미술 선생님이 언젠가 반 아이크에 대해 말한 적이 있었다. 그러나 새뮤얼의 기억 속에서는 브루게와 연결되는 것이 전혀 없었다.

"당연히 화가지 누구겠나? 필리프 백작의 총애를 받고 있어서 반 아이크는 주문이 쏟아지고 있지. 게다가 얼마 전부터 색에서 번쩍 번쩍 빛이 나는 기술, 마치 그림에서 빛이 나오는 것 같은 기술을 창안했다는 거야! 그 효과가 어찌나 강렬한지 그가 그린 초상화는 엄청난 찬사를 받고 있어. 내 작품의 가격보다 무려 스무 배나 더 받을 정도니까!"

새뮤얼은 반 아이크의 재능이 스무 배 더 뛰어난 것일 수도 있다고 반박하려다가 꾹 참았다. 들로네 선생님의 말에 따르면 반 아이크는 중세의 가장 위대한 예술가 중 한 사람이었기 때문이다.

"작년에 아이크의 측근 중에서 입이 좀 가벼운 사람을 통해 그가 완벽한 색을 얻기 위해서 색소와 기름에 알 수 없는 물질을 첨가한다는 걸 알았지. 그때부터 나는 그게 무슨 물질인지 알아내려고 노력하고 있네. 화덕 앞에서 뜬눈으로 밤을 지새우며 별의별 것을 다 시험해봤어. 오늘은 정향유를 시험 중이었고, 성공할 것이라는 희망에 부풀어 있었는데 이렇게 망쳐버렸으니! 하지만 이건 반 아이크의 잘못이기도 해! 그렇게 비밀을 만들지 말고 길드와 공유했으면 좋잖아!"

발투스는 너무 흥분한 나머지 새파랗게 질리는 새뮤얼을 보지 못했다. 반 아이크의 비법……? 반 아이크의 비법이라면 새뮤얼도 알고 있는 것이 아닌가! 들로네 선생님은 반 아이크가 새로운 유화를 창조한 것이 아니라 혁신을 기했던 것이라고 설명했다. 빻은 색소를 기름으로 섞은 다음 거기에 색을 두드러지게 하면서 작업을 수월하게 만드는 물질을 첨가했다. 그런데 그 신비한 물질이란 것은 바로…….

시간 여행을 시작한 이후 처음으로 새뮤얼은 양심에 관계되는 난처한 상황을 맞게 되었다. 발투스에게 반 아이크의 비법을 말해줘야 할까? 역사의 흐름을 바꿔놓는 위험한 짓이 아닐까? 과거의 어느 한 부분을 수정한다는 사실만으로도 막대한 반향을 불러일으킨 영화가 많이 존재하지 않는가! 이것도 그런 경우일까? 새뮤얼은 망설였다. 그러나 발투스가 반 아이크 이전에 살았던 사람이라면 물론 모든 것이 아주 달라질 것이다. 반 아이크가 아직 고안하기도 전인데 그 놀라운 비법을 발투스에게 누설한 것이라면 중대한 잘못을 저지르는 것일 수 있었다. 그러나 발투스와 반 아이크는 동시대 사람이고 현재 같은 도시에 살고 있지 않은가……. 더구나 발투스는 새뮤얼에게 아주 고마운 사람이었다. 발투스의 연구를 도와주는 것은 그 고마움을 표시하는 하나의 방법이었다. 아주 우연인 것처럼 살짝 귀띔을 해주는 정도의 수완이 필요하지만…….

"테레빈유를 사용해보셨어요?"

발투스는 어리둥절한 표정을 지었다.

"뭐라고 했나?"

"테레빈유."

"베네치아의 테레빈 말인가?"

"네, 맞아요. 제 할아버지께서는 테레빈유라고 했거든요."

"자네 할아버지가 뭐 하시던 분인데?"

새뮤얼은 잠시 머뭇거리다 대답했다.

"사실은…… 할아버지도 그림을 좀 그리셨어요."

"자네 할아버지도 화가였단 말인가?"

"전문적인 화가가 아니라……."

작업대 위를 쳐다보다 붓이 가지런히 꽂힌 토기 항아리에 눈길이 머문 새뮤얼이 말했다.

"항아리에 그림을 그리셨어요."

"항아리에?"

"네, 항아리나 단지 같은 거요. 할아버지께서는 단지에 그림을 그려서 장식하셨어요."

"희한하지만 기발한 생각인 것 같군. 그런데 베네치아의 테레빈과 무슨 관계가 있지?"

"할아버지께서는 늘 이렇게 말씀하셨어요. '사무엘, 색에서 빛이 나려면 테레빈유를 조금 섞으면 된다.'"

"베네치아의 테레빈이라……. 하긴 그게 왜 안 되겠어? 송진이야말로 물감을 잘 섞이게 하는 것인데. 가열 온도를 잘 맞춰서 증류한 송진을 기름과 색소에 첨가하면 탄력성과 투명성을 주겠지. 베네치아의 테레빈! 난 정말 생각도 못했네!"

거리 쪽으로 난 문이 벌컥 열리더니 냄새와 연기 때문에 기겁한 이제르가 소리쳤다.

"아버지? 아버지, 괜찮으세요?"

"공방에 있다!"

이제르가 헐레벌떡 뛰어들어 왔는데 추위 때문에 뺨이 불그스레했다.

"아버지, 무슨 일이에요?"

"별일 아니다." 발투스는 딸을 안심시켰다. "준비하던 걸 태웠어. 하지만 여기 있는 우리의 친구가 아주 중대한 조언을 해주었단다! 그래서 나는 뭘 좀 사러 대광장에 있는 약제상에 다녀와야겠구나. 그 사이에……."

발투스는 새뮤얼과 딸을 차례로 쳐다봤다.

"그림을 좋아한다고 했지, 와아겐 군? 재능이 있어 보이는데…… 자네가 저 그림을 완성해줄 수 있겠나?"

발투스는 약간 경사진 이젤에 놓인 이제르의 초상화를 가리키고 있었다.

"제가요?"

"그래, 자네! 우리가 시간 낭비할 필요 있겠는가? 내가 초상화를 끝내려면 며칠이 걸려야 하는데 그때는 너무 늦을 거야! 얼굴과 목, 모자는 거의 완성 단계니까 손과 드레스 주름만 그리면 되네. 최악의 경우 결과가 좋지 않으면 우리가 간직하면 되지! 그리고 초상화가 그럴듯하면 운을 시험해보는 것이고! 혹시 누가 아나, 자네가 할아버지의 재능을 물려받았을지?"

새뮤얼은 아연실색했다. 발투스가 정말로 그림을 그려달라고 제안하다니! 더군다나 이제르의 초상화를!

"저는 자신이 없습니다. 저는……."

"자, 자, 우리끼린데 그러지 말게! 도와달라고 자네에게 부탁하는 걸세! 이제르, 너는 젊은이를 기다리게 하지 말고 어서 가서 드레스로 갈아입고 와. 물감은 내가 좀 전에 팔레트에 다 준비해놨으니 여기 있는 액체를 조금 섞어서 식히면 되네. 손을 표현할 때는 특히 엷게 칠하게. 드레스는 제일 짙은 부분이니까 그리 어렵지 않을 거야. 다만 내가 이미 칠한 것에는 덧칠하지 않도록 주의하고 조심스럽게 진행하게. 무슨 일이 일어나더라도 후회할 일은 전혀 없을 걸세!"

발투스는 코트를 집어들고 집에 불이라도 난 것처럼 부리나케 뛰쳐나갔다. 공방에 홀로 남은 새뮤얼은 무엇을 해야 할지 막막했다. 전체적으로 조화는 있지만 탁월한 재능이 엿보이지 않는 초상화를 쭉 훑어보다 연필로 윤곽만 잡아놓은 하얀 부분을 살폈다. 새뮤얼은 천을 씌운 목판에 그림을 그려본 적이 한 번도 없지만 발투스가 한사코 밀어붙이니…….

몇 분 후 이제르가 검정 벨벳드레스를 입고 돌아왔는데 눈부시게 아름다웠다. 그녀는 이젤 바로 앞에 놓인 금빛 팔걸이가 있는 소파에 앉았다. 말 한마디 없이 그녀는 포즈를 잡았고, 새뮤얼은 물감을 섞기 시작했다. 이어서 붓을 집어들고 오렌지빛이 도는 장미색 물감을 찍어서 손을 칠했다. 처음에는 붓을 쥔 손이 떨렸지만 이제르의 섬세한 손가락들이 화폭 위에서 생동감을 띨수록 자신감이 생겼다. 새뮤얼은 모델의 표정을 포착하기 위해 정신을 집중하는 화가처럼 감히 그녀를 뚫어져라 쳐다보기까지 했다. 앨리시어 토드와 너무나 닮은 모습에 계속 마음이 흔들렸다. 약간 동그란 눈에 엄숙해 보이는 얼굴, 열일곱 살의 이제르가 앨리시어 토드보다는 더 성숙했다. 30분을 그렇게 서로 말없이 마주 보고 있는 어색한 분위기를 이제르가 마침내 깨뜨렸다.

"정말 알 수 없는 사람이군요. 묘지에서 갑자기 나타나서 우리를 구해주더니 이번에는 또 뭔지 모를 비법을 알려주는 것으로 아버지를 저렇게 흥분하게 만들고……. 게다가 그림까지 그릴 줄 알다니!"

새뮤얼은 칭찬받는 건지 비난받는 건지 종잡을 수가 없었다.

"에쿠테트보다 나를 불신하는 것 같군요!"

"에쿠테트? 그분이 왔어요?"

"아까, 왔다 갔어요. 당신을 찾아온 것 같더군요. 선물도 가져왔던데."

새뮤얼은 이제르의 손이 파르르 떨리는 것을 보았다.

"두 사람이 결혼할 거라고 어르신이 말씀하시더군요."

"그게 아버지의 뜻이니까." 이제르는 나직한 소리로 대답했다.

"당신의 뜻은 아니고요?"

"딸은 아버지 말씀에 복종해야 하는 것 아닌가요?"

그녀의 목소리에서 운하의 얼음물 못지않은 냉기가 느껴졌다. 새 뮤얼은 더는 캐묻지 않았다. 붓을 헹구고 팔레트에 담긴 더 짙은색 물감에 액체를 한 방울 떨어뜨렸다. 드레스의 벨벳을 표현하려면 깊은 맛이 나는 어두운 색이 필요했다. 짙은 자줏빛을 띠는 검은색이면 완벽하게 어울릴 텐데…….

"우리 집에 오래 머물 거예요?" 이제르가 잠시 후에 물었다.

"가능한 빨리 떠날 테니 안심해요. 돈을 좀 벌 동안만……."

"계속 크레인킨더로 일하려고요?"

"다른 방법이 없으면 할 수 없죠……."

"하지만 그건 계속할 만한 일이 아니라고 하던데……. 좀도둑들이나 할 일이라고 말하는 사람도 있어요."

이제르도 나를 묘지의 강도들과 공범으로 보는 것인가! 무슨 이런 선입견이 있담!

"항구에서 일하라고 제안한 사람은 당신 아버지였다는 걸 상기시켜야겠군요. 나는 브루게에 막 도착했고 아는 사람이 아무도 없어요. 어제 당신들을 공격했던 놈들도 물론 모르고요. 그게 알고 싶은 모양인데!"

이제르는 머뭇거리다 마침내 툭 내뱉었다.

"그 말을 정말 믿고 싶군요."

발투스는 몹시 흥분해 있었다. 저녁을 먹고 나서 무려 세 시간이
나 화덕 주위를 빙빙 돌면서 계속 장작을 던져넣었고, 냄비에 약간
의 기름과 테레빈을 첨가하고 노련한 손놀림으로 혼합물을 휘저었
다. 냄새가 어찌나 역한지 혹독하게 추운 날씨에도 불구하고 창문
을 모두 열어놓아야 했다. 추워서 손이 곱은 새뮤얼은 옷깃을 코 위
까지 올린 채 관심 있는 태도를 보이려고 애를 썼지만 실은 자고 싶
은 한 가지 욕망밖에 없었다. 그러나 아직 일이 끝나지 않았는데 안
달을 떠는 것은 예의에 벗어나는 것이라 꾹 참고 있었다.

"됐어!" 발투스가 열광했다. "이 색깔 좀 보게! 목적을 달성한 것
같군! 번질번질하잖아! 거기 유리병 좀 집어주겠나?"

새뮤얼은 부스스 일어나서 유리병을 건네주었다. 발투스는 화덕
부뚜막에 유리병을 올려놓고 병 주둥이에 깔때기를 꽂았다. 이어
서 냄비의 내용물을 조심스럽게 따랐는데 액체의 증기에서 진동하
는 용연향 때문에 눈이 따가웠다.

"자, 이제 내일까지 이대로 식히면 돼. 이걸 고운 체에 받아 한 번
더 끓인 다음……."

발투스의 눈빛이 어린아이처럼 반짝거렸다.

"그림에 시험해봐야지. 그래서 결과가 좋으면……. 이런 미안하
네, 오늘 저녁 내가 자네를 너무 귀찮게 했군. 이제 그만 가서 눈을
좀 붙이세."

발투스가 유리병에 젖은 천을 씌우는 사이에 새뮤얼은 창문을 닫고 촛불을 끄러 다녔다.

"잘 자게, 사무엘 와아겐. 그리고 베네치아의 테레빈을 알려줘서 정말 고맙네!"

새뮤얼은 뒷방으로 가는 척하다가 발투스가 들고 가는 불빛이 충계로 사라지자마자 되돌아섰다. 천이나 가죽을 자를 수 있는 도구가 필요한데…… 아무리 둘러봐도 가위가 보이지 않아서 선반에 놓인 뾰족한 칼 두 개를 집어들었다. 희미한 어둠 속에 드러난 이제르의 초상화가 으스스해 보였지만 새뮤얼은 자신이 그린 손에 대해서만은 자랑스러움을 느꼈다. 그 손 누가 그렸는지 참 잘 그렸네! 저 정도면 누가 봐도 발투스가 그렸다고 믿을 거야!

뒷방으로 들어온 새뮤얼은 들보 위에다 숨겨둔 핸드폰을 꺼내서 날짜를 봤다. 6월 10일 목요일, 23시 11분. 떠나온 지 약 6시간……. 할머니가 몹시 초조해하고, 릴리도 불안해하고 있겠지만 그래도 6시간 정도의 행방불명이라면 아직까지는 괜찮았다. 릴리, 계속해서 나를 생각해줘! 제발, 제발!

새뮤얼은 핸드폰 기능을 다시 한 번 확인했다. 그러고는 내일 해야 할 몇 가지 계획을 세웠다. 우선 이 도시를 몇 장 찍을 생각이었다. 1430년, 눈 내리는 도시 브루게, 세계적으로 화제가 될 특종이야! 하지만 그럴수록 아주 조심스럽게 행동해야 해. 이런 기계를 갖고 있다가 붙잡히면 감옥이나 화형을 면할 수 없을 거야…….

새뮤얼은 옷을 벗고 전날 강도 중 한 명—크레인킨더들의 말에 따르면 멜키오르—에게서 '빌린' 외투를 살펴봤다. 양털로 안감을 댄 가죽옷이었다. 핸드폰이 들어갈 만한 주머니를 만들고 거기에 구멍을 내면 들키지 않고 사진을 찍을 수 있을 텐데. 필요할 경우에는 하녀가 일어났을 때 바늘과 실을 빌리면 돼.

새뮤얼은 도려낼 만한 데를 찾기 위해 옷 안쪽을 샅샅이 뒤졌다. 왼쪽 소매 안쪽에 감쪽같이 만들어놓은 비밀주머니가 있었다. 손가락 세 개가 쑥 들어가는 걸 보니 위쪽만 조금 넓히면 핸드폰이 들어가기에 충분한 공간이었다. 어, 근데 이게 뭐지……? 손가락에 종이가 만져졌다. 돌돌 말아놓은 종이……. 새뮤얼은 불빛 앞에서 종이를 풀었다. 갈겨쓴 글씨라서 거의 알아볼 수가 없었다. 새뮤얼은 여러 번 들여다보고 나서야 대충 읽을 수 있었다.

하느님의 이름으로, 아멘. 1월 7일, 브루게. 그리말디 환전상은 내 돈 중에서 3리브르 12수를 이 소지인에게 내어준다. 지불날짜는 11일부터이며, 단 내 쪽에서 다른 연락이 없고, 제대로 이행되었을 경우에 한한다. 하느님께서 늘 지켜주시기를!

사인도 있지만 다른 글씨보다 더 알아볼 수가 없었다. 이게 무슨 내용이지? 돈, 그리말디 환전상, 소지인—뭘 가지고 있다는 건가?—, 내 쪽에서 다른 연락이 없고, 제대로 이행되었을 경우에 한한다? 새뮤얼은 머리를 굴려봤지만 무슨 말인지 이해할 수가 없었다. 조만간 일어날 일인 것 같은데……. 멜키오르가 누군가를 털다가 우연히 이걸 손에 넣은 걸까? 어쨌든 새뮤얼은 내일 부르스 광장으로 다시 갈 생각이었다. 그곳에 이 일과 관련된 환전상이 있다면 자세히 알 수 있겠지. 그리고 내심 또 다른 꿍꿍이도 있었다.

새뮤얼은 턱이 빠져라 크게 하품했다. 생각지도 않게 비밀주머니를 발견했으니 귀한 시간을 벌지 않았는가. 새뮤얼은 날카로운 칼을 들고 가죽에서 가로 세로 4센티미터 정도의 구멍을 도려냈다. 들킬 걱정 없이 사진을 찍을 수 있는데다 사진이 잘못 찍혔다 싶으면 몇 번이고 다시 찍을 수도 있으니…… 이게 바로 21세기의 마법이란 말씀이지!

새뮤얼은 이불 속에서 기분 좋게 몸을 웅크렸다. 이제 자는 거야! 입구 쪽에서 부스럭거리는 소리가 들렸지만 새뮤얼은 너무 피곤해서 눈썹 하나 까딱할 수가 없었다.

XV

3리브르 12수

"가야 해. 그래, 가자." 새뮤얼은 심호흡을 하면서 용기를 냈다.

새뮤얼은 결연한 걸음으로 부르스 광장을 가로질러서 상인과 행인으로 혼잡한 거리를 뚫고 나아갔다. 이틀 전보다는 날씨가 좋았다. 눈이 녹으면서 땅은 신발과 장화에 다져져 질퍽거리는 진창으로 변했다. 시내에는 늘 사람이 많았고, 새뮤얼은 마침내 경기장에 나와 있는 갑옷 차림의 투사들을 구경할 수 있었다. 빙 둘러선 마술교관들과 병사들이 트럼펫을 불면서 경기에 나선 투사들의 공적을 떠들어대고 있었다. 정오의 햇살을 받아 번쩍이는 투구와 화려한 방패, 금속갑옷과 덩치 큰 말들을 바로 눈앞에서 보게 되다니! 새뮤얼은 강한 인상을 받았다. 이런 게 진짜 병기들이구나! 군중의 함성 속에서 챙챙, 창들이 부딪치며 부러지는가 하면 투사들이 땅바닥으로 떨어지면서 먼지와 진흙이 사방으로 튀었다. 구경하려고 구름같이 모여드는 사람들 틈에서 이리 떠밀리고 저리 떠밀리면서도 새뮤얼은 용케 외투자락을 벌리고 사진을 서너 장쯤 찍었다. 계획 했던 목적을 달성했기 때문에 새뮤얼은 더는 지체하지 않고 환전 상들의 거리로 향했다.

바르톨로메오 환전상은 대번에 찾을 수 있었다. 저렇게 소리를 질러대는데 지나치려야 지나칠 수 있을까. 바르톨로메오의 조카는 여전히 왼쪽에 앉아서 계산대 쪽으로 고개를 숙이고 있었다. 새뮤 얼은 다음 손님이 나서길 기다리면서 윗도리에 손을 집어넣고 핸 드폰에 있는 계산기 기능을 눌렀다. 내 앞날을 결정지을 게임이 이 제부터 시작되는 거야!

의례적인 인사말을 나눈 뒤 두 남자가 협상에 들어갔다. 옷감을 사러 브루게에 온 포동포동한 대머리 상인은 베네치아 금화 642두 카를 브루게의 리브르와 수로 바꾸려 했다. 전날 관찰한 것과 발투 스가 알려준 정보에 따르면 1리브르는 20수, 1수는 12드니에에 해 당하니까 1리브르는 240드니에였다. 십진법에 익숙한 새뮤얼에게 는 계산하기가 좀 복잡했지만 슬그머니 연습하고 있었다.

"1두카에 1수 5드니에 쳐주겠소." 바르톨로메오가 말했다.

"1수 7드니에." 상인이 응수했다.

"이보시오, 가브리엘! 내가 가게 문을 닫기 바라시오? 정말 내가 파산하는 꼴을 보고 싶지 않거든 1두카에 1수 6드니에로 합시다.

가브리엘, 더는 한 푼도 안 되겠소!"

"좋소, 그럽시다!"

"엔초, 1두카에 1수 6드니에로 642두카를 환산해라!"

바르톨로메오의 조카가 주화를 세는 사이에 새뮤얼은 외투로 얼굴을 반쯤 가리고—액정화면이 밝아서 정말 고맙군!—계산기를 눌렀다. 1수는 12드니에니까 1수 6드니에 = 1.5수. 642두카×1.5 = 963수. 1리브르가 20수니까 963/20 = 48.15리브르. 48리브르는 따로 기억해두고 나머지 0.15리브르를 수로 환산해보자. 1리브르 = 20수, 따라서 0.15리브르는 0.15×20수 = 3수. 아까 몇이었지? 응, 48이었지!

"48리브르 3수." 새뮤얼은 큰 소리로 자신 있게 외쳤다.

계산하는 데 걸린 시간은 40초였다. 바르톨로메오와 베네치아 상인이 놀란 얼굴로 새뮤얼 쪽을 돌아봤다.

"48리브르 3수, 확실합니다." 새뮤얼은 반복했다.

뜻밖에 경쟁을 하게 된 엔초는 당황한 얼굴로 다시 계산에 들어갔고 적어도 2분이 지나서야 말했다.

"네, 맞아요, 삼촌. 48리브르 3수가 맞아요."

바르톨로메오는 잠자코 새뮤얼을 쳐다보다가 의자 밑에 있는 금고에서 꺼낸 돈을 베네치아 상인에게 내주었다. 두 번째 손님이 곧바로 다가왔는데 그는 에스파냐 은화 300레알을 브루게 화폐로 바꾸려고 했다. 그들은 훨씬 험악한 대화를 주고받다가―바르톨로메오는 어찌나 열을 올렸는지 눈에 핏발까지 서 있었다―환율에 대해 합의하기에 이르렀다. 1레알당 35드니에로 환산하기로 결정되었다.

"엔초!" 바르톨로메오는 새뮤얼을 곁눈질하면서 말했다. "300레알을 1레알당 35드니에로 계산해."

새뮤얼은 즉시 계산에 들어갔다. 300레알 곱하기 35드니에는 10500드니에. 1리브르가 240드니에니까 10500/240 = 43.75리브르. 아까 십진법으로 계산했을 때 1리브르가 20수였으니까 0.75×20 = 15수.

"43리브르 15수." 새뮤얼은 선언하듯 내뱉었다.

불쌍한 엔초는 당황한 빛이 역력한 얼굴로 한참을 끌다가 같은 답을 내기에 이르렀다. 계산을 끝낸 손님이 떠나자 바르톨로메오가 새뮤얼에게 직접 말했다.

"어떻게 그렇게 빨리 계산을 하나?"

"연구했거든요." 새뮤얼은 태연하게 대답했다.

"계산하는 연구를 했다는 뜻이니?"

"네."

"너만의 비법이 있단 말이지?"

사실 새뮤얼은 이런 질문을 예상하고 준비해놓은 것이 있었다.

새뮤얼은 윗옷 안쪽에 목탄으로 그린 바둑판무늬를 보여주었다. 만일의 경우 알리바이를 위해 숫자를 잔뜩 적어놓았으니 얼마나 기발한가! 푸흡, 요건 몰랐을 거다!

"나만의 독창적인 방법이죠. 손가락으로 세다가 이것으로도 계산을 하거든요."

"내가 문제를 내지. 543의 956배는?"

새뮤얼은 외투 안에 손을 쓱 집어넣고 바둑판무늬로 계산하는 것처럼 속임수를 썼다.

"519108." 새뮤얼은 즉각 계산했다. 이 정도쯤이야!

바르톨로메오는 새뮤얼을 찬찬히 뜯어보더니 갑자기 무슨 결정을 내린 것 같았다.

"엔초, 경기장에 가서 구경하고 싶지 않니? 오늘은 이탈리아 투사들이 경기하는 날인데……. 종루에서 제5시를 알리는 종소리가 울리면 잽싸게 돌아오너라, 알았니?"

말이 끝나기가 무섭게 발딱 일어난 엔초는 새뮤얼에게 자리를 내주면서 속삭였다.

"고마워! 괜찮으면 네가 오후에 계속 이렇게 와주면 좋겠다!"

계산대 앞에 자리를 잡은 새뮤얼은 남몰래 핸드폰을 조작하기 위해 벽에 비스듬히 기대앉았다. 첫 단계는 성공!

"엔초는 내 조카야. 계산은 제법 하는데 너무 느려서 탈이야! 이제 나는 예전 같지 않게 눈이 자꾸 침침해서 조수가 필요하단 말이지. 날마다 너 같은 애가 옆에서 도와준다면…….”

바르톨로메오는 다른 사람들이 듣지 못하게 나직하게 말했다.

“그 대가로 얼마나 주면 되겠느냐?”

“사실…… 저는 특별한 주화를 찾고 있어요. 가운데 구멍이 뚫린 것인데 혹시 갖고 있어요?”

바르톨로메오는 음, 이 아이는 보통아이가 아냐! 하는 얼굴로 머리를 긁적이면서 허리를 숙이고 잠시 금고 안을 뒤적거렸다.

“모피 장사꾼한테서 받아둔 게 한두 개 있었는데……. 얼떨결에 받았다가 나중에 내 손가락을 물어뜯고 싶었지. 헝가리 주화라고 했던가…… 아무튼 그놈의 주화를 원하는 사람이 아무도 없었으니까.”

바르톨로메오는 보여줄 둥 말 둥 누런 동전 두 개를 감질나게 보여주었다. 동으로 만든 건가? 언뜻 보기에 크기는 딱 맞는 것 같고 가운데 구멍도 뚫려 있잖아! 빙고!

“네가 일을 잘하면 두 개 다 주마.”

새뮤얼은 전율이 일었다. 내 판단이 맞았어. 제대로 짚은 거야! 돈을 취급하는 사람에게서 동전을 찾을 줄 알았다니까! 앞으로 손님 몇 명의 계산만 잘해주면…….

마침 새로운 손님이 다가왔는데 손에 가죽주머니를 들고 있었다.

그는 계산대 위에 주머니를 쏟았다.

"피렌체 금화 1000플로린이오, 바르톨로메오. 값을 잘 쳐서 빨리 바꿔주시오. 옷감시장이 문 닫기 전에!"

시간이 얼마나 흘렀을까, 정신없이 곱셈과 나눗셈, 덧셈, 뺄셈에 이율까지 계산하던 새뮤얼은 수학 선생님의 얼굴을 떠올렸다. 평소에도 이렇게 열심히 수학문제를 풀었다면 큐버트 선생님이 얼마나 칭찬을 했을까! 계산이 너무 복잡해서 새뮤얼이 한두 번 낑낑대자 바르톨로메오는 오히려 로마는 하루아침에 세워진 것이 아니라면서 느긋한 태도를 보였다. 마침내 그 놀라운 계산능력을 보려고 구경꾼이 모여들기 시작했고, 새뮤얼이 빠르고 정확한 답을 낼 때마다 박수를 보냈다. 적어도 핸드폰 배터리가 충분히 남아 있는 한 새뮤얼은 계산원이란 직업에서 두각을 나타낼 수 있었다. 얼마 후 환전하러 오는 상인들이 뜸해지면서 하루 일과가 끝나가고 있었다. 바르톨로메오는 다음 날도 와달라고 제안하면서 마음을 끌기 위해 '특별한 동전'—아마도 갖고 있자니 쓸모가 없고 남 주기는 아까워서 그냥 간직하고 있던 것들—을 보여주었지만, 새뮤얼은 시큰둥한 태도를 취했다. 일단 동전 두 개를 손에 넣고 태양문양에 맞는 크기인지 확인한 다음 새뮤얼이 환전상에게 물었다.

"보여주고 싶은 종이가 있어요. 누구한테 받은 건데 무슨 뜻인지 이해를 못해서요."

새뮤얼은 멜키오르의 비밀주머니에서 발견한 쪽지를 내밀었다. 바르톨로메오는 코안경을 똑바로 쓰고 읽어내려 갔다.

" '1월 7일 브루게. 그리말디 환전상은 내 돈 중에서 3리브르 12수를 이 소지인에게 내어준다. 지불날짜는 11일부터이며, 단 내 쪽에서 다른 연락이 없고, 제대로 이행되었을 경우에 한한다. 하느님께서 늘 지켜주시기를!' 이건 약속어음이구나."

"약속어음이요?"

"그래. 어음을 쓴 사람이 그리말디 환전상에게 맡겨놓은 돈이 있는 모양이군. 이 어음 소지인은 11일부터 그리말디에게 가서 3리브르 12수를 받을 수 있다는 뜻이야."

"소지인이 누구예요?"

"소지인? 그거야 너지! 어음을 갖고 있는 사람이 너잖아?"

"그리말디 환전상에게 가면 내가 이 금액을 받을 수 있다는 거예요?"

"물론이지. 근데 한 가지 조건이 있군. 어음에 서명한 사람이 지불하지 말라는 연락이 없어야 하고, 그 사람이 명한 임무가 제대로 이행되었어야 한다는 조건이 붙어 있어."

"임무요?"

"그래, 임무! 쪽지에 적혀 있잖아. '제대로 이행되었을 경우' 라고. 임무가 이행되었고, 어음을 준 사람의 생각이 변하지 않을 경우에는 환전상이 돈을 내줄 거다. 만약 네가 그 일을 제대로 하지 못했을 경우에는 그리말디에게 돈을 주지 말라고 하겠지. 모르고 있었단 말이니?"

"물론 알고 있었죠. 하지만 저한테는 내용이 좀 복잡해서요."

"그럼 임무는? 무슨 일을 하라는 거였는데?"

"그게…… 계산하는 일이었어요. 계산할 게 아주 많았거든요. 근데 왜 나한테 돈으로 주지 않고 이런 어음으로 지불하죠?"

"어음은 여기서 아주 흔하게 쓰이는 거야. 멀리 떨어져 있는 사람에게 돈을 지불할 수 있거든. 예를 들어 내가 로마에서 어음을 써서 너에게 보내면 너는 브루게에서 그 어음을 돈으로 바꿀 수 있어. 그렇게 하면 돈이 움직이는 것이 아니라 종이가 움직이는 거니까 훨씬 덜 위험하지."

"어디로 가면 그리말디 환전상을 만날 수 있죠?"

바르톨로메오가 손가락으로 가리켰다.

"바로 맞은편 집이야!"

새뮤얼은 바르톨로메오에게 고맙다고 인사한 뒤에 동전을 손에 꽉 쥐고 광장을 건넜다. 이것만 해결하고 집으로 돌아가자……. 새뮤얼은 30미터쯤 앞에 서서 지켜봤다. 큰 책을 잔뜩 쌓아놓은 탁자 앞에 무뚝뚝해 보이는 노인이 앉아 있었다.

"소년은 뭘 원하는가?" 그리말디가 억지미소를 지으며 물었다.

새뮤얼은 탁자 위에 어음을 내려놨다. 말을 많이 하지 않을수록 난처한 일을 당할 위험이 적었다. 그리말디는 낡은 양피지처럼 쭈글쭈글한 긴 손가락으로 종이를 집어들더니 경계하는 태도로 훑어봤다. 그러나 사인을 보는 순간 호의적인 눈빛으로 변했다.

"아, 클러그 씨의 대리로 왔군!"

클러그 씨? 전혀 모르는 사람이지만 새뮤얼은 천연덕스럽게 고개를 끄덕이지 않을 수 없었다. 그런데 어음의 내용을 자세히 읽으면서 환전상의 얼굴이 점점 굳어지고 있었다.

"3리브르 12수." 그리말디는 짐짓 믿어 의심치 않는다는 목소리로 중얼거렸다. "음, 음, 완벽해. 잠깐 들어갔다 나와야겠군."

의자에서 일어난 그리말디가 가게 안으로 들어가려다 말고 말했다.

"여기서 기다리게, 돈을 갖고 나올 테니."

문으로 들어간 그리말디가 유리창 너머로 보였는데 그림자 연극을 보는 것 같았다. 그리말디는 하인들을 불러모으는 것처럼 두 팔을 크게 휘두르고 있었다. 두 사람의 실루엣이 나타나자 그는 바깥을 가리키면서 무슨 지시를 내리는 것 같았다.

어? 저건 나를 가리키는 거잖아……. 새뮤얼은 순간적으로 이상한 느낌이 들었다. 클러그 씨가 도난당한 어음이라고 환전상에게 연락한 걸까? 그 경우라면 그리말디가 경찰에 신고할 텐데……. 그건 안 돼, 지금은 절대 안 돼!

　도둑이라고 외치면서 누군가가 뛰어나오기 전에 새뮤얼은 얼른 몸을 숨겼다. 광장 끝에 이르자 새뮤얼은 군중 속으로 뛰어들었다. 너무 알려고 하다가는 큰코다친다는 교훈인가!

　동전이 작동하지 않았다……. 동전이 작동하지 않다니! 새뮤얼은 동전을 이렇게도 대보고 저렇게도 대봤지만 태양문양의 돌은 완강히 거부하듯 꿈쩍도 하지 않았다. 동전 가장자리가 좀 우툴두툴하지만 크기는 딱 맞는데…… 뜨거운 열기는커녕 진동하는 기미조차 없었다. 묘지의 비석처럼 태양문양의 돌은 차갑고 미동도 하지 않았다! 화가 난 새뮤얼은 동전 두 개를 웅덩이에 던져버렸다. 이러다 브루게에서 꼼짝 못하게 되는 거 아냐?

　이날 저녁 새뮤얼은 너무나 우울했다. 이제르가 오후 내내 뭘 하면서 보냈냐고 말을 걸었지만 새뮤얼은 돈을 벌기 위해 여기저기 돌아다녔다고 대충 둘러댔을 뿐이다. 발투스는 다음 날 경연에 초상화를 출품할 생각으로 들떠 있는데다 반 아이크의 비법을 알아내기 직전이라서 몹시 흥분해 있었다.

　"다 된 것 같아! 물감에 섞기에는 기름이 아직은 너무 끈적거리지만 거의 완벽해. 길드에서 이제 곧 나를 대가로 추대할 거야!"

　발투스는 그런 눈부신 성과를 거두는 데 기여한 새뮤얼의 역할을 잊어버린 것 같았다. 하녀도 심통을 부리면서 새뮤얼에게 그 집 식구에 비해 너무 표가 나게 고기수프를 반만 떠주는가 하면 고기라곤 한 점도 붙어 있지 않은 뼈다귀만 접시에 담아주었다. 새뮤얼은 그러거나 말거나, 배가 고프지도 않고 입맛도 없어 신경 쓰지 않았다.

자정이 넘은 시간, 새뮤얼은 침대에 누웠지만 눈을 뜨고 있었다. 동전을 손에 넣기 위해 바르톨로메오 환전상의 일을 그렇게 열심히 도왔는데 결국 귀중한 시간만 낭비한 셈이었다. 이제 어디 가서 찾지? 비유부아 묘지의 교회는 굳게 닫혀 있는 시간이니 그곳으로 가더라도 동전을 찾을 방법이 없었다. 대체 동전은 어디 있는 거지? 아버지는 어디 계신 거지? 나 자신도 이곳에서 빠져나가지 못한다면 아버지를 어떻게 구하겠는가!

만족할 만한 것은 딱 한 가지밖에 없었다. 사진. 시합을 벌이는 투사들을 찍은 사진은 흔들렸는지 흐릿했고, 묘지로 가면서 브루게 시내를 찍은 사진은 제법 괜찮았다. 성벽, 종루, 종, 시내의 전경……. 건질 것은 이것뿐이란 말인가!

복도에서 바스락거리는 소리가 났다. 이어지는 현관문 소리! 이번에는 새뮤얼이 잠들어 있지 않았다. 새뮤얼은 후닥닥 옷을 입고 살금살금 공방을 나갔다. 빗장이 풀어져 있었다. 대문 밖, 눈이 쌓여 있던 길은 거무스름한 진흙길로 변해 있었다. 신발자국이 오른쪽으로 나 있었다. 새뮤얼은 외투 단추를 채우면서 지체 없이 뒤를 쫓았다. 운하 쪽으로 이어지는 발자국을 따라 멀찍이 떨어져서 미행하다가 서너 개의 골목길을 지나 레 강의 다리에 이르렀다. 그러나 운하에는 아무도 없었다.

그때 뒤에서 갑자기 누군가가 새뮤얼에게 달려들었다.

"이런 쥐새끼 같은 놈! 뭘 염탐하는 거냐?"

우악스런 손아귀에 팔을 잡힌 새뮤얼은 옴짝달싹할 수가 없었다. 키가 큰 금발 청년이 새뮤얼을 무섭게 노려보았다.

"네가 연루되어 있을 줄 알았지! 발투스 어르신이 깜박 속아 넘어간 거야!"

청년의 떡 벌어진 어깨와 헝클어진 갈기머리 너머로 머리에 두건을 뒤집어쓴 이제르의 모습이 보였다. 이제르가?

"이제르를 미행했지?"

"아니에요." 새뮤얼은 청년의 손아귀에서 빠져나오려고 애를 쓰면서 반박했다. "나는 이제르인지 몰랐어요. 한밤중에 누군가가 집에서 나가는 게 벌써 세 번째라서……."

"아니, 넌 이제르를 미행했어! 이놈은 지난번에 두 사람을 공격했던 놈들과 한 패가 틀림없다니까! 이번에는 내가 따끔하게 본때를 보여주지!"

"잠깐, 프리드리히!" 이제르가 끼어들었다. "거짓말하는 것 같지 않아. 우연의 일치일 수도 있어."

"우연의 일치? 신도 아닌데 어떻게 무슨 일이 생길 때마다 불쑥 불쑥 나타나서 도와줄 수 있어? 그러고는 결국 당신 집에 눌러앉았 잖아! 에쿠테트의 첩자라니까! 그자는 그러고도 남을 인간이야! 때 려죽여도 시원치 않은 작자라고!"

"프리드리히, 그런 험한 말하지 마, 하늘이 노하겠어. 아버지가 아시면……."

"계속 이러면 소리 지르겠어요." 새뮤얼이 엄포를 놓았다. "너무 억울해서 마을 사람들에게 좀 물어봐야겠어요."

"놓아줘, 프리드리히!" 이제르가 말했다. "마을 사람들이 몰려나 오면 우리는 궁지에 빠져!"

청년은 마지못해서 새뮤얼을 놓아주었다.

"무슨 일인지 설명해봐요. 어제도 말했잖아요, 에쿠테트는 내 친 구가 아니라고! 그자도 나를 도둑놈으로 생각하고 있단 말이에요!"

"그럴 리 없어!" 프리드리히는 씩씩거렸다. "놈들을 보낸 게 그 작자야……."

"놈들을 보낸 게 그자라고요?"

"프리드리히는 그렇게 확신하고 있어요." 이제르가 덧붙였다.

"처음부터 에쿠테트가 놈들을 고용해서 우리를 공격한 거라고 굳게 믿고 있어요."

"당신과 결혼하고 싶어하는 사람이 공격을 해요?"

"그자는 위선자야." 프리드리히가 야유했다. "발투스 어르신이 더 이상 그림을 그리지 못하게 하려고 팔을 부러뜨린 거야. 초상화를 출품하지 못하게 하려고! 경연에서 상을 타면 안 되니까!"

"아버지가 경연대회에서 상을 못 타야 나와 결혼하는 것이 유리하니까요." 이제르가 덧붙였다. "무엇보다도 나에게 부족한 것이 없기를 바라는 마음에서 아버지가 그와의 결혼을 긍정적으로 생각한다는 걸 알고 있으니까요. 집에 돈이 생기면 아버지가 망설일 테니까."

그러니까 에쿠테트는 발투스가 경연대회에 작품을 내지 못하게 하려고 함정을 놓았단 말인가? 그래서 내 존재를 탐탁지 않게 여긴 거였어! 에쿠테트에게는 내가 모든 걸 망쳐놓는 훼방꾼이었던 거야!

"그 외에도 그자는 아주 비양심적인 일을 하고 있어." 이번에는 프리드리히가 덧붙였다. "그의 실험실에 여러 번 들어갔는데 온통 해괴한 것들로 가득했지! 이상한 가루, 낡은 마법서, 죽은 동물들이 담긴 표본병……. 이제르를 그 소굴에 들어가게 내버려둘 수 없어! 아마 미쳐버리고 말 거야!"

"그의 실험실에 자유롭게 들어갈 수 있어요?"

"나는 그자가 사는 궁전 프린센호프의 시종이야. 그자가 있는 탑에 가서 여러 번 시중을 들었으니까. 그자가 이상한 금속을 가지고 연구할 때 시커먼 연기가 솟구쳐서 불이 난 줄 알고 한바탕 소동이 일어난 적도 있었지!"

"우리가 만난 것도 바로 프린첸호프였죠." 이제르가 거들었다.

"그러다 우리는 사랑에 빠지게 됐고……."

새뮤얼은 상상이 갔다.

"그래서 밤마다 몰래 만나는 거예요?"

"아버지가 우리의 결혼에 대해서는 말도 못 꺼내게 하니까요. 프리드리히에게 재산이 없다고……." 이제르는 씁쓸한 어조로 말했다. "거드름이나 피우는 에쿠테트 클러그와는 비교가 안 되는 정말 정직하고 근면한 사람인데."

"클러그?" 새뮤얼은 화들짝 놀랐다. "에쿠테트의 성(姓)이 클러그예요?"

"네, 왜요?"

"클러그! 당신 말이 맞았어요! 에쿠테트가 맞아요! 강도들을 고용한 사람이 그자예요! 내가 그 증거를 갖고 있어요!"

프리드리히는 뱀에게 물린 것처럼 새뮤얼을 쳐다봤다.

"지금 장난하는 거 아니죠?"

"이제르, 기억하죠? 그날 묘지에서 내가 강도에게서 빼앗은 윗도리 말이에요. 그 옷의 안주머니에 클러그가 서명한 어음이 들어 있었어요. 분명히 클러그였어요! 임무를 이행하는 대가로 3리브르 12

수를 주겠다는 약속어음이었어요. 그 임무가 바로 당신 아버님을 공격하는 것이었고요!"

"비열한 놈!" 프리드리히가 흥분했다. "에쿠테트는 그러고도 남을 작자야……."

"목소리 좀 낮춰, 프리드리히, 제발! 그 어음을 갖고 있어요?" 이제르가 눈을 반짝이면서 새뮤얼에게 물었다. "아버지에게 그걸 보여드리면 깨달으실 거예요!"

"이런! 그 어음을 그리말디 환전상에게 줬는데……." 새뮤얼이 대답했다. "그렇게 중요한 것인지 짐작도 못했어요."

거북한 침묵이 흘렀다. 실망한 두 연인은 고개를 떨어뜨렸다. 그들이 에쿠테트를 떼어낼 절호의 기회였는데!

"나한테 좋은 생각이 있어요." 새뮤얼이 말했다.

사건의 전모가 점점 명확해지고 있었다. 만약 클러그가 사건을 꾸몄다면 그도 그날 숲 속에 숨어서 현장을 지켜보고 있었을 거야. 이 추측이 맞는다면 동전은 태양문양의 돌 가까이에 있었을 거야. 어쨌든 그리 먼 곳에 있지는 않았을 거야……. 그날 클러그가 동전을 손에 넣은 것이 아닐까?

"에쿠테트가 금속을 연구한다고 했죠?" 새뮤얼이 물었다. "이제르를 위해 그가 만든 촛대를 봤어요. 혹시 그자가 주화를 만들지 않았어요?"

"주화를 만드는 건 금지되어 있어." 프리드리히가 대답했다. "그 실험실에서 납작한 금속, 메달 같은 것들은 봤지."

메달…….

"좋은 생각이 뭐죠?" 이제르가 물었다.

"그 결혼을 하지 않으려면 에쿠테트에 대한 증거가 필요하겠죠? 내가 직접 그의 실험실로 찾으러 가겠어요. 프리드리히가 안내해 준다면."

XVI

연금술사

"휘익!"

새뮤얼이 돌아섰다. 프리드리히가 홀 안쪽의 문 앞에 있다가 신호를 보냈다. 프린센호프의 어마어마하게 큰 홀에 모인 초대 손님 300여 명 중 누구도 그들에게 관심을 기울이지 않았다. 화가들이 출품한 초상화 30여 점이 벽을 따라 줄지어 놓여 있지만, 사람들은 대부분 회색과 흰색 제복 차림의 하인들이 따라주는 뜨거운 포도주의 짙은 향에 취해서 대형테이블 앞에 모여 있었다. 번쩍거리는 빨간색 망토를 걸친 필리프 백작이 위엄 있는 모습으로 등장하자 웅성거림이 일었다. 에쿠테트는 셋째 줄에 서 있었다.

"지금이에요!" 이제르가 속삭였다.

새뮤얼은 뜨거운 포도주 한 잔을 손에 든 채 그림을 감상하는 체하면서 슬금슬금 안쪽으로 빠져나갔다.

백작이 듣기 좋은 음성으로 선언했다.

"친애하는 귀빈 여러분, 프린센호프에 오신 걸 환영합니다! 나는 브루게 이미지 공방의 예술가들이 훌륭한 작품들을 내놓았으리라 확신합니다. 따라서 이제부터 초상화들을 감상하고 경연을 시작합시다!"

환호성이 이는 순간 새뮤얼은 재빨리 반쯤 열린 문 안으로 들어갔다.

"경연은 시간이 좀 걸릴 거야. 자, 서두르자!"

프리드리히가 속삭였다.

두 사람은 하인들이 이용하는 복도 몇 개를 지나 궁전 모퉁이에 있는 탑에 이르렀다.

"에쿠테트가 기거하는 데가 여기야." 프리드리히가 설명했다.

"내려가는 층계는 부엌으로 연결되고, 올라가는 층계는 숙소와 실험실로 연결되어 있어."

"누군가와 마주칠 위험은 없어요?"

"경연 때문에 모두 정신없이 바빠. 에쿠테트도."

"실험실 문을 어떻게 열죠?"

프리드리히는 기다렸다는 듯이 쇠고리에 매달린 보통 크기의 열쇠를 흔들어 보였다.

"그럼 됐어요. 당신은 여기 있다가 누가 올 경우 나에게 알려주는 것이 좋겠어요."

"나랑 같이 가는 게 아니고?"

"그러다 둘 다 잡히면 어떡하고요? 당신은 망을 보는 게 나아요. 그게 더 안전해요. 일이 잘못될 경우 숨을 만한 데는 있어요?"

"실험실 위쪽이 탑 꼭대기야."

"알았어요. 누군가가 오면 나한테 빨리 알려주고 그 위로 가서 숨기로 해요. 운이 좋으면 발각되지 않을 거예요."

"그런데 증거를 어떻게 찾지?"

"그건 내가 알아서 할게요. 어쨌든 나도 에쿠테트에게 회수할 것이 있으니까요."

새뮤얼은 잽싸게 층계를 올라갔다. 두 번째 층계참에서 늑대 입 모양의 큼직한 자물쇠에 열쇠를 넣고 돌리자 경첩이 삐걱거리면서 문이 열렸다. 꽤 넓은 창문 두 개에서 빛이 들어와 방은 생각했던 것보다 어둡지 않았다. 유리병, 양피지가 잔뜩 쌓여 있는 탁자, 박제로 만든 새, 이상한 판화가 어지럽게 널려 있는 원형 방, 게다가 천장에는 금속도구들이 곰팡이 슨 소시지처럼 주렁주렁 매달려 있었다. 탄내가 진동하는 것은 발투스의 공방이나 다를 바가 없었다. 벽난로 맞은편에 클러그가 실험하는 것이 틀림없는 화덕이 있었다. 선반에는 알코올 증류기, 약초와 가루가 든 단지, 표본병에는 작은 동물들―쥐와 도마뱀―이 푸르스름한 액체에 담겨 있었다.

새뮤얼은 연금술에 관해 아는 지식을 전부 기억하려고 정신을 집중했다. 납과 수은으로 금을 만드는 '현자의 돌'에 대해서는 들은 적이 있는데 더는 기억나는 것이 없었다. 직관에 따르는 수밖에!

키 높이의 벽돌화덕에 다가섰는데 열기가 느껴졌다. 화덕에는 숯이 불그스레한 빛을 띠고 있고, 개수대 모양으로 움푹 파놓은 테라코타 불판 위에 놓인 타원형 그릇이 뜨거운 재 속에 절반쯤 파묻혀 있었다. 이렇게 해서 금을 만드는 건가? 그렇지만 실험실 안에는 금은커녕 쇳가루도 보이지 않았다. 첫 번째 창문 밑에 놓인 큼직한 트렁크를 열어보니 프리드리히가 말했던 납작한 금속과 메달이 가득했다. 독창적인 창작물들이었는데 클러그가 쇠붙이로 다양한 실험을 했다는 걸 알 수 있었다. 쇠를 비비 꽈서 엮은 이 가지는? 새뮤얼은 이제르에게 선물로 준 촛대에 달려 있던 가지의 견본이라는 걸 대번에 알아봤다. 그러나 동전은 없었다.

새뮤얼은 두 번째 창문 밑에 놓인 책상 쪽으로 갔다. 갑자기 심장이 쿵쿵 뛰었다. 태양문양의 돌을 그린 스케치들이 책들 위로 아무렇게나 흩어져 있는 것이 아닌가! 특히 다양한 각도에서 무덤을 그린 목탄 크로키도 있고, 한 양피지에는 여섯 개의 빛살을 그린 태양과 숫자가 표시되어 있었다. 구체적인 크기까지 표시해놓은 축소 도면까지! 에쿠테트는 돌의 비밀을 알아내려고 애쓰고 있는 것이 분명했다!

248

책상을 한 바퀴 도는데 다리가 휘청거려서 새뮤얼은 소파에 주저 앉았다. 클러그가 연구하고 있었는지 낡은 마법서가 펼쳐져 있었다. 페이지마다 알 수 없는 상징으로 가득하고, 다양한 배경 속에 태양문양의 데생이 그려져 있었다. 그리스 신전인가? 나무 그루터기, 언덕 비탈에 있는 바위, 부활의 섬에 있는 거석*인가……. 태양문양의 돌 카탈로그라고 하면 딱 좋겠군! 새뮤얼은 심호흡을 하면서 정신을 집중했다. 앞에 놓인 양피지에 눈길이 머물렀는데 대문자로 쓰인 글이 보였다. 낡은 마법서에서 한 구절을 라틴어로 번역해놓은 것 같았다.

SI QUIS SEPTEM CALCULOS COLLEGERIT, SOLIS POTIETUR.

SI EFFECERIT UT SEX RADII FULGEANT, COR EJUS TEMPUS RESOLVET.

TUM PERPETUUM AESTUM COGNOSCET.

빨간색 잉크가 아직 마르지 않았다는 것은 에쿠테트가 일을 하다가 중단하고 경연대회에 참석하러 내려갔다는 뜻이었다. 아무리 들여다봐도 해독이 안 되는 글……. 새뮤얼은 브루게 언어 외의 다

---

* 이스터 섬, 일명 부활의 섬. 칠레 서쪽 남태평양 상에 있다. 섬의 이름은 1722년 부활절에 상륙한 데서 유래한다. 이스터 섬의 상징으로 세계적으로 유명한 인면석상은 약 550개 있고, 높이가 1~30미터에 이르는데 긴 귀와 코를 가진 머리와 어깨만 있는 석상들이다.

른 언어를 해독하지 못하는 머릿속의 동시번역기가 원망스러웠다. 유별난 어머니의 성화에 못 이겨 억지로 라틴어 공부를 시작한 릴리를 따라 배워뒀더라면 이럴 때 얼마나 좋아! 할 수 없지, 어쨌든 이건 중요한 것일 수도 있어. 새뮤얼은 나중에 살펴볼 생각으로 윗도리 안에 양피지를 쑤셔넣었다. 이어서 낡은 마법서의 책장을 넘겨봤다. 태양문양의 돌뿐만 아니라 그 시대 마법의식에 쓰이는 괴물과 이상한 물건들이 가득 그려져 있었다. 어쨌든 삽화로 봐서는 그렇게 결론을 내릴 수 있었다. 어린아이 얼굴의 박쥐, 날개를 파닥이는 모습으로 박제된 새, 실험실의 것과 비슷한 모양의 화덕, 보석이 박힌 울퉁불퉁한 지팡이…….

"그래, 둘러본 소감이 어떤가?"

그 질문이 새뮤얼의 뇌에서 폭죽처럼 터졌다. 기척이 없었는데 누구지? 질겁한 새뮤얼은 휙 돌아서다 칼을 들고 위협하는 에쿠테트와 맞닥뜨렸다. 이상하게도 에쿠테트는 화가 나 있기는커녕 만족스러운 얼굴이었다.

"네가 왜 슬그머니 홀을 빠져나갔는지 궁금하더니……. 아니, 궁금하진 않았지, 이럴 줄 짐작했으니까."

에쿠테트가 한 선반 밑을 가리키면서 널빤지를 빙그르르 돌리자 어두컴컴한 복도가 드러나 보였다.

"프린센호프는 너처럼 비밀이 많지. 너 태양의 돌을 작동할 줄 알지? 그 돌 덕분에 불쑥 나타나서 발투스를 지켜주었던 것이고?"

새뮤얼은 대답할 수가 없었다. 입을 벌렸지만 너무 놀란 나머지 아무 말도 나오지 않았다.

"어제 그리말디 환전상을 찾아간 것도 너였지? 다 알고 있어. 그리말디가 인상착의를 말하는데 영락없는 너였으니까……. 3리브르를 받아갈 생각이었지?"

에쿠테트는 윗도리에서 종이 한 장을 꺼내더니 새뮤얼의 코앞에 들이대고 흔들었다.

"이 어음 알아보겠지? 그 교활한 그리말디가 너를 그 자리에서 붙잡았다면 좋았겠지만 ……."

에쿠테트는 마치 포로에게 더는 겁을 주지 않겠다는 듯 말을 중단했다. 그러나 콧구멍을 이상하게 실룩거리는 에쿠테트의 누런 눈빛에 새뮤얼은 소름이 돋았다.

"내가 얼마나 오래전부터 태양의 돌에 관심을 갖고 있는지 알아?"

새뮤얼은 무슨 말을 하는 건지 모르겠다는 시늉을 했다.

"한 1년 전쯤 비유부아 묘지에 있는 한 무덤, 묘지가 만들어지기 이전부터 있었다는 아주 오래된 무덤의 돌에 이상한 조각이 새겨 있다는 정보가 들어왔어. 여러 가지 전설이 내려오는 돌이었지. 어쨌든 내가 그곳에 간 날 발투스가 아내를 매장하고 있더군. 거기서 처음으로 태양처럼 눈부신 이제르를 만났지. 한 장소에 두 개의 태양, 우연의 일치라고 보기에는……."

에쿠테트는 다른 한 손으로 마법서 페이지를 건성으로 넘겼다.

"연금술이란 낱말의 어원을 아는가? 하긴 당연히 모르겠지. 히브리어로 케메쉬, 즉 태양이란 뜻이지. 모든 것이 태양에서 오는 거야! 열기, 빛, 생명……. 연금술사는 열을 가함으로써 금속을 금으로 바꿀 수 있지. '돌에 새긴 태양'의 탁월한 힘에 대해 언급하는 연금술사도 있는데…… 예를 들어 내가 한 아랍인에게서 산 『마법의 13가지 위력』은 어렵지만 교훈이 가득한 책이지. 나는 벌써 몇 주 전부터 특히 주화를 녹이는 방법에 관한 수수께끼를 풀려고 애쓰고 있는데…… 네가 도와주는 것이 어때?"

에쿠테트는 새뮤얼의 턱 밑으로 칼날을 휘둘렀다.

"내가…… 당신을 도와요? 내가 어떻게 당신을 도울 수 있겠어요? 난 이 글씨를 전혀 모르는데다……."

"어허! 네가 태양의 돌을 작동했다는 걸 알고 있다니까! 지난번에 네가 통과한 뒤에 돌이 아주 따뜻했어. 나는 그 돌에다 내 주화를 올려놓고 별의별 짓을 다해봤지만 금으로 변하지 않았지. 내 생각에는 열이 부족했던 거야. 하지만 너! 너는 그 열을 되살릴 수 있어, 그렇지?"

새뮤얼의 울대뼈가 칼끝에 찔려서 피 한 줄기가 목을 타고 흘러

내렸다.

"잘 생각해봐, 넌 훔친 어음으로 그리말디 환전상에게서 돈을 받아가려고 했어. 그리고 뭔가를 훔치려고 내 실험실에 침입한 거야. 그런 너를 체포했다고 나를 비난할 사람은 아무도 없겠지. 설사 불미스러운 일이 발생하더라도 말이야! 따라서 너는 바른대로 대답하는 것이 좋을 거다. 비유부아 묘지에서 돌에 새겨 있는 태양을 사용했지?"

새뮤얼은 선택의 여지가 없었다.

"…… 네."

에쿠테트는 심호흡을 했고, 손에 쥐고 있는 칼이 약간 흔들리는 것 같았다.

"암, 이렇게 나와야지. 똑똑한 아이구나. 이제……."

쾅, 쾅, 쾅! 그때 문을 두드리는 소리가 났다.

"나리, 나리!"

프리드리히의 목소리였다.

"누구냐?"

에쿠테트가 고함을 질렀다.

"반 토드입니다, 나리! 빨리 가셔야 해요!"

반 토드라고?

"무슨 일인데?"

"백작께서 공격을 받았어요! 나리를 찾으십니다!"

에쿠테트는 잠시 머뭇거렸다.

"들어와!"

프리드리히는 문을 열었고, 에쿠테트가 들고 있는 칼을 보면서 파랗게 질렸다.

"나리, 무슨 일이……."

"잘 들어, 반 토드. 내 실험실을 뒤지는 도둑놈을 현장에서 잡았다. 내가 돌아올 때까지 네가 여기서 잘 지키고 있어. 아무에게도 말하지 말고! 알아들었나?"

프리드리히는 어리둥절한 얼굴로 고개를 끄덕였다.

"자, 이제 무슨 일이 일어났는지 자세히 말해봐."

"백작께서 초상화들을 감상하고 있는데 한 손님이 단검을 꺼내 들더니……."

"그래서 다치셨단 말이냐?"

"네, 팔을……. 그래서 백작께서 저에게 빨리 나리를 찾아오라고 하셨습니다."

"범인은?"

"쫓고 있는 중인데……."

"알았다. 반 토드, 이 칼을 들고 내가 돌아올 때까지 이 소년을 감시하고 있어. 내가 말한 대로 잘하고 있으면 너에게 충분한 보상을 내리겠다."

프리드리히는 새뮤얼을 외면하면서 칼을 받아들었다. 에쿠테트는 걱정스런 표정으로 실험실을 잠시 휙 둘러보다가 문 쪽으로 갔다. 그가 겨우 세 걸음을 뗴었을까…… 프리드리히가 어느새 천장에 매달아놓은 바닥이 평평한 프라이팬을 움켜잡더니 마치 테니스에서 강력한 스매시를 먹이듯 냅다 그의 머리를 내리쳤다. 에쿠테트는 끽소리도 못 내고 푹 쓰러졌다. 오, 예! 게임 세트!

"이걸로 한 번 후려칠 때가 오기를 얼마나 벼르고 별렀는데…… 어휴, 속시원해."

프리드리히가 한마디했다.

프리드리히는 발로 문을 닫고, 옴짝달싹못하고 있는 새뮤얼을 향해 돌아섰다.

"괜찮니? 내려올 시간이 넘었는데 네가 실험실에 너무 오래 있는 것 같아서 와봤는데…… 말소리가 들리더라고. 그래서 알아챘지."

"백작이 정말 공격을 받았어요?"

"당연히 아니지. 내가 지어낸 얘기라서 에쿠테트를 나가게 내버려둘 수가 없었어. 그런데 증거를 찾았니?"

새뮤얼은 바로 대답하지 않았다.

"성이…… 반 토드예요?"

프리드리히는 미소를 지었다.

"그래, 그게 왜?"

"증거를 줄게요. 대신에 나에게 약속을 해줘야 해요. 이제르와 꼭 결혼하겠다고."

"그런 약속이라면 얼마든지! 이제르와 결혼하는 것 외에 다른 소망은 없어! 일이 이렇게 되었으니 클러그가 깨어나면 우리를 가만두지 않겠지만······."

"우선 얼마 동안 이 도시를 떠나 있어야 할 거예요. 이제르를 데리고 떠나세요. 그러고 나서 무슨 방법을 찾아봐요. 일단은 두 사람이 결혼하는 게 중요하니까. 저걸 갖고 가요. 그걸 보여주면 발투스가 이해할 거예요."

새뮤얼은 책상 위에 놓인 어음을 가리켰고, 프리드리히가 읽는 동안 눈길을 떼지 않았다. 프리드리히 반 토드라니! 그렇다면 이 사람이 앨리시어 토드의 증조, 고조······ 몇 대조 할아버지란 말인가? 프리드리히는 소원대로 이제르와 결혼하여 자식을 낳은 거네! 왜 그렇게 이제르와 앨리시어가 닮았나 했더니! 앨리시어는 먼 조상을 쏙 빼닮은 것이었어!

"이런 비열한 놈!"

프리드리히가 쓰러져 있는 에쿠테트를 노려보면서 외쳤다.

"꾸물거리고 있을 때가 아니에요." 새뮤얼이 말했다. "에쿠테트는 금방 깨어날 거예요. 가장 가까운 출구가 어디죠?"

"아래층 부엌으로 나가면 돼. 하지만 먼저 이 어음을 발투스 어르신에게 주고 이제르와 결혼하겠다고 말해야겠어. 아니면 에쿠테트가 나에게 책임을 뒤집어씌울 거야. 그건 그렇고 네가 원하는 것은 찾았니?"

"거의 그런 셈이죠……."

새뮤얼은 기절한 에쿠테트의 몸을 향해 허리를 숙였다. 분명히 갖고 있을 거야……. 그의 윗도리와 바지를 더듬더듬 만져보다 허리춤에서 매듭처럼 묶여진 작은 주머니를 찾아냈다. 주머니 안에 손가락을 넣어봤다. 역시 예상했던 대로 가운데 구멍이 뚫린 동전이 있었다.

"나는 떠나야겠어요, 프리드리히."

새뮤얼은 감정을 드러내지 않으려고 애쓰면서 말했다.

"당신과 이제르를 알게 되어 정말…… 기뻐요. 당신이 상상할 수 없을 정도로."

"자자, 와아겐, 그런 얼굴 하지 마. 우린 곧 다시 만나게 될 거야. 나와 이제르가 말린에 갈 수도 있고…… 안 그래?"

"그거 좋은 생각이네요."

새뮤얼은 나지막하게 말했다.

그들은 악수를 하고 나서 살금살금 층계를 내려갔다. 프리드리히는 경연이 열리는 홀을 향해 돌아섰고, 새뮤얼은 계속 부엌 쪽으로 내려갔다. 새뮤얼은 어서 빨리 현재의 세인트메리로 돌아가고 싶으면서도 한편으로는 역사의 한 부분을 영원히 가슴에 묻어야 하는 것에 갈등이 일었다. 프리드리히와 이제르를 속이고 아무 말 없이 꼭 이렇게 떠나야 하는 걸까?

이것이 시간 여행의 대가일까?

XVII

라틴어 번역

새뮤얼은 비틀거리면서 일어났다. 주위가 온통 시커멨지만 어디서 많이 맡았던 냄새가 났다. 낡은 책, 태피스트리, 먼지가 섞인 퀴퀴한 냄새……. 포크너 고서점으로 돌아온 게 틀림없어! 새뮤얼은 돌의 구멍에서 핸드폰을 꺼내면서 마침내 증거를 가져올 수 있게 되어 기뻤다. 핸드폰을 켜보니 푸르스름한 빛이 들어오면서 액정 화면에 날짜가 나타났다. 6월 11일 금요일, 16시 42분. 꼬박 하루를 사라졌다가 나타났으니 이번에는 또 뭐라고 둘러대지? 골치깨나 아프게 생겼네. 그 사이에 아버지가 돌아오지 않았다면 블라드 체페슈의 성에서 목숨이 위태로울 텐데, 그런 아버지에 비하면 아무 것도 아니지만…….

새뮤얼은 마치 집이 흔들리는 것처럼 지난번과 똑같은 멀미를 느꼈다. 새뮤얼은 주방으로 올라가서 물 한 잔을 따랐다. 이어서 과자를 찾았고 눅눅해진 비스킷만 겨우 발견했지만 그것으로 만족하고 전자레인지 옆에 있는 텔레비전을 켰다. 아직은 시공간 이동의 영향을 받고 있는 것인가? 내레이터가 열대초원 사바나에서 뛰노는 사자들의 모습을 해설하는데 이상하게도 문장마다 두 번씩 반복하고 있었다.

"새끼들 중에서 타바타가 제일 장난을 잘 치는 반면에/새끼들 중에서 타바타가 제일 장난을 잘 치는 반면에 파울루스는 제일 용맹합니다/파울루스는 제일 용맹합니다. 파울루스는 어미가 잠시 자리를 뜨자마자/파울루스는 어미가 잠시 자리를 뜨자마자, 동생들을 데리고 넓은 세상을 탐험하러 나가지요/동생들을 데리고 넓은 세상을 탐험하러 나가지요."

파울루스라는 이름의 새끼사자—타바타니 파울루스니 새끼들의 이름이 귀엽네—가 지나가다 마주친 쇠똥구리를 두 번 반복해서 발로 톡톡 건드리자 쇠똥구리도 두 번 반복해서 데굴데굴 굴렀다. 또 '데자뷔' 현상? 현대로 돌아왔을 때만 일어나기 때문에 혼란스럽지만 10분쯤 지나자 다행히 메아리 현상이 약해지기 시작했다.

정신이 맑아지는 순간 새뮤얼은 두 가지 사실을 깨달았다. 하나는 발투스가 내어준 뒷방의 냉기 때문에 몸이 상한 것 같고, 또 하나는 셔츠에 이상한 자국이 남아 있었다. 새뮤얼은 단추를 풀지 않은 채 머리 위로 옷을 홀떡 벗어서 살폈다. 에쿠테트의 양피지를 외투 안에 감추었는데 흰 천에 빨간색 잉크가 물든 것이었다. 비유부아 묘지에 가서 태양의 돌 위에 동전을 올려놓으면서 옷에 대해서는 미처 신경을 쓰지 못했는데……. 외투와 윗도리는 감춰놨던 양피지와 함께 여행하는 동안 사라지고 없었다. 돌에서 발산되는 열과 에너지 때문이었을까? 어쨌든 양피지에 적힌 문자가 셔츠에 찍혀 있었다. 비록 문자가 거꾸로 찍히기는 했지만…….

새뮤얼은 이층 방으로 뛰어올라 가서 종이와 연필을 집어들었다. 셔츠를 유리창에 붙여놓고 낡은 마법서의 구절을 그대로 옮겨 적었다.

SI QUIS SEPTEM CALCULOS COLLEGERIT, SOLIS POTIETUR.

SI EFFECERIT UT SEX RADII FULGEANT, COR EJUS TEMPUS RESOLVET.

TUM PERPETUUM AESTUM COGNOSCET.

21세기의 모눈종이에 21세기의 연필로 적은 문장…… 그렇지만 아무리 봐도 해독할 수가 없었다. 하지만 릴리라면 틀림없이 뭔가를 알아낼 거야. 새뮤얼은 옷장에서 떠날 때 벗어두고 간 옷을 꺼내놓고 샤워를 하러 욕실로 들어갔다. 기온 차이 때문에 땀이 줄줄 흐르고 있었다. 거울 앞에 선 새뮤얼은 자기 모습이 많이 달라진 느낌이 들었다. 내 어깨가 이렇게 넓었나? 와우, 허벅지 좀 봐! 뺨에 보송보송하던 솜털은 온데간데없잖아? 초췌한 안색만 제외하면 성숙해진 것 같은데…….

물기를 닦고 나서 새뮤얼은 할머니 집으로 가려고 가방을 챙겼다. 그 순간 주방 쪽에서 들리는 의자 삐걱거리는 소리에 소스라치게 놀랐다. 새끼사자 파울루스와 타바타가 쇠똥구리 사냥을 하다가 텔레비전 수상기를 뚫고 떨어졌나? 새뮤얼은 살금살금 층계를 내려갔다. 냉장고 문을 열고 서 있는 저건……? 동물이 아니라 구릿빛 얼굴의 완전 인간이잖아? 맙소사, 고모 이블린을 머슴처럼 떠받드는 루돌프!

"맥주라도 드릴까요?"

새뮤얼은 가능한 쾌활한 목소리로 외쳤다.

루돌프는 돌아서다 턱이 일그러졌다.

"아니, 너! 너 여기 숨어 있었니?"

루돌프는 냉장고 문을 쾅, 하고 닫더니 새뮤얼을 향해 성큼성큼 걸어왔다. 그러고는 새뮤얼이 식탁 위에 놔둔 핸드폰을 오른손으로 집어들었다.

"네가 우리를 갖고 놀아? 할아버지, 할머니가 지금 어떤 상태인지 아니? 그리고 네 고모는?"

새뮤얼이 눈썹 하나 까딱하지 않자, 루돌프는 때릴 듯이 손을 쳐들었다. 그러나 마지막 순간에 생각을 바꿨는지 새뮤얼의 팔을 움켜잡았다.

"어제부터 너 뭐했어? 우리가 얼마나 너를 찾아다녔는지 알아?"

"우리 집에 있었는데 뭐가 잘못됐나요?" 새뮤얼이 질세라 응수했다. "여기는 우리 집인데요!"

"네 아버지가 돌아오지 않았으니 가족이 네 보호자야! 너는 우리에게 순종해야 해!"

"아저씨는 가족이 아니잖아요!"

루돌프의 눈에서 독기가 번득였다. 그는 가까스로 참고 있다는 표시를 꽉꽉 내면서 손을 부르르 떨었다.

"넌 정말 대책 없는 애구나. 그런데 이 핸드폰이 왜 여기 있지? 릴리는 잃어버린 것 같다고 했는데! 물론 네가 훔쳤겠지! 뭘 하려고 훔쳤니? 팔아먹으려고? 네 꼬락서니가 어떤지 알아? 마약을 구하기 위해서라면 무슨 짓이든 하는 거리의 마약중독자라면 딱 좋겠다!"

새뮤얼은 아무것도 훔치지 않았으며 릴리가 의견을 묻지도 않고 핸드폰을 빌려주었다는 말이 목구멍에서 튀어나오려고 했지만 꾹꾹 눌러담았다. 그랬다가는 사촌이 난처해지는데…… 릴리를 그렇게 만들면 안 되지.

"휴대폰이 여기 있으니까 내가 팔지 않은 거잖아요!"

"그 거짓말하는 버릇을 고치기 위해서라도 너를 경찰에 데려가야 하는데……. 너처럼 불량기 있는 아이는 그 싹부터 잘라버려야 해. 네 고모가 여기 없어서 다행인 줄 알아!"

루돌프는 팔을 놓아주지 않은 채 새뮤얼을 자동차가 있는 데까지 끌고 나갔다. 새뮤얼은 못 이기는 척 따라갔다. 어차피 버스를 타고 돌아가고 싶은 기분이 아니었는데 잘됐지, 뭐! 하지만 그 대신 루돌프가 아버지의 무책임함에 대해 신랄하게 지적하면서 땍땍거리는, 거의 고문에 가까운 문초를 견뎌내야 했다. 새뮤얼은 대꾸하지 않는 것이 상책이라고 확신하면서 입술을 깨물었다.

할머니 집에 도착하자 예비 고모부는 태도가 돌변했다. 험상궂은 불도그에서 길 잃은 양을 데리고 들어온 구명 견 세인트버나드가 되었다.

"이 아이를 제가 찾았습니다, 장모님. 이건 그냥 넘어갈 일이 아닙니다! 얘는 바렌보임에서 잤다고 주장하지만 그 말을 믿으면 절대 안 됩니다!"

할머니가 달려와서 새뮤얼에게 입맞춤을 퍼부었다.

"오, 내 강아지 새미! 새미! 얼마나 불안했는지 모른다! 어떻게 된 거니? 무슨 일이 있었던 건 아니고?"

"그냥 혼자 있고 싶었어요, 할머니. 저에게도 우리 집에서 조용히 있을 권리가 있는 거 아닌가요?"

"물론, 물론이지! 하지만 왜 몰래 갔어? 연락을 했어야지!"

"제 생각에는 이 아이가 성적표를 받으려고 거기 가 있었던 것은 아니라고 봅니다." 루돌프가 비아냥거렸다.

아, 성적표……! 그건 생각도 못했는데…… 친절하게도 그런 중요한 일을 상기시켜주다니 정말 고마워요, 루돌프 아저씨! 새뮤얼은 그렇게 외치고 싶었지만 목구멍 속으로 밀어넣었다.

"성적표는 오늘 아침에 받았다." 할아버지가 고개를 끄덕이면서 말했다. "성적이 좋지 않았던 건 사실이야. 하지만 그건 이해해야지. 요즘 제 딴에는 힘들었을 텐데. 그러니 이보게, 무슨 큰일이라도 난 것처럼 그렇게 난리칠 일은 아닐세!"

"계속 생각하고 있는데 내년에는 이 아이를 기숙사학교로 보내야 합니다!" 루돌프가 언성을 높이면서 주장했다. "만약…… 만약에 앨런이 돌아오지 않으면 결정을 내리셔야 합니다!"

무거운 침묵이 흐르자 새뮤얼이 깨뜨렸다.

"아빠는 돌아오세요!" 새뮤얼은 큰 소리로 단언했다. "틀림없이 돌아오실 거예요!"

할아버지가 고개를 끄덕였다.

"암, 돌아오고말고! 앨런은 늘 돌아왔어! 아, 참! 새미, 네 친구가 전화했더라. 웅크라고 했는지, 몽크라고 했는지 정확하게 기억이 안 나는구나."

몽크? 몽크가 전화를 했다고?

"뭐라 그래요?"

"내일 유도경기를 잊지 말라고. 네가 꼭 경기에 나오길 바라는 것 같더구나."

하긴 몽크는 모두가 보는 앞에서 나를 박살 내려고 벼르고 있을 테니까!

"솔직히 컨디션이 좋지 않아서 경기에 나가기 싫어요. 이번 주에는 훈련을 못해서 어차피 1회전에서 떨어질 텐데요, 뭐."

새뮤얼은 변명을 늘어놨다.

할머니는 인자한 미소를 지으면서 새뮤얼의 팔을 토닥여주었지만, 루돌프는 귀가 믿어지지 않는다는 얼굴로 말했다.

"따끔하게 야단을 치셔야지 그렇게 응석을 받아주시면 버르장머리를 못 고칩니다, 장모님! 이 아이가 한 짓을 생각해야지요. 새뮤얼은 엄격한 규율이 필요하고, 유도경기는 성격을 뜯어고칠 좋은 기회예요! 하기 싫다고 번번이 회피하고 도망치는 걸 구경만 하고 있으면 이 아이가 앞으로 뭐가 되겠습니까?"

정식으로 고모부가 된 것도 아닌데 도대체 왜 끼어드는 거예요? 새뮤얼은 속이 부글부글 끓기 시작했다. 그런데 맙소사! 그 말에 일리가 있다는 듯 할머니가 고개를 끄덕였다.

"하지만 평소에 유도를 좋아했잖니?"

"네, 좋아해요. 근데 좀 피곤해서 그래요."

"네 아버지는 네가 경기에 나가길 바랄 거다."

할아버지가 말을 딱 잘랐다.

앙갚음을 하게 된 루돌프는 의기양양했다.

"우리가 같이 가서 응원하는 것이 어떻겠습니까? 실력이 어느 정도인지 확인도 할 겸!"

새뮤얼은 이날 저녁 외출이 금지되었고, 사촌에게 나쁜 물이 들면 안 된다는 이유로 릴리와 얘기를 나누는 것도 허락되지 않았다. 핸드폰을 훔쳤다는 것이 그런 결정을 내린 이유였고, 할아버지와 할머니는 벌을 줘야 할 필요성을 느꼈던 것이다. 이제는 가족도 아닌 루돌프 같은 타인이 좌지우지하게 되다니! 식사하는 동안에는 2차로 고모 이블린이 이제껏 들어본 적 없는 '말 폭탄'을 마구 날렸다. 불량아, 비행청소년, 부랑자, 싹수가 노란 문제아……. 그 말을 듣고 있으면 새뮤얼은 정말 미래가 없는 구제불능의 문제아였다. 아버지가 나타나지 않으면 미국에 있는 메리아데크 기숙사학교로 쫓겨날 판이었다. 새뮤얼은 이번에도 입을 꾹 다물고 있는 것이 현명하다고 판단했다.

제 방으로 들어오자 새뮤얼은 종이 너댓 장을 준비하고 몇 글자를 쓴 다음 돌돌 말았다. 이어서 발코니로 나가 릴리의 열려 있는 창문으로 돌돌 만 종이뭉치를 던졌다. 어떻게든 릴리와 의논해야 하는데……. 릴리는 아직 어머니와 아래층에 있지만 얼마 후 자기

방에 들어왔다가 방바닥에 떨어진 종이뭉치를 발견하겠지. 새뮤얼은 릴리가 올라오길 기다리면서 컴퓨터 앞에 앉았다. 인터넷에서 '한스 발투스'를 검색했지만 정보가 없었다. 음악가와 자전거 챔피언 한스 발투스는 있는데 중세의 화가와 관련된 것은 전혀 없었다. 이어서 클러그는 럼주를 가미한 케이크였고, 이제르는 브루게 지역의 강 이름이라는 것을 알았다. 브루게는 예상했던 대로 유럽 북서쪽에 위치한 벨기에의 도시였다. 새뮤얼은 플랑드르파* 그림에 관련된 사이트들을 뒤졌지만 아무것도 찾을 수 없었다. 반 아이크의 그림에 관한 자료는 많은데 이제르의 초상화에 관한 것은 없었다. 내가 그린 하얀 손과 검정 드레스는 후세에 전해지지 않았다는 것인가!

얼마 후, 새뮤얼이 종이뭉치에 알려놓은 대화방에 릴리가 들어왔다는 신호음이 울렸다. 암호명: 해변의미남.

릴리: 브라보! 내 방 = 쓰레기통! 아니, 농담. 안심하고 대화할 수 있게 되어 기뻐. 나도 엄마를 이해할 수 없어. 루돌프에게 휘둘려서 모두 머리가 이상해졌어. 괜찮아? 저녁 먹을 때 KO패 당했잖아.

샘: 아버지를 만나지 못했다는 건 = 시대가 틀렸다는 것. 동전들 챙겨놨지?

* 15세기에 플랑드르를 중심으로 하여 반 아이크 형제가 기초를 세운 미술 유파.

릴리: 시간의 책을 보고 알았어. 1430년의 브루게에 있었지? 동전은 오케이. 내 멜빵 비밀주머니에 감춰놨어. 계속 오빠를 생각했어!

샘: 고마워×1000. 너 아니었으면 난 교수형에 처해졌을 거야! 나중에 얘기해줄게. 라틴어 실력 많이 늘었어? 번역해줘야 할 게 있어. 아주 중요한 것 같아서.

SI QUIS SEPTEM CALCULOS COLLEGERIT, SOLIS POTIETUR.
SI EFFECERIT UT SEX RADII FULGEANT, COR EJUS TEMPUS RESOLVET.
TUM PERPETUUM AESTUM COGNOSCET.

해줄 거지? 부탁해, 그리고 고마워!

릴리는 모르는 것이 있으면 어머니가 소개해준 라틴어 선생님에게 전화로 물어서라도 가능한 빨리 번역해보겠다고 약속했다. 새뮤얼은 그제야 침대에 누웠다. 졸음이 오면서 눈이 가물가물해질 때 노크 소리가 났다.

"새미! 들어가도 되겠니?"

"물론이에요, 할머니, 들어오세요."

할머니는 들키지 않으려는 듯 소리 나지 않게 문을 닫았다.

"너에게 금족령을 내려서 나도 마음이 편치 않아."

할머니가 소곤거렸다.

"하지만 무슨 일인지 네가 입을 딱 다물어버리니 우리가 어쩌겠니……. 핸드폰을 훔치고 가출까지 했으니 할아버지와 내가 팔짱을 끼고 가만있을 수만은 없구나!"

"할머니를 원망하지 않아요."

"그래, 알아, 고모가 많이 원망스럽겠지. 고모와 너의 사이가 자꾸 나빠져서 정말 걱정이구나."

할머니는 침대 끝에 앉으면서 말했다.

"그것 때문에 잔소리를 하려고 올라온 게 아냐. 너에게 털어놓고 싶은 얘기가 있어서……. 그 얘기를 너한테 하는 것이 좋을지 어떨지 모르겠구나. 할아버지한테 네 아버지의 이집트 유적답사에 대해 들었지? 그 얘기를 해줬다고 해서 내가 얼마나 당황했는지 몰라."

"아빠에게 무슨 일이 일어났을까 봐 불안해하셨다는 거요? 하지만 그 당시 할아버지, 할머니는 미국에 사셨고, 시카고의 식품점을 비우고 이집트로 가실 수 없었다는 것도 알아요."

"꼭 가야 되는 상황이었으면 우리는 이집트로 달려갔을 거야. 하지만 그게 아니었어. 이걸 어떻게 설명해야 하나……. 당시 수천 킬로미터나 떨어진 먼 곳에 있었지만 나는 앨런이 위험에 빠져 있다는 걸 느꼈다. 그렇지만 새미, 나는 내 아들이 죽지 않았다는 걸 백 퍼센트 확신하고 있었어. 밤마다 잠이 들면 그런 생각이 들었지, 아주 짧은 순간이지만. 내가 앨런을 봤다고 하면 거짓말이라고 하겠지. 하지만 앨런의 존재가 느껴졌어. 비록 꿈속이지만 어머니에게는 느낌이란 게 있단다. 영화에서나 볼 법한 안개에 휩싸인 이상한 것들 속에 앨런이 있었어. 앨런은 미소를 짓기도 하고 찌푸리기도 했지."

새뮤얼은 감정에 겨워 울먹이는 할머니를 끌어안았다.

"난 할머니 말을 믿어요."

"착한 내 강아지, 새미. 불행히도 그게 다가 아냐."

할머니는 흐느꼈다.

"언덕에서 차가 도로를 이탈하면서 네 엄마가 사고를 당하던 날…… 너 병원에 있었던 거 기억나니?"

그날을 어떻게 잊는단 말인가! 새뮤얼은 그 끔찍한 날의 일을 생생하게 기억했다. 맹장염 수술을 받고 누워 있는데 간호사가 사고 소식을 알려주었다. 간호사의 이름은 벨린다였고, 절인 양배추 같은 빨간 머리에 약간 우직해 보이는 커다란 까만 눈…… 공포에 질려 있던 간호사의 그 일그러진 표정은 영원히 머릿속에 새겨졌다.

"경찰이 집으로 전화해서 사고 소식을 전했을 때 나는 알았어. 경찰관이 나를 안심시키려고 네 엄마를 응급실로 이송 중이라고 했지만 나는 가망이 없다는 걸 직감했다. 의심의 여지가 없었지. 그때도 나는 느낌으로 알았어."

새뮤얼은 그 끔찍한 순간들을 다시 떠올리고 싶지 않았다. 오늘은 싫어. 현재의 문제만으로도 감당하기 벅찬데…….

"지금은 어때요, 할머니? 아빠에 대한 느낌이 어떤데요?"

새뮤얼을 똑바로 응시하는 할머니의 눈에 눈물이 글썽거렸다.

"네 아빠는 살아 있어. 난 확신해. 이 할머니를 믿으렴, 네 아빠는 살아 있어!"

"그럼 아빠가 미소를 짓고 있어요, 아니면 찌푸리고 있어요?"

"그게…… 요즘 내 꿈속에서는 안개가 너무 짙어서 알아볼 수가 없어. 하지만 살아 있어, 난 확신한단다. 그러니까 새미, 바보 같은 짓을 하지 마라. 네 아빠가 돌아왔을 때 우리를 원망하는 일은 절대 없어야 해."

할머니는 새뮤얼의 이마에 입을 맞추었다. 그러고는 눈물을 흘리면서 발꿈치를 들고 살금살금 방을 나갔다. 침대에 누운 새뮤얼은 할머니의 말을 생각하면서 이리 뒤척이고 저리 뒤척였다. 아빠가 살아 있다는 말…… 할머니의 말을 무조건 믿어야 할까? 언젠가 과학 시간에 예감과 초감각적 지각에 관해 토론한 적이 있었다. 그런 경험이 있다고 주장하는 사람들은 선별적 방법으로 기억을 작동하는 것이라면서 매브릭 선생님은 이런 예를 들었다.

"이번에는 파란 자동차가 모퉁이를 돌 거야, 파란 자동차가 돌 거야…… 하고 내가 열 번을 중얼거리다가 마침내 열한 번째에서 모퉁이를 도는 파란 자동차가 보이면 나는 처음에 실패했던 건 싹 잊어버리고 성공한 것만 기억하는 경향이 있지. 이 경우 내가 천리안을 가졌다고 할 수 있을까? 물론 아니지. 그러나 능력 밖의 것을 할 수 있다고 생각하면 위안은 되지."

일주일 전이라면 새뮤얼은 주저 없이 할머니의 경우를 이 논법에 적용해서 할머니는 순전히 우연에 속하는 사건들을 나중에 당신 편하게 해석하는 것이라고 생각했을 것이다. 그러나 일주일 전 이후로 생각하는 관점이 얼마나 많이 달라졌는가! 이제부터 내 사전에 절대적 확신이란 없어!

이런저런 생각을 하고 있는데 벽 너머에서 들킬까 봐 속삭이는 소리가 간간이 들렸다. 릴리가 라틴어를 번역하느라고 애쓰고 있는 것이었다. 기다리다 지친 새뮤얼은 깜빡 잠이 들고 말았다.

새벽 1시경, 컴퓨터에서 나는 신호음에 새뮤얼은 잠이 깼다. 새뮤얼은 후다닥 컴퓨터 앞에 앉아서 릴리의 암호명 '해변의미남' 대화방에 접속했다.

릴리: 방학숙제를 내줘서 고마워! 너무 어려워서 결국 라틴어 선생님이 메일로 도와주셨어. 선생님이 나를 좋게 생각하셔서 천만다행! 다음이 선생

님이 번역해주신 거야.

'일곱 개의 동전을 모으는 사람이 태양의 주인이 될 것이다. 그가 여섯 개의 빛살을 반짝이게 할 수 있으면 그의 가슴이 시간의 열쇠가 될 것이다. 그러면 불멸의 열을 경험할 것이다.'

새뮤얼은 메시지의 뜻을 파악하기 위해 열 번도 더 읽었다. 일곱 개의 동전, 태양의 주인, 여섯 개의 빛살을 반짝이게 하는 것, 불멸의 열……. 물론 모든 것이 태양문양의 돌과 직접적인 관련이 있었다. 몇 가지 표현은 명확하지 않지만, 클러그는 구멍 안에 동전을 집어넣음으로써 금으로 바꿀 수 있다는 생각을 하지 않았던가! 그러나 그 돌은 연금술이 아니라 시간 여행에 관한 것이었다. 그의 가슴이 시간의 열쇠가 될 것이다!

샘: 릴리 넌 정말 천재야!!! 대충은 이해할 수 있겠어. 내 생각: 돌을 제대로 작동하려면, 다시 말해 시대를 선택하려면 동전 7개를 모아야 해. 빛살 6개는 광선이고. 그런데 그걸 어떻게 반짝이게 하지? 전혀 모르겠음. 태양은 빛나는 거잖아? 불멸의 열, 그건 내가 너에게 말했던 그 뜨거운 열기 같아. 살을 태울 듯 뜨겁지만 죽지는 않는 열 = 불멸의 열……. 네 생각은 어떤지 알려줘!

새뮤얼은 이 생각에 릴리도 동조해주기를 기대하면서 몇 분을 기다렸다. 그러다 15분쯤 지났을 때 알아차렸다. 릴리는 깊이 잠들어버린 것이 틀림없었다…….

XVIII

서 프 라 이 즈

대낮인데 어찌나 많은 사람이 몰려드는지 체육관 주차장에 차 세울 자리가 없을 정도였다. 루돌프는 분풀이라도 하듯 별의별 욕설을 내뱉으면서 체육관에서 100미터쯤 떨어진 작은 건물 뒤에 자신의 빨간색 신형 사륜구동 포르쉐를 간신히 주차했다. 루돌프는 체육관에 같이 가주겠다고 한 걸 슬슬 후회하고 있는 눈치였다. 소식 없는 아들 때문에 노심초사하는 할머니는 일부러 화사한 꽃무늬 원피스를 입었고, 쏴한 분위기 때문인지 할아버지는 미국에서 장사할 때 식품점에서 제일 잘 팔리던 붉은 강낭콩 통조림과 통조림 상표에 대한 얘기를 길게 늘어놓고 있었다. 새뮤얼은 억지로 도살장으로 끌려가고 있다는 걸 모두가 알도록 입을 닫아걸고 한마디도 하지 않았다. 새뮤얼의 아버지에게 하키가 더 유익한 운동이라고 귀가 아프게 주장했던 고모 이블린은 유도경기 관람을 거절했고, 릴리는 새뮤얼과 격리시켜야 한다는 이유로 초대받지 못했다. 아침에 보낸 메일에 릴리는 훑어봐야 할 책이 많아서 도서 대출을 신청해놨기 때문에 시립도서관으로 가야 한다는 메시지를 남겨놨었다. 새뮤얼도 어떤 의미에서는 그게 낫다고 생각했다.

새뮤얼은 체육관으로 들어가면서 반사적으로 몽크를 찾기 위해 주위를 살폈다. 관중석은 이미 절반쯤 차 있었고, 금속 천장 때문에 말소리가 윙윙 울려서 보통 시끄러운 것이 아니었다. 천장에서 조명기구들이 다다미 여섯 장을 비추었고, 심판들은 규정에 맞게 배치되었는지 일일이 확인하고 있었다. 각 팀의 주장들이 모여서 논의하는 가운데 경기에 나설 유도선수들은 트레이닝복 차림으로 몸을 풀고 있었다. 경기위원들은 컴퓨터에서 대진표를 살피고 있었다. 그러나 몽크는 보이지 않았다. 갑자기 감기라도 걸렸나? 땅콩버터를 덕지덕지 바르다가 손목이라도 삐었나? 어린 친구들의 이를 부러뜨리는 것에 대해 갑자기 양심의 가책이라도 느낀 걸까? 상상으로야 뭔들 가능하지 않을까…….

캐나다 챔피언이었던 유도스타의 이름을 딴 니콜라스 질 관중석에 식구들이 자리를 잡는 사이에 새뮤얼은 탈의실로 향했다. 가는 도중에 마주친 야쿠 선생님이 환한 미소로 맞아주었다. 야쿠 선생님은 선수권 대회에 나갔을 때 상대의 기술을 읽고 역습하는 능력이 뛰어난 것으로 정평이 나 있는 사범이었다. 외향적 성격이 아니라서 학생들을 가까이 대하거나 특별한 관심을 보여주지는 않았지만 그래도 따뜻한 인간미가 느껴졌다.

"네가 와서 기쁘구나, 새뮤얼. 이 경기에 그다지 열성적이지 않다는 건 알지만 너에게 좋은 경험이 될 거다. 겁먹지 말고 너 자신을 믿어, 알았지? 이제 옷을 갈아입고 몸을 풀어."

선생님에게 고맙다고 인사하면서도 새뮤얼은 당장이라도 세상 끝으로 가는 비행기를 타고 도망치고 싶은 심정이었다. 새뮤얼은 멀찍이 떨어진 옷장 앞으로 가서 천천히 옷을 벗었고, 경기에 관해 친구들이 하는 농담을 듣는 둥 마는 둥했다. 새뮤얼은 체육관에서 제일 어린 나이에 속했고—일주일 전부터 열네 살이 되었다—, 경기에서 만만한 상대를 만날 행운은 거의 제로에 가까웠다. 새뮤얼은 유도복을 입고 밤색 띠를 묶었다. 그러고는 몇 번 팔굽혀펴기를 하면서 몸을 푼 뒤 경기장으로 들어갔다.

선수 60여 명이 이미 심판들 앞에 서 있고, 빈자리가 거의 보이지 않을 정도로 관중석이 꽉 차면서 웅성거리는 소리도 점점 커졌다. 근육질의 덩치 몽크가 보였다. 다행히 몽크는 라이벌 중 한 명인 금발 키다리를 비웃느라고 새뮤얼이 들어오는 걸 보지 못했다. 새뮤얼은 고개를 푹 숙였다. 스피커가 지지직거리면서 민속음악이 흘러나오더니 27회 세인트메리 대 몬태나 유도경기가 시작됨을 알리면서 대회의 역사를 소개했다. 세인트메리와 몬태나는 도시가 세워진 뒤로 150년 동안 경쟁관계로 대립해왔고, 젊은이들간의 충돌은 가히 폭력적이었다. 2차 세계대전이 끝난 후, 두 도시의 시청은 앙숙관계를 청산하고 좋은 이웃관계를 유지하기 위해 평화적인 축제의 장을 만들기로 결정했다. 이런 취지에서 유도 클럽을 만들고 11~13세, 14~16세를 위한 각 체급별 친선경기를 개최하였고, 승자는 지역 챔피언이 되었다. 지난해에 새뮤얼은 32강 진출전에서 '천하무적' 몽크를 만나 경기를 시작한 지 43초 만에 나가떨어졌다. 새뮤얼보다 생일이 몇 달 더 빠른 몽크가 당시 11~13세 등급에서 우승트로피를 안았다. 오늘도 보나마나 몽크가 14~16세 등급의 트로피를 차지할 것이 뻔했다. 몽크를 쓰러뜨릴 자가 누가 있겠는가? 나이가 많든 적든 몽크가 가장 용맹하고 저돌적인 선수라는 것은 의심의 여지가 없었다. 누구나 제발 자신의 대진표에 몽크의 이름이 없기를 기도하는 수밖에 없을 정도니……

새뮤얼은 개막전을 벌이기로 예정된 다다미로 향했다. 니콜라스질 관중석을 힐끔 쳐다보자 할머니가 응원의 손짓을 보냈다. 새뮤얼은 심판이 내미는 빨간색 띠를 받아서 도복 허리에 묶고 체육관의 친구 피트 모레와 마주 섰다. 세인트메리 클럽에는 사실 실력 있는 선수가 많기 때문에 오래전부터 두 도시의 대표선수들은 출신 지역을 구분하지 않고 대결하기로 결정되어 있었다. 그것은 몽크와의 대적을 피할 수 없음을 의미하는 것이기도 했다.

"시작!" 심판이 지시했다.

새뮤얼은 두 걸음 앞으로 나서서 피트 모레의 도복 소매나 아랫단을 움켜잡으려고 애를 썼다. 토너먼트 경기에서 1회전이나 통과할 수 있을까? 새뮤얼은 금방 떨어질 가능성이 크지만 루돌프가 지켜보고 있는 오늘 경기만큼은 그러고 싶지 않았다. 흥, 누구 좋으라고! 루돌프에게 기쁨을 주는 것만은 정말 싫어! 피트 모레는 세인트메리 클럽의 에이스가 아니기 때문에 야쿠 선생님도 아마 둘이 한번 겨뤄볼 만하다고 여길지도 몰랐다. 그래서 새뮤얼은 피트가 주특기인 **허리돌리기** 기술로 공격해오기를 기다리고 있다가 **다리잡아 메치기**로 넘어뜨렸다. 피트는 다다미 위로 나가동그라졌고, 심판이 외쳤다.

"절반!"

절반은 7점이니까 방어만 잘해도 이기는 것은 떼어놓은 당상이었다.

새뮤얼은 곧바로 오른손으로 피트의 목덜미를 단단히 움켜잡고 왼팔과 체중을 실어서 굳히기에 들어갔다. 새뮤얼은 피트를 깔아뭉갠 채 잠시 빙빙 돌면서 머릿속으로 초를 셌다. 22초, 23초, 24초…….

"한판!" 심판이 선언했다.

한판, 승리가 확실시되는 10점!

새뮤얼과 피트는 일어나서 도복을 바로 입고 인사를 꾸벅했다. 심판은 승자를 가리키기 위해 새뮤얼 쪽으로 팔을 벌렸다. 관중석에서 열렬히 박수를 치며 환호하는 할머니와 할아버지의 모습이 보였다.

탈의실로 가기 위해 실내화를 신는데 뒤에서 몽크의 목소리가 들렸다.

"제법이더라, 포크너! 하긴 피트 모레는 딱 네 수준이니까……. 난 말이야, 네가 떨어지는 게 정말 싫거든, 무슨 뜻인지 알지?"

몽크는 웃음을 흘리면서 큰 주먹을 불끈 쥐었다.

"나도 너를 실망시키지 않아서 기뻐, 몽크."

새뮤얼은 더는 들을 말이 없다는 얼굴로 휙 나가버렸다. 괜히 더 듣고 있어봐야 모욕적인 말이나 들을 텐데! 어차피 몽크와 대적해야 한다면 안 듣는 편이 나았다. 새뮤얼은 조용히 혼자 있다가 2회전에 나가기 위해 화장실로 피했다.

아침나절은 그렇게 몽롱한 상태에서 지나가고 있었다. 제비뽑기를 한 결과 새뮤얼은 대진 운이 좋아서 16강 진출전까지는 적어도 한 번은 겨뤄본 적이 있는 상대들과 만나게 되었다. 게다가 컨디션까지 좋아서 평소보다 몸이 가볍고 힘도 나서 잡기가 수월하게 느껴졌다. 새뮤얼은 민첩함과 기술적인 면에서는 꽤 훌륭한 유도선수였지만 늘 내던지는 힘과 바닥에서 버티는 지구력이 부족했다.

그러나 욕실 거울에 비친 자기 모습을 보면서 새뮤얼은 허벅지와 팔이 더 굵어 보이고 근육이 단단해진 것을 확인할 수 있었다. 브루게에서 크레인을 끄는 막노동을 한 영향일까? 비유부아 묘지에서 한 싸움의 영향일까? 시간 여행이 근육강화훈련 효과를 준 것이 틀림없어!

원기를 회복한 새뮤얼은 차분한 마음으로 오전 중의 16강 진출전 경기에 들어갔다. 이번에 겨룰 상대는 몬태나의 소년인데 힘이 세고 날렵했다. 몬태나의 소년은 시작부터 기습적으로 새뮤얼의 오른발을 걸어 넘어뜨리는 것으로 **유효—5점—**를 **빼앗았다**. 다행히 옆으로 넘어지는 바람에 새뮤얼은 재빨리 몸을 웅크리면서 굳히기를 피할 수 있었다. 둘 다 바닥에서 우위를 얻지 못하고 있기 때문에 심판이 **그쳐!**를 선언하면서 두 선수를 떨어지게 했고, 둘은 다시 일어나서 경기를 시작했다. 1분밖에 남지 않았을 때 새뮤얼은 변칙적인 **모로띄기** 기술로 역전의 기회를 잡았다. 상대가 성급하게 앞으로 나오는 순간 약간 꿇어앉으면서 상대가 들어오는 힘을 이용하여 그대로 당겨 메쳤다. 중심을 잃은 몬태나의 소년은 다다미에 등을 대고 누워버렸고 새뮤얼은 **절반**을 땄다. 7점 대 5점, 새뮤얼은 근소한 차이로 이겼다.

점심시간에 체육관 근처에 있는 식당에서 만났을 때, 할머니는 몹시 기뻐했다.

"준준결승에 올랐어, 새미! 이렇게 잘하면서 오고 싶어하지 않다니!"

"운이 좋았어요."

새뮤얼은 볼로냐식 스파게티에서 눈을 떼지 않은 채 말했다.

"그건 맞는 말이야!" 루돌프는 한술 더 떴다. "왼쪽 다다미에서 벌어진 경기는 장난이 아니더군! 걔들은 훨씬 키도 크고 힘도 센 것 같던데 특히 네가 처음에 말하던 아이는……."

"몽크요?"

"아마 그럴 거야! 그 녀석은 힘이 장사라서…… 상대란 상대는 1분도 안 돼서 모조리 제압해버리더군!"

"너도 그 아이와 겨뤄야 하는 거니?" 할머니는 불안해했다.

"대진표를 보지 않아서 모르겠어요. 어쨌든 오후에는 더 올라가지 못할 거예요. 뭐 하나 더 시켜먹어도 돼요?"

디저트를 먹을 때 루돌프가 주머니에서 릴리의 핸드폰을 꺼내더니 묘한 표정으로 테이블 위에 올려놨다.

"뭐 좀 물어볼 게 있는데……. 새뮤얼, 너는 이 핸드폰을 팔기 위해서가 아니라 사용하기 위해서 훔쳤던 거야, 그렇지? 너 사진을 찍었지?"

'이런!' 새뮤얼은 속으로 말했다. 밉다, 밉다 하니까 한술 더 뜬다고 디지털 앨범까지 뒤져봤단 말이야? 진짜 짜증 지대로다! 그나

마 잘 찍히지 않아서 투사들의 사진을 지워버렸기에 망정이지, 휴!

"그걸 뒤져봤단 말이에요? 릴리가 기분 나빠할 텐데……."

루돌프는 손바닥으로 냅킨 위를 탁 내리쳤다.

"네가 지금 나를 가르치겠다는 거니? 이 사진들은 다 뭐야?"

"무슨 사진이기에 그러나?" 할아버지가 물었다.

"눈이 내린 옛날 도시 같았어요. 이 계절에 눈이 하얗게 덮인 도시라니, 상상이 가세요? 대체 어디서 그런 사진을 찍었는지 보통 궁금한 게 아니라니까요!"

"그거야 뭐……." 할아버지는 대수롭지 않게 넘어가려고 했다.

"아직도 모르시겠어요?" 루돌프가 흥분했다. "처음부터 이 아이는 우리를 놀리고 있었던 겁니다! 아버지 서점에 있었던 게 아니라고요! 지난 주말에도 역에 있었던 게 아니에요! 어딘가를 쏘다녔던 겁니다!"

한순간 새뮤얼은 들통이 난 것이라고 생각했다. 루돌프는 모든 일을 캐내기로 작정한 듯 사사건건 따지고 들었다. 혹시 릴리가 성화에 못 이겨서 비밀을 불은 걸까? 아냐, 그럴 리 없어. 루돌프는 단순히 자기에게 반항하면서 고분고분하지 않은 것 자체를 참지 못하는 것일 뿐이었다.

"목요일 저녁에 텔레비전에서 유럽의 도시에 관한 방송을 했는데 안 보셨어요? 방송할 때 그 화면을 찍은 거예요."

"거짓말하지 마! 텔레비전 화면을 찍어서는 이런 화질이 나올 수 없어!"

"잘못 아셨네요. 이 핸드폰의 카메라 성능은 고화질이던데요. 제가 확인해봤는데 200만 화소였거든요? 항상 최고의 상품을 선택하잖아요, 아닌가요? 그러니까 사과하세요. 이제 돌아가서 몸을 풀어야 해요."

새뮤얼은 이런저런 소리가 나오지 않게 말을 딱 잘라버리기 위해 의자에서 벌떡 일어났다.

경기장으로 들어갔지만 아직 경기는 재개되지 않고 있었다. 많은 사람이 관중석에서 샌드위치를 먹고 있었고, 유도선수들은 다다미 주위에 삼삼오오 모여 있었다.

"너 오늘 웬일이냐?" 피트 모레가 말했다. "네가 이렇게 높이 올라간 적이 없는 것 같은데…… 어쨌든 축하해!"

"고마워!"

"준준결승전에서 만날 상대가 누군지 알아?"

"지금 가서 대진표를 보려고……."

사실, 컴퓨터 옆에 서 있는 몽크를 발견한 새뮤얼은 또다시 모욕적인 말을 듣고 싶지 않기 때문에 빙 돌아서 탈의실로 갔다. 컴퓨터 옆에 붙어 있는 몽크……. 손을 씻는 동안에도 이상한 생각이 머리에서 떠나지 않았다. 몽크가 왜 컴퓨터 옆에 붙어 있지? 설마……

내가 너무 터무니없는 생각을 하는 거야!

새뮤얼은 얼른 도복을 입고 경기위원들이 있는 자리로 갔다. 캐시는 몽크가 컴퓨터 도사라고 단언하지 않았던가. 체육관의 컴퓨터를 관리하는 사람도 몽크가 틀림없을 텐데! 그렇다면 새뮤얼을 몇 회전 건너뛰게 해서 둘이 대적할 수 있도록 제비뽑기를 조작했을 가능성도 있어! 예를 들어 실력이 떨어지는 상대들과 맞붙게 해서…… 오전에 내가 줄줄이 이기고 올라올 수 있던 것도…… 그럼?

"준준결승전 대진표를 보고 싶은데요."

체육관의 비서 조나단 로빈이 프린터를 작동해서 새뮤얼에게 인쇄된 종이를 주었다.

"파이팅, 포크너!"

새뮤얼은 불안한 마음으로 직각표시와 화살표가 그려진 대진표를 살펴봤다. 준준결승 A: 제리 팩스턴 대 새뮤얼 포크너. 어? 몽크가 아니잖아! 제리 팩스턴이라면 세인트메리 소속이라서 아는 소년이었다. 괴물은 아니지만 체격이 좋고, 성깔 있는 녀석이라서 져도 창피할 건 없어. 게다가 몽크와 맞붙지 않게 된 것만으로도 얼마나 다행인가! 새뮤얼은 미소를 되찾았다. 팩스턴을 상대로 대충 방어하다 불명예스러운 일을 저지르지 않고 무사히 토너먼트를 끝내면 되는 거야! 루돌프가 생활태도와 성격을 들먹이며 훈계하려들겠지만 그거야 어쩔 수 없지. 그래도 혹시 팩스턴이 결정적인 실수를 해서 내가 올라간다면……? 새뮤얼은 대진표를 다시 살폈다. 준준결승 B: 밀턴 팔리 대 로널드 졸리. 이 둘 중 한 명과 준결승에서 맞붙는 것이로군! 원하는 대로 다 되면 인생이 아니지!

새뮤얼은 제리 팩스턴을 찾기 위해 관중석을 쭉 훑어봤다. 토너먼트 결승전을 보기 위해 새로 들어오는 사람들, 이동을 하거나 서서 친구를 기다리는 사람들로 관중석은 혼잡했다. 팩스턴은 북쪽 기둥 부근에서 나이가 제일 많은 애들과 어울리고 있을 것이 틀림없었다. 그때 갑자기 새뮤얼은 벼락이라도 맞은 듯 몸이 뻣뻣하게 굳었다. 관중석 북쪽 기둥 아래쪽에 앉은 팩스턴이 한 소녀의 목에 팔을 두르고 있는데 소녀는…… 앨리시어 토드? 세상에, 앨리시어 토드가 여기에 와 있다니! 그것도 하필이면 제리 팩스턴과 함께!

새뮤얼은 비틀거리지 않으려고 광고판에 몸을 기댔다. 이제르의 모습이 떠오르면서 딱 붙는 청바지에 검은색 배꼽티를 입은 앨리시어의 모습과 겹쳐졌다. 거리가 제법 떨어져 있고, 사람이 그렇게 많은데도 앨리시어의 아름다운 모습이 한눈에 들어왔다. 앨리시어가 방금 도착했는지 팩스턴이 포옹하면서 손을 잡았다. 그 모습에 눈꼴이 시어서 새뮤얼은 웩, 토하고 싶었다. 좀 전의 반갑던 마음이 싹 달아나면서 심장이 오그라드는 느낌이었다. 숨이 가빠지고 신경의 가닥가닥이 쓰디쓴 수프에 빠져 있는 것 같았다. 앨리시어……. 말을 걸기에 그리 적절한 때는 아니지만 모른 척할 수가 없었다. 이제 새뮤얼과 앨리시어 사이에는 어떤 관계, 앨리시어는 그 존재성을 상상조차 할 수 없는 관계가 있지 않은가! 거북하기도 하고 두렵기도 하지만 말을 건네야 했다.

새뮤얼은 자동인형처럼 관중석 북쪽 기둥을 향해 걸어가 어색한 몸짓으로 그들 앞에 섰다.

"안녕!"

팩스턴과 앨리시어는 누군데 감히 방해하느냐는 듯한 얼굴로 동시에 새뮤얼을 쳐다봤다.

"포크너?" 팩스턴이 가자미눈을 떴다. "아직 경기 시작하지 않았잖아?"

"응, 그래서가 아니라……."

"새뮤얼과 나는 오래전부터 아는 사이야." 앨리시어가 부드러운 목소리로 끼어들었다. "한때 이웃에 살았거든."

앨리시어는 이상야릇한 눈길로 새뮤얼을 뚫어져라 쳐다보았다. 관심인지 호기심인지 적개심인지 알 수 없는 눈길! 지난 기억이 떠오른 새뮤얼은 눈물이 핑 돌아서 손바닥을 긁는 척하며 고개를 숙였다.

"앨리시어, 포크너를 알면서 왜 나한테 말하지 않았어?"

팩스턴이 물었다.

"서로 말 안 하고 지낸 지가 3년이야." 앨리시어가 대꾸했다. "나를 봐도 아는 척하지 않을 거라고 생각했는데……. 단지 경기 때문이라면 몰라도."

"미안해, 앨리시어." 새뮤얼은 중얼거리듯 말했다. "내…… 내가 바보 같았어. 너를 만나서 설명했어야 하는 건데……. 그때는 정말 머릿속이 너무 복잡했어! 다 내 탓이지, 뭐. 너는 많이 달라졌다!"

'눈에 확 띌 정도로 예뻐졌어. 난 아직도 너를 좋아해.' 새뮤얼은 속으로 덧붙였다.

"칭찬으로 들을게." 앨리시어가 즐거워했다. "너도 마찬가지야."

팩스턴이 조바심을 쳤다.

"포크너, 너희 회포는 나중에 푸는 게 어때? 가서 꼬맹이 모레와 준비운동을 하는 게 낫지 않겠냐?"

"어, 그래. 방해해서 미안해."

앨리시어는 여전히 새뮤얼을 쳐다보았고, 팩스턴은 비웃음을 흘려보냈다. 저 웃음은 '꺼져, 자식아! 넌 쨉도 안 돼! 앨리시어는 내 거야!' 라는 뜻이겠지?

그러나 싸우는 것은 이제 새뮤얼에게 아무 문제가 되지 않았다.

XIX

반칙패

　준준결승전부터는 중앙 다다미에서 경기를 했다. 최연소 그룹의 준결승전이 끝났고, 이제 14~16세 그룹이 경기를 시작할 차례였다. 1회전에 진 것이 분한지 성질을 팍팍 부리는 피트를 상대로 새뮤얼은 연습경기를 하면서 몸을 풀었다. 새뮤얼은 앨리시어 쪽을 힐끔힐끔 쳐다봤지만 등을 돌리고 있었다. 눈길이라도 한 번 주면 좋을 텐데…….

　"새뮤어어어얼 포크너어어어!"

　새뮤얼은 박수를 받으면서 다다미 위로 올라서서 제리 팩스턴과 인사를 나누었다.

　"시작!"

　경기는 기선을 잡기 위한 신경전으로 시작되었다. 새뮤얼과 팩스턴은 서로 상대의 도복 소매나 옷깃을 먼저 움켜잡으려고 잡기싸움을 벌였다. 그러나 새뮤얼은 경기를 포기할 생각이 전혀 없었다. 6세기 전 앨리시어 토드의 조상을 도와 에쿠테트란 못된 인간을 떼어놓았는데 그 후손 앞에서 웃음거리가 될 수는 없지 않겠는가. 팩스턴이 몸무게로 밀어붙이려고 했지만 새뮤얼은 잘 버텼다. 팩스턴은 새뮤얼에 대해 자신감이 넘치는 것 같았다. 네깟 놈쯤이야, 하는 얼굴로 자신만만해하고 있으니! 문제는 팩스턴의 키가 새뮤얼보다 오륙 센티미터 더 크기 때문에 적당한 거리를 유지하는 것이었다. 새뮤얼은 한두 번의 공격을 피했기 때문에 득점할 희망보다는 벌칙을 받을 가능성이 있었다. 3분이 흘렀고, 새뮤얼은 피로가 몰려오는 느낌이 들었다. 반면에 팩스턴은 신체적 우위를 확신했는지 새뮤얼의 중심을 무너뜨리기 위해 도복자락을 놓고 목덜미를 잡아끌었다. 새뮤얼은 우물쭈물하지 않았다. 재빠르게 팩스턴의 양팔 밑에서 어깨를 웅크리며 무릎을 꿇고 앞으로 밀고 나갔다. 공중에 뜬 팩스턴의 몸이 곡선을 그리면서 다다미 위로 벌렁 나자빠졌다. 쿵!

"한판!" 심판이 외쳤다.

우레와 같은 함성이 일었다. 이겼나? 새뮤얼은 어리둥절한 얼굴로 일어났다. 할머니는 연거푸 손으로 입맞춤을 보냈고, 루돌프의 얼굴에는 못마땅한 기색이 역력했다. 야호! 북쪽 기둥을 쳐다보니 앨리시어가 일어서 있었다. 앨리시어가 드디어 새뮤얼을 쳐다보고 있었다.

관중석 맨 앞줄에 앉은 야쿠 선생님이 새뮤얼을 축하해주었다.

"샘, 내가 그랬지? 겁먹지 말고 자신감을 가지라고! 거봐라, 넌 할수 있다니까!"

새뮤얼은 그 칭찬을 받아들이면서 속으로 준결승전에서도 자만하지 않겠다고 다짐했다. 지금부터는 내 자신에게 한 약속을 지키는 거야!

제일 먼저 경기가 끝난 새뮤얼은 30분 동안 준결승에 올라올 선수 세 명의 경기를 지켜봤다. 준준결승 B그룹에서는 로널드 졸리가 올라왔고, 몽크 역시 기대를 저버리지 않고 몬태나 클럽의 검정띠 선수를 한판으로 누르고 준결승에 올랐다. 11~13세 그룹의 결승 경기는 볼 필요가 없지. 새뮤얼이 준결승에 대비해야겠다고 마음먹고 있을 때 체육관의 비서 조나단 로빈이 다가와서 어깨를 톡톡 쳤다.

"포크너! 좋은 소식이 있어. 네가 곧장 결승에 올라가게 됐어!"

새뮤얼은 깜짝 놀랐다.

"왜요?"

"로널드 졸리가 아까 경기하다 부상당했는데 어깨를 삔 모양이야. 방금 기권했어."

"뭐라고요?"

"너 귀먹었니, 포크너? 네가 결승에 올라간다고!"

그때 아나운서가 마이크를 통해 준결승에 오른 선수들을 소개하면서 그중 한 경기가 취소되었음을 알렸다. 첫 경기는 몽크와 금발 키다리의 대결이었다. 새뮤얼은 야생동물들처럼 달려들었다가 괴상한 소리를 내며 격렬하게 맞붙은 두 선수를 쳐다보았다. 와, 저런 애들을 어떻게 이기겠어? 한순간 금발 키다리가 몽크를 들어메쳐서 누르기를 시도했는데 우지끈거리는 소리가 들렸다. 뼈에 금가는 소리? 연골 찢어지는 소리……? 두 선수 모두 득점을 올리지 못한 채 점점 더 거칠게 싸우고 있었다. 와, 저게 싸움이지 경기야? 저쯤 되면 선수 보호 차원에서라도 누구 한 사람 다치기 전에 심판이 **그쳐!**를 선언해야 하는 것 아닌가?

새뮤얼은 눈을 감았다. 이러다 몽크와 결승에서 맞붙게 되면 어떡하지……? 그것도 앨리시어가 보는 앞에서…… 앨리시어가 보는 앞에서……. 새뮤얼이 눈을 다시 떠보니 몽크가 누워 있는데 두 다리로 상대를 제압하면서 팔이 거의 보랏빛이 될 정도로 세게 조르고 있었다. 금발 키다리가 경기를 포기한다는 표시로 손으로 바닥을 여러 번 탁탁 쳤다. 몽크, 브라보, 브라보! 박수갈채가 터져나왔다. 몇 분 후에는 나도 금발 키다리와 똑같은 신세가 되겠지!

결승전이 시작되기 15분 전까지는 특히 끔찍했다. 너도나도 격려하거나 조언을 해주는 통에 새뮤얼은 태양문양의 돌을 사용할 때와 똑같은 구토를 느꼈다. 태양문양의 돌…… 지금이야말로 돌이 필요해! 유도의 종주국이라는 일본의 어느 시대로 떠나는 것도 괜찮은데……. 동전과 태양문양의 돌을 아무리 생각한들 기적이 일어날 리는 없고…… 세인트메리 경기장의 열광적인 관중 앞에서 이제 꼼짝없이 죽게, 아니 개망신을 당하게 생겼네!

새뮤얼은 운동화를 벗고 마지못해서 다다미 위로 올라섰다. 흰색 도복을 입고 1미터쯤 떨어져 서 있는 몽크는 뭐랄까…… 예티*라고 하면 딱 맞을 것 같았다. 주둥이를 핥는 예티와 입술을 핥는 버릇이 있는 몽크, 진짜 잘 어울리네! 푸흡, 내 생각을 알면 성질깨나 부리겠군!

새뮤얼은 정신을 집중하려고 노력했다. 앨리시어가 보고 있다는 걸 잊으면 안 돼……. 그러나 정신을 집중할수록 뿌연 안개가 낀 것처럼 눈앞이 흐렸다. 무의식이 눈앞의 덩치를 보고 싶지 않아서 거부하는 것인가…….

"시작!" 심판이 외쳤다.

지난번 기록이 43초, 무슨 일이 있어도 그 이상 버텨야 해!

몽크가 덤벼들었지만 새뮤얼은 적절한 방어로 피해나갔다. 그런데도 몽크는 기어이 소매를 움켜잡고 새뮤얼을 빙빙 돌리려고 기

---

* 1899년 처음으로 히말라야 산맥 6,000미터 고지 눈 속에서 발자국이 발견되면서 '눈사나이'로 불리는 수수께끼의 동물.

를 썼다. 새뮤얼은 몸을 웅크린 자세로 방어했다. 물론 몽크가 훨씬 체중이 많이 나가고 힘도 셌다. 발에 땀이 나는 것 같았다. 10초쯤 흘렀을까? 몽크가 다리를 뻗어서 오른쪽 옆구리를 툭툭 건드렸다. 연습경기를 하는 것처럼 여유를 부리는 것으로 봐서 몽크는 경기를 빨리 끝낼 생각이 없는 것 같았다. 일단 새뮤얼을 지치게 하면서 경기를 즐기겠다는 건가……? 톰과 제리처럼! 새뮤얼은 허리후리 기로 들어오는 몽크의 공격을 가까스로 피했다. 새뮤얼은 손목을 삐었지만 내색하지 않았다. 도복을 움켜잡은 거대한 몽크의 몸집이 비현실적으로 느껴졌다.

그 순간 새뮤얼은 몽크가 같은 동작을 반복하고 있음을 알아차렸다. 어? 시간 여행을 하고 지하실에 돌아왔을 때 같은 말을 반복하던 릴리의 모습이 떠올랐다. 텔레비전에서 쇠똥구리를 쫓아다니던 새끼사자 파울루스도 동작을 반복했는데……. 몽크는 업어치기 기술을 쓰려고 팔을 쭉 뻗었다가/업어치기 기술을 쓰려고 팔을 쭉 뻗었다가, 새뮤얼을 끌어들이기 위한 속임수 동작을 펴고/새뮤얼을 끌어들이기 위한 속임수 동작을 펴고 있었다. 새뮤얼은 다다미 위로 쿵, 하고 넘어졌는데 엎어졌기에 망정이지 등을 대고 넘어졌다면 한판을 줄 뻔했다.

"절반!" 심판이 선언했다.

몸을 뒤집으려고 기를 쓰는 몽크의 커다란 손을 피하려고 새뮤얼은 몸을 웅크렸다. 그러나 몽크가 정말 뒤집으려고 했다면 아무런 어려움 없이 결판을 냈을 텐데…… 무슨 다른 꿍꿍이가 있는 것이 분명했다.

"그쳐!"

심판은 두 선수에게 떨어져서 도복을 바로 입으라고 지시했다. 몽크가 결판을 내려 한다고 여긴 관중이 숨을 죽이며 지켜보고 있었다.

입가에 미소를 머금은 몽크가 펄쩍펄쩍 뛰면서 덤벼드는가 싶더니 갑자기 뒤로 빠졌다가 다시 펄쩍펄쩍 뛰는데 여전히 미소를 머금고 있었다. 새뮤얼은 눈을 깜빡였다. 1, 2초 후에 일어날 일인데 미리 보는 '데자뷔' 현상이 일어나고 있었다. 새뮤얼은 몽크가 발목잡아 메치기를 시도하려는 순간 재빠르게 발목을 벌렸다. 다시 말해서 새뮤얼은 상대가 실행하기 1, 2초 전에 상대의 동작을 예측할 수 있었다. 몽크는 다리 사이로 팔을 넣고 들어올려서 어깨메치기로 한판을 거둘 생각이 틀림없었다. 새뮤얼은 그 기술을 피해 재빨리 한 발 뒤로 물러서며 한순간에 상대의 중심을 잃게 했다. 몽크는 깜짝 놀라는 표정을 지었고, 관중석에서 웅성거림이 일었다. 무슨 일이 일어난 거지?

그때 몽크가 다가오더니 허리메치기를 하려고 허리를 후렸다. 이번에도 새뮤얼은 그 공격을 예측했다. 새뮤얼은 몽크를 교묘히 피하면서 소극적인 후리기를 시도했다. 두 번째 공격까지 실패하자 몽크는 당황하는 것 같았다. 그 와중에 새뮤얼은 덩치로 보나 힘으로 보나 기술로 보나 이런 말도 안 되는 조건에서 벌이는 유도경기는 정말이지 공정하지 않다고 생각했다. 몽크와 맞붙는 것이 어떻게 공정하단 말인가?

한없이 길게 느껴지는 몇 초 동안 몽크는 몇 차례 공격했지만 애송이로 보였던 새뮤얼이 그 공격을 번번이 되받아 반격했다. 도저히 상대가 안 되는 다윗과 골리앗의 싸움이었는데……. 몽크는 흥분하고 있었다. 결판이 나지 않는 것에 지친 몽크는 팔뚝을 구부려 새뮤얼의 겨드랑이 밑으로 집어넣고 몸을 돌려 메치는 기술 업어치기를 시도했다. 그러나 새뮤얼은 이미 2초 전에 그 동작을 예측했다. 몽크가 팔뚝을 사용해서 몸을 돌리려는 순간 새뮤얼은 있는 힘을 다해 몽크를 잡아끌면서 옆으로 몸을 날렸다. 몽크는 자기 체중에 끌리면서 다다미 위로 쿵, 하고 넘어졌다.

"절반!" 심판이 선언했다.

장내는 찬물을 끼얹은 듯 조용했다. 7점 대 7점. 새뮤얼이 동점을 받다니! 새뮤얼은 벌떡 일어나서 벽에 걸린 크로노미터의 빨간색 숫자를 쳐다봤다. 38초……. 38초만 버티면 돼!

몽크도 일어났는데 화가 머리끝까지 나 있었다. 허리띠가 잘 묶였는지 확인한 다음 몽크는 황소처럼 씩씩거리며 달려들었다. 팔을 쭉 뻗으면서 소매를 잡으려고 했지만 기적이라도 일어난 듯 새 뮤얼이 미꾸라지처럼 빠져나가는 바람에 몽크의 큼직한 두 손은 번번이 헛손질을 했다. 관중석에서 웃음소리가 간간이 터져나왔 다. 새뮤얼은 앨리시어의 웃음소리가 섞여 있다고 확신하는 반면 에 몽크는 그 웃음소리에 극도로 흥분했다.

"너를 가만두지 않겠어. 짓이겨버리겠어!"

몽크가 으르렁거렸다.

심판이 발로 바닥을 탁탁 치면서 선언했다.

"반칙패!"

두 선수는 얼어붙은 것처럼 멈춰 섰다. 유도장에 천사가 나타났 나? 심판이 손가락으로 몽크를 가리키고 있었다. 반칙패는 유도정 신에 벗어나는 행동을 한 선수에게 내려지는 판정패였다. 상대를 위협하는 발언을 하면 안 되는데…… 몽크가 그걸 어겼던 것이다! 새뮤얼이 결승전에서 승리를 거두다니!

그 순간 열대성 소나기가 체육관을 휩쓰는 것처럼 우레 같은 박 수가 터져나왔다. 할머니는 믿기지 않는다는 얼굴로 고개를 흔들 었고, 할아버지는 승리의 표시로 양손의 엄지를 추켜올렸다. 두 선 수는 서로에게 인사를 꾸벅했고—몽크는 눈을 내리깔고 있었다— 피트 모레를 포함한 동료선수들이 우르르 몰려나와 새뮤얼을 헹가 래쳤다. "새—뮤—얼! 새—뮤—얼!"을 연이어 외치는 동료선수들의 어깨에 올라탄 채 체육관을 두 바퀴 도는 동안 새뮤얼은 눈으로 앨리시어를 찾으려고 애를 썼다. 드디어 북쪽 기둥 구석에서 발견했는데, 앨리시어가 미소를 보내는 것 같았다.

10분 후 열광적인 분위기 속에서 메달까지 목에 걸고 샤워장으로 빠져나간 새뮤얼은 마침내 혼자 있을 수 있었다. 새뮤얼은 샤워기 밑에서 쏟아지는 물줄기를 받으며 한동안 멀거니 서 있었다. 태양 문양의 돌, 고마워! 시간 여행, 고마워! 결코 몽크를 이기지 못했을 텐데! 결코 금메달을 따지 못했을 텐데! 나에게 이런 날이 오다니!

새뮤얼은 목욕수건을 허리에 두르고 물을 뚝뚝 흘리면서 탈의실로 향했다. 혹시나 몽크가 기다리고 있으면 어쩌나 걱정하면서 들어갔는데 다행히 탈의실은 텅 비어 있었다. 몽크가 줄행랑쳐버렸나?

그때 위쪽으로 난 환기창을 두드리는 소리가 났다. 새뮤얼은 지저분한 유리창 너머에 쭈그리고 있는 실루엣을 유심히 살폈다. 혹시 앨리시어가 온 걸까……?

새뮤얼은 콩닥콩닥 뛰는 가슴으로 창문 손잡이를 돌렸다.

"릴리?"

"새미…… 미안한데…….."

릴리는 아무도 없는지 확인하려고 유리창 너머를 살폈다.

"그 잘난 척이 할아버지, 할머니와 주차장에서 오빠를 기다리고 있어. 그래서 내가 온 걸 볼까 봐 몰래 이쪽으로 온 거야."

새뮤얼은 사촌의 얼굴이 왜 그렇게 창백한지 궁금했다. 릴리를 탈의실로 들어오게 하고 싶었지만 환기창이 너무 작았다.

"내가 이긴 거 알아?" 새뮤얼이 흥분된 목소리로 물었다. "금메달을 땄어! 내가 몽크를 때려눕혔는데 너 믿어져?"

"알아, 피트 모레한테 들었어. 축하해!"

"그런데 표정이 왜 그래?"

"내가 오늘 아침에 시립도서관에 가야 한다고 했던 거 기억하지? 대출 신청을 해놨기 때문에 가야 한다고……."

"응, 알고 있어. 그게 왜?"

릴리는 가방에서 책 한 권을 꺼냈다.

"사실은 계속 블라드 체페슈에 관한 자료를 찾고 있었어. 가능한 정보는 모두 얻으려고."

"정말 고마워, 하지만……."

릴리는 창문으로 책을 건네주었다.

"마침내 이 책을 찾았지. 발라키아의 성에 관한 책이야."

새뮤얼은 두 손으로 책을 받았다. 『드라큘라의 브란 성』. 표지에는 바위에 세운 성과 탑, 성채가 묘사되어 있었다.

"안에 사진이 많이 실려 있어." 릴리가 덧붙였다. "그리고 지하 감옥을 찍은 사진도 몇 장 있는데…… 내가 책갈피를 끼워놨으니까 빨리 한 번 봐."

릴리는 작은 목소리로 말했고, 새뮤얼은 얼른 표시된 페이지를 펼쳤다. 흙이 떨어져나간 벽의 낮은 방, 쇠사슬과 죄수의 발을 묶는 쇠공을 찍은 사진이 몇 장 있었다. 새뮤얼은 사촌이 왜 그렇게 불안해한 얼굴이었는지 짐작이 가기 시작했다. 블라드 체페슈가 아버지를 가둬놓은 곳인가? 새뮤얼은 시간의 책에서 비슷한 성을 그린 삽화를 보았던 게 기억났다.

새뮤얼을 지켜보던 릴리가 말했다.

"오른쪽에 있는 마지막 사진을 잘 봐. 책의 저자에 따르면 벽에 적힌 낙서는 그 시대의 것이야."

새뮤얼은 좀더 밝은 쪽으로 책을 기울였다. 벽의 한 부분이 보이고 삐뚤빼뚤한 글씨로 쓴 문구가 돌에 새겨져 있었다. 새뮤얼은 몇몇 글자를 알아볼 수가 없기 때문에 문구를 해독하는 데 시간이 약간 걸렸다. 그러나 전체적인 의미는 이해할 수 있었고, 메시지의 주인공은 의심의 여지가 없었다. 6세기 전의 감옥 벽에 앨런 포크너는 이렇게 써놓았다.

구해줘, 샘!

2권 「일곱 개의 동전」에서 계속⋯⋯

옮긴이의 글

시간은 과거에서 현재로 흐른다. 그것은 물리적인 시간일 뿐 의식의 시간은 종횡무진으로 달린다. 종횡무진의 상상력으로 버무려 낸 『시간의 책』은 역사적 사실들을 근거로 세상을 담고 있는 재미난 판타지 역사소설이다. 시간 여행을 떠나는 주인공을 따라 과거 속으로 들어간다면? 타임머신을 타고 떠나는 듯한 신나는 여행이 되지 않을까?

800년의 스코틀랜드 아이오나 섬에서, 1차 세계대전이 일어나고 있는 프랑스의 베르됭 전투, 고대 이집트 테베의 람세스 신전, 15세기 벨기에의 브루게에 이르기까지 시공간을 넘나들며 그려지는 이야기는 매력적인 모험이자 기이한 경험이 아닐 수 없다.

기욤 프레보는 생생한 인물들, 자연 경관, 주민의 풍속과 생활 습관 등의 섬세한 묘사로 이야기에 생동감 있는 현실성을 부여하고 있다. 거기에 미래의 인간이 과거 인간들의 역사를 바꿀까 우려하고, 자연법칙의 위배를 염려하여 간섭하지 않으려는 세심한 배려도 잊지 않고 있다. 일선에서 역사를 가르치는 교사로서 역사에 대한 작가의 열정이 엿보이는 대목이다.

끝없는 호기심으로 끝없는 상상의 세계를 창조하는 『시간의 책』에서 작가는 끊임없이 독자의 흥미를 끌어당기며 주인공과 함께 역사의 현장 속에 빠져들게 하는 묘한 마력을 부리고 있다. 주인공이 펼치는 숨가쁜 상황에 가슴 졸이기도 하고 웃음이 나기도 하고, 때로 가슴 뭉클해지기도 하는 시간 여행의 즐거움을 마음껏 누리게 되길!

3부작으로 이루어지는 『시간의 책』은 역사소설을 써온 작가가 청소년들을 위해 내놓은 작품이지만, 시공간을 넘나드는 여행은 어른들에게도 매력적이다.

각 권에 예정되어 있는 시간 여행의 여정을 살펴보는 것만으로도 호기심을 자극하기에 충분하다.

이원희